U0091094

古典文獻研究輯刊

十 編

曾 永 義 主編

第 13 冊

南管樂語、腔調及其體製之探討

吳 佩 熏 著

國家圖書館出版品預行編目資料

南管樂語、腔調及其體製之探討／吳佩熏 著 -- 初版 -- 新北市：
花木蘭文化出版社，2014〔民103〕
目 4+174 面；19×26 公分
（古典文學研究輯刊 十編：第13冊）
ISBN 978-986-322-914-8（精裝）
1. 南管音樂
820.8   103014149

ISBN-978-986-322-914-8

古典文學研究輯刊
十 編 第十三冊   ISBN：978-986-322-914-8

南管樂語、腔調及其體製之探討

作　　　者　吳佩熏
主　　　編　曾永義
總 編 輯　杜潔祥
副總編輯　楊嘉樂
編　　　輯　許郁翎
出　　　版　花木蘭文化出版社
社　　　長　高小娟
聯絡地址　235 新北市中和區中安街七二號十三樓
　　　　　　電話：02-2923-1455／傳眞：02-2923-1452
網　　　址　http://www.huamulan.tw 信箱 hml 810518@gmail.com
印　　　刷　普羅文化出版廣告事業
初　　　版　2014 年 9 月
定　　　價　十編 18 冊（精裝）新台幣 32,000 元
版權所有·請勿翻印

南管樂語、腔調及其體製之探討

吳佩熏　著

作者簡介

吳佩熏，1987 年出生，雲林人。臺灣大學中文系、中文研究所碩士班畢業。現為政治大學中文系博士生。小學開始接觸南管音樂，跟隨臺北華聲南樂社的創辦者 先師 吳昆仁先生習唱。大學期間曾上過王心心老師開的南管通識課，大四時又回歸臺北華聲南樂社的行列。平日除了唱曲之外，琵琶、三絃、二絃稍有演練，並與社團參與全國春、秋季祭典的整絃排場，或是應邀至文化藝文活動中演出。目前研究領域為南管、戲曲、音樂文學。

提　　要

　　本文以南管樂語、腔調和音樂體製之建構為主要論述重點。第一章統整與音樂最緊要相關的五個樂語，先回顧相關論述，再逐一考察其名與實。第二章針對南管使用的語言和文字，分析語言與音樂的互動關係，〈南管的腔調〉一節，著重在泉腔內在構成的因素；〈南管的載體〉一節，則試在前人研究基礎上，檢討各載體的音樂結構。第三章結合文學和音樂的角度，說明南管音樂發展的程度，並提出南管音樂的縱向體製與橫向體製。檢閱南管相關之研究，兼顧音樂體製、語言腔調、文學格律的系統研究較為少見，本文嘗試綜合性的探討，以印證南管於中國歌樂長河中，對歷代韻文學的承繼與開展。

誌　謝

　　回到論文的扉頁，終於能放下這一年來孜孜矻矻的論文，寫些不同的文字。那就先謝謝上天的安排吧，讓我得此際遇，讓所有人事地物時空的湊泊，到如今開花結果。

　　雖然我不是千里馬，但我深信曾永義老師是他所有學生的伯樂。感謝曾老師對我因材施教，無私地提供我研究資源，並給予我宏觀的學術視野，擔任老師的助理以來，老師的研究方法與態度是我最好的楷模，而老師不僅教我做學問，更教會我做人處事。從高中時期瞻仰的學者，到如今能夠在碩士論文封面上，站上老師的肩膀，完成自己最鍾愛的研究論題，真的是何其有幸。所以，老師，我並沒有生得太晚。

　　埋下這本論文的種子，是我的南管啓蒙老師，臺北華聲南樂社的創始人，先師吳昆仁先生，這麼多年後，我的招牌曲依舊是吳老師教我唸嘴、爲我伴奏的最後一首曲子。而澆灌這顆種子以養分，則是現任華聲南樂社的指導老師，臺北藝術大學的林珀姬老師。林老師對我的影響，除了對南管的深入實踐，更在於林老師將藝術與學術結合時謹嚴的態度，這本論文所有音樂理論、技術層面的問題，皆有賴林老師一點一滴的點撥，直到論文送印前夕的社團時間，林老師仍不厭其煩的指導我修正論文。也十分感謝華聲社這個大家庭，團裡的每位阿姨、師兄，都是我最好的老師，全程守護了這本論文的寫作，因爲有這個環境，我才能取得最珍貴的第一手材料，並參與對外的演出。

　　論文最後能夠有所躍升，要由衷感謝我的口試委員——現任南華大學民族音樂學系的施德玉老師。以自身戲曲音樂的專長，指出我論文的盲點，提供我修正的建議，使論文的架構更有邏輯、更加謹嚴。除此之外，施老師平

時的溫暖關懷，如沐春風的待人處事，使我受惠良多。而今日能夠產出這本論文，還要感謝當年鼓勵我重考碩士班的李惠綿老師和李隆獻老師，大學以來承蒙兩位老師的關愛，在我挫折徬徨之際，協助我沈澱心情，重拾信心和夢想。碩士班期間，在楊秀芳老師和洪淑苓老師的課堂上，結合語言聲韻和民間文學，在林鶴宜老師的課上密集地閱讀戲曲研究論文，共同開拓了我的研究視野。感謝台大每一位可欽可敬的師長，以及系辦親切的助教，提攜我的學業，關心我的生活。

投入論文寫作後，生活圈時縮小，身旁同儕友朋的打氣彌足珍貴，從大學到現在，蔡咪始終一馬當先的考在我前頭，從同班到不同屆，如今我們不同校了，但是我們始終和均縈三人不離不棄，每年幫彼此慶生。碩士班期間遇到的同學、學長姐，都是我生命中美麗的驚嘆號，瘋狂的 ABC 三人組、萬能的俐君學姊、熱心的建志學長和貼心的筠珺學姊，互相關心論文進度的偉盛和寶頤，台大戲曲班上的大學姊們，同門的秀青學姊，以及金雯和逸柔，與我分享研究資料的玉琦、一同玩南管的俊利，謝謝你們，沒有讓我獨學而無友，沒有讓我變成一個孤陋寡聞、閉門造車的人。

謝謝上天讓我在大五人生最低潮的時候，遇到人生的伴侶，洪彥成。每天的聆聽與督促，適時地帶我去運動放鬆，將我所構思的圖表繪製成精美的圖片，並為我翻譯英文摘要。謝謝你打從相識以來，即滿心的支持我以研究為職志，讓我更無畏地踏上征途。

最後，要對我的家人致上謝意，謝謝爸媽從小栽培我，讓我順心而為。也許你們看不懂這本論文，無法理解和欣賞我對南管的執著，無法全然地放心我所選擇的研究之路，但是你們仍舊一路的支持與參與。每當我回家一趟，家裡的寧靜美好，和阿姨們的歡樂下午茶，哥哥的搞笑關心，都是我最幸福的避風港。感謝外公在生老病死之際，仍不忘對我勉勵，在您離開之後，我真的一路攻讀到碩士，也順利地成為博士生了。謹將這本論文，獻給天上的外公，謝謝您總是笑意盈盈的看著我，以我為榮。

「讓事情成功的，是事情背後的事情。」感謝生命中的好些人，支持我的選擇，成為我完成這本論文源源不絕的動力。

目

次

表格目錄

照片目錄

論文題目釋義

一、南　管

　　臺灣指稱的南管，指的是源自福建泉州的地方音樂，當地稱爲「南音」，隨著移民的播遷而遍及閩籍華僑所到之處。臺灣多稱「南管」，乃相對於「北管」而言，皆是樂種的集合名詞，而非某種樂器名。另有「絃管」、「郎君樂」、「南樂」、「御前清曲」等稱法。

　　隨著南管先生到各地教學餬口，或擔任文場工作，[註1] 使南管音樂發展出了各種表演形式。從小型室內樂隊的清奏或坐唱，呈現純歌樂的妙境的「洞館」、「歌館」；到配合戲曲演出，成爲戲曲音樂，歌舞樂三者融而爲一，則稱爲「南管戲」或「梨園戲」，[註2] 亦可應用於其他劇種，爲高甲戲、布袋戲

〔註1〕　林麗紅、李國俊合著《周水松先生紀念專輯——台灣高甲戲的發展》舉例說
　　　　道：曾在新莊聚賢堂、艋舺清華閣教曲的蔡添木先生，曾到勝錦珠、新金英、
　　　　新燦珠劇團擔任文場及指導唱曲；另外南管樂人由奇芬，和先師吳昆仁先生
　　　　等也都待過劇團的文場工作。詳參（彰化：彰化縣文化局，2000），頁 41～42。
〔註2〕　「梨園戲」、「高甲戲」是大陸 50 年代戲曲改革之後的稱法，今日大陸的高
　　　　甲戲班大力發展丑戲、傀儡調，爲臺灣所無，兩肇呈現不同樣貌。誠如林麗
　　　　紅、李國俊合著《周水松先生紀念專輯——台灣高甲戲的發展》所云：「兩
　　　　岸都有高甲戲，但將高甲戲稱爲『南管戲』，卻是台灣獨有的。」（頁4）姑
　　　　且不論早期臺灣的高甲戲名稱紛歧，光復後，王包買下一個即將散班的七子
　　　　班，成立了「泉郡錦上花劇團」，以此論就臺灣的高甲戲，可說是脫胎自七
　　　　子班，成立於南管音樂之上，「使用的曲牌中，有一半以上的曲調來自南管。」
　　　　（頁 40～41）林永昌〈1950 年代臺灣歌仔戲「電影舞臺化」與「舞臺電影
　　　　化」的演出風潮〉提到四○年代以後，以「錦珠」爲名的高甲戲班，會特別
　　　　和歌仔戲班作區隔，若是劇團名稱未冠上「南管」兩字，則會在廣告文字中

配樂，或為車鼓戲、歌仔戲之養分。在臺灣以清奏唱曲的南管館閣為主，另外，吳素霞老師在彰化的南北管音樂戲曲館、臺中文化局和沙鹿合和藝苑皆有開設「南管戲研習班」；〔註3〕而在大陸則有「天下第一團」之稱的「福建省梨園戲實驗劇團」。〔註4〕本篇論文研究的「南管」，以臺灣民間館閣敕桃 [thit⁴ thɔ⁵] 的「南管」為對象。

二、樂　語

本文所言的「樂語」，乃借林師珀姬《南管樂語與曲唱理論建構》一書所言：「南管音樂文化圈的習慣用語」。〔註5〕民間音樂的發展過程中，不比宮廷音樂有意識的、有規模的演進，音樂理論的成形只能依靠樂人的口傳心授，在潛移默化中知所遵循，循序漸進去掌握音樂本體；是以，南管音樂累積了相當多的語彙，林師匯整後從「俗諺」、「音樂理論術語」、「常用樂語」、「與館閣相關樂語」、「與演奏唱法相關樂語」、「整絃活動相關樂語」、「與祭祀活動相關樂語」這七方面撰述。

本文將集中探討與音樂理論最相關的「管門」、「撩拍」、「滾門」、「門頭」、「大韻」等樂語，陳述這些樂語隨著時間被賦予的名與實，試結合樂人認知

強調之，如 1948 年 5 月 11 日《中華日報》南版第 5 版，刊登「新錦珠」在鳳山南臺戲院的廣告，有「本省名南管大好戲」等字；1952 年 2 月 11 日《中華日報》南版第 4 版，刊登「基隆新錦珠歌劇團」在臺南市中華戲院的廣告，自稱「正老牌南管戲」（頁 239～240）。可見，臺灣的高甲戲班，不論團名為何，以「南管戲」自居自重的心態可見一斑。林氏文章發表於《臺灣文獻》60 卷 3 期（2009 年 9 月），頁 221～266，後收錄於《觀眾視野下的臺灣歌仔戲發展史》（臺中：天空數位圖書有限公司，2011）。

〔註3〕 彰化縣從 1987 年開始，積極推展南管、北管、七子戲等研習班，培訓大量曲藝文化薪傳種子人才，並於 1996 年策劃成立「南管實驗樂團」，2000 年成立「北管實驗樂團」。彰化縣文化局自 1997 年開始承辦「傳統音樂戲曲傳習計畫」，每年假南北管音樂戲曲館舉辦研習班。2010 年吳老師獲選「人間國寶」後，受臺中市文化部文化資產局的邀請，在臺中文化創意產業園區舉辦「向大師學習傳統藝術體驗營：吳素霞南管戲」的授課活動；吳素霞老師個人於 1993 年創立合和藝苑，1997 年啟動傳藝計畫，在合和藝苑傳習南管戲，至 2012 年已舉辦了 13 期。

〔註4〕 2012 年啟動「2012 年福建文化寶島校園行」的系列活動，11 月來臺灣巡迴演出。筆者觀賞了 11 月 2 日臺灣大學 1 場，及 11 月 3、4 日宜蘭傳統藝術中心 3 場，共計 4 場。

〔註5〕 林珀姬：《南管樂語與曲唱理論建構》（臺北：國立臺北藝術大學，2011），頁 25。

與學者研究，得以更精確的貼近南管本身。

三、腔　調

　　「語言」之於「音樂」，可說是牽一髮而動全身，大陸學者更以「腔調」作爲戲曲劇種的分野。曾師永義〈論說腔調〉一文，[註6]考釋「腔調」的基礎命義爲「語言旋律」，以此爲據釐清了「腔調」的五里霧。

　　南管唱曲的咬字吐音，即牽涉到泉州方言的「語言旋律」，所形成的「腔調」自然和音樂的樣貌息息相關。本文將在曾師「腔調」的基礎上，試從字音要素、聲調組合、韻協佈置、語言長度與音節形式，以及詞句結構與意象情趣的感染五方面來探究南管的腔調——「泉腔」，梳理其內在構成的要素。

四、體　製

　　曾師曾言，「體製」並不等於「結構」。曾師認爲：戲曲既爲綜合的文學和藝術，由其文學和藝術的質性觀察，其「結構」爲內在各部份的配搭與排列；但由於其綜合性，則必有所以呈現的固定載體，亦即「體製規律」。簡言之，「體製」指的是該類藝術共同具備的規範，用以制約內在結構，例如戲曲劇種的概念，可依其體製區分爲北曲雜劇、南曲戲文、傳奇、南雜劇。以音樂藝術整體觀之，本文試釐清南管音樂的諸多樂語，從中匯整、檢討出其所獨有的藝術規範，建構南管「縱向的音樂體製」和「橫向的音樂體製」。

　　「結構」則是細指各作品的創作藝術，例如詩、文的結構又稱爲「章法」，小說的結構即爲「情節的安排」，戲曲的結構爲「排場」；以「作品」爲考察單位，南管以「指」、「譜」、「曲」、「套曲」爲載體，而計算南管曲的單位稱爲「一見（[kiN³]）曲」，[註7]本文將參照韻文學曲牌體的流變，檢討學者們所提出的音樂結構。

[註6]　曾永義：〈論說「腔調」〉，《中國文哲研究集刊》20期（2001年12月），頁11～112。後收入曾永義《從腔調說到崑劇》（臺北：國家出版社，2002），本文引文以《從腔調說到崑劇》爲據，頁27～180。

[註7]　從抄有「套曲」的抄本中得知有幾種寫法，潘榮枝抄寫時寫作「見」，郭炳南收藏的鹿港雅正齋曲簿也作「見」，南聲社的曲簿、吳再全的曲簿寫作「徑」。林珀姬《南管樂語與曲唱理論建構》：「『見』、『徑』、『視』，泉州話均發音[kiN³]，是南管計算曲子的單位，一首曲子稱作『一見曲』。此字或來自南北曲『支曲』的『支』，音近致誤。」（頁42）。

五、凡例：符號說明

【 】：門頭、牌名

〈 〉：曲名

《 》：成套的指套、譜與套曲

[ ]：國際音標 IPA

緒　論

一、研究動機

　　中國自古以來歌舞樂三者合一，韻文學的詩、詞、曲，都是在音樂的基礎上文士化、格律化，形成了以和為美的音樂美學。而南管作為古樂的活化石流傳到今天，一脈相承了中國文學的歌樂系統，它有助於我們探究文學格律化的重要基礎——也就是音樂之美。因此，本論文以南管為研究主題，長遠地說，希望能夠透過系統性的南管研究，進而填補韻文學史的模糊地帶。

　　南管在歷史上的古老性，以及在民間的生命力不容小覷，儼然成為音樂的活化石，為此已有諸多學者投身研究。筆者國小時有幸跟隨先師吳昆仁先生習唱南管，大學後才開始接觸相關研究。從民間的休閒遊藝，到學術的知識殿堂，筆者於南管有了切身的體會，更深刻的喜愛。

　　瀏覽相關的研究成果，學者除了以中國音樂理論說明之，更援引西樂概念，作為詮解的橋樑；然而學界的歸納衍義，未必完全符合樂人的認知，再者民間南管人的口語用法，本來就是習焉不察，約定俗成，是以音樂樂語的<u>名</u>與<u>實</u>就成為研究南管音樂的入門課題，再者才是為其理出體系來。

　　對於一個沒有西樂背景而欲認識南管的人，太多的西樂專有名詞是一項負擔，而中國樂理對於一般民眾則是更加的陌生。筆者本身沒有受過西樂訓練，兒時因緣際會接觸南管，工乂譜與唱曲就是我所知道的南管；爾後拜讀學者們的文章，釐清中樂樂理與西樂樂理反倒成為讀懂文章的先決條件；進入文章之後，欲與所學相互映證，又常有似是而非之感。或許是筆者接觸南管日淺，學術理論的訓練不夠紮實；然學術本為真理服務，如何讓活用音樂

的樂人與研究南管的學者取得共識，並以更適切簡明的方式描述它、介紹它，使南管更易瞭解，便成爲碩士階段的筆者，希冀能爲南管、爲學術竭盡的一點棉薄之力。

二、研究回顧與目的

回顧南管的相關研究，有鑑於臺灣資料較易於取得，筆者主要還是以臺灣學界的研究成果爲基礎，試從臺灣地區談起，先縱向地盱衡 80 年代及 90 年代學者的研究趨勢，再主題式的介紹南管延伸出去的觸角，以及碩博士論文相繼著力的論題。大陸地區則是鎖定南管領域的重要學者做回顧的主軸，以下試論之。

（一）臺灣學者

20 世紀 70 年代末期臺灣掀起了研究南管的第一波熱潮，1978 年許常惠先生成立中華民俗藝術基金會，開始推動一連串傳統歌樂戲曲的推廣研究工作，並於 1979 年在鹿港進行南管調查，又在 1981 年於鹿港召開國際南管會議，與會學者發表多篇重要論文，其中，曾師永義於該研討會上發表〈南管中古樂與古劇的成份〉一文；﹝註1﹞隔年許氏將 1979 年以來的調查成果出版成《鹿港南管音樂的調查與研究》一書，﹝註2﹞開啓了學界對於南管音樂的重視。

1982 年呂錘寬亦完成臺灣第二篇南管碩士論文《泉州絃管（南管）研究》，﹝註3﹞其對南管所進行的全面探討，爲往後的南管研究奠定了重要基礎，1983 年呂氏再針對南管記譜法寫成《南管記譜法概論》，﹝註4﹞1986 年再出版《台灣的南管》；﹝註5﹞同年沈冬在曾師指導下，結合歷史、音樂文獻以《南管音樂體製及其歷史初探》﹝註6﹞爲題完成碩士論文。另外，王櫻芬自 1983 年開

﹝註1﹞ 曾永義：〈南管中古樂與古劇的成份〉，《中華民俗藝術年刊七十·國際南管會議特刊》（臺北：財團法人中華民俗藝術基金會，1981），頁 129～133。又收於曾永義：《詩歌與戲曲》（臺北：聯經出版社，1988），頁 179～185。筆者手邊無《國際南管音樂會議特刊》，引文以《詩歌與戲曲》所錄爲據。
﹝註2﹞ 許常惠主編：《鹿港南管音樂的調查與研究》（鹿港：文物維護地方發展促進委員會，1982）。
﹝註3﹞ 呂錘寬：《泉州絃管（南管）研究》（臺北：學藝出版社，1982）。
﹝註4﹞ 呂錘寬：《南管記譜法概論》（臺北：學藝出版社，1983）。
﹝註5﹞ 呂錘寬：《台灣的南管》（臺北：樂韻出版社，1986）。
﹝註6﹞ 沈冬：《南管音樂體製及歷史初探》（臺北：國立臺灣大學出版委員會，1986）。

始以南管曲目分類系統作爲研究主題，1986 年以《南管曲的結構分析：本體與變形的個案研究》〔註7〕在美國馬里蘭大學取得民族音樂學碩士學位，其他更深入的探討陸續於 90 年代以後陸續提出；李國俊亦自 80 年代發表相關論文〈閩南尪姨歌研究〉、〈側寫鄭叔簡先生與中華絃管研究團〉、〈南管樂曲中的「北曲」試析：以「北青陽」及「寡北」爲例〉、〈南管清奏譜「陽關曲」研究〉等。〔註8〕

　　90 年代以降，繼之投身南管研究的學者，有王櫻芬、施炳華等人，其中洪惟仁專精於泉州方言及韻書的研究，〔註9〕爾後施氏亦將南管曲詩作爲閩南文獻的材料，〔註10〕共同拓展了南管方言、聲韻的新天地；1992 年王櫻芬寫成博士論文《【中倍】的門頭本體與創作過程：南管曲的符號學分析》。〔註11〕1995 年國立臺北藝術大學傳統音樂學系南管組的成立，該校的林師珀姬、溫秋菊等人，成爲 21 世紀以研究南管爲職志的學者，林師 1985 年跟隨先師吳昆仁先生（黑狗先）學習南管，2002 年出版《南管曲唱研究》，〔註12〕並在《關渡音樂學報》陸續發表單篇論文，其中有三篇南管門頭的探索，以及喜慶曲目、南管集曲的專題分析，〔註13〕皆可見林師在音樂理論方面著

〔註7〕　Wang Ying-fen. 1986. "Structural Analysis of Nanguan Vocal Music: A Case Study of Identity and Variance." MA thesis, University of Maryland, Baltimore County. 感謝王櫻芬教授於 2012 年 12 月 11 日透過電子郵件指導筆者翻譯碩、博士論文的中文譯名。另外，王教授的研究歷程，可參見〈南管曲目分類系統及其作用〉，《民俗曲藝》152 期（2006 年 6 月），頁 255。

〔註8〕　李國俊：〈閩南尪姨歌研究〉，《民俗曲藝》54 期（1988 年 7 月），頁 126～151；〈側寫鄭叔簡先生與中華絃管研究團〉，《民俗曲藝》55 期（1988 年 9 月），頁 5～11；〈南管樂曲中的「北曲」試析：以「北青陽」及「寡北」爲例〉，《民俗曲藝》57 期（1989 年 1 月），頁 41～63；〈南管清奏譜「陽關曲」研究〉，《嘉義師院學報》3 期（1989 年 11 月），頁 153～175。

〔註9〕　洪惟仁：〈《匯音妙悟》的音讀——兩百年前的泉州音系〉，《第二屆閩方言學術研討會論文集》（廣州：暨南大學出版社，1992），頁 113～121。洪惟仁編著：《泉州方言韻書三種》（臺北：武陵出版社，1993）。

〔註10〕施炳華：《《荔鏡記》音樂與語言之研究》（臺北：文史哲出版社，2000）。

〔註11〕Wang Ying-fen. 1992. "Tune Identity and Compositional Process in Zhongbei Songs: A Semiotic Analysis of Nanguan Vocal Music." PhD diss., University of Pittsburgh.

〔註12〕林珀姬：《南管曲唱研究》（臺北：文史哲出版社，2002）。

〔註13〕林珀姬：〈南管音樂門頭探索（一）——從知見曲目探索明刊本中帶【北】字門頭曲目的轉化〉，《關渡音樂學刊》6 期（2007 年 6 月），頁 1～41；林珀姬：〈南管音樂門頭探索（二）——從知見曲目探索明刊本帶【相思】門頭曲目〉，《關渡音樂學刊》7 期（2007 年 12 月），頁 1～45；林珀姬：〈南管音樂門頭

墨之深，2011 年出版了《百拍大倍齊雲陣套曲》及《南管樂語與曲唱理論建構》二書，[註14]《百拍大倍齊雲陣套曲》爲林師指導碩士生舉行畢業音樂會的一項創舉，在師生的協力之下，共同重現失傳已久的「套曲」演唱（詳見後文第二章第二節），並將研究成果、有聲 CD 集結出書；溫秋菊自博士論文即開始關注南管門頭，至 2010 年《在東方：南管曲牌與門頭大韵》一書問世，[註15] 可視爲溫氏的研究進程。

綜合上述，可歸納出學界對南管研究的進程與旨趣，首先是外圍的現況的調查，以地域、館閣爲單位，如許常惠先生的《鹿港南管音樂的調查與研究》，以及重要手抄本的保存出版工作，如 1987 年呂錘寬撰輯了《泉州弦管（南管）指譜叢編》，[註16] 近年王櫻芬則復刻了鹿港聚英社的兩冊手抄本；[註17] 或詳實的紀錄藝師的生命史，如林師的《吳昆仁先生南管音樂保存計畫期末報告書》、[註18] 李國俊的《玉簫聲和——南管耆宿蔡添木生命史》。[註19] 掌握臺灣南管現況後，進而探索南管的音樂體製，如曾師、沈冬；或結合實唱經驗與音樂理論者，如林師；更進一步結合西樂理論來分析和描述南管如呂錘寬、王櫻芬、溫秋菊等；又有關注到曲詩的文學性和聲韵意涵，如施炳華、洪惟仁二位。再有跨樂種、跨劇種的比較研究，探討以南管爲養分的其他劇種，如李國俊〈閩南尫姨歌研究〉、〈七子戲中的「南北交」樂曲〉，[註20] 又如黃玲玉研究車鼓小戲中的南管曲目，[註21] 徐麗紗則比較南管和

探索（三）——從知見曲目探索明刊本【雙】與【背雙】相關曲目〉，《關渡音樂學刊》9 期（2008 年 12 月），頁 7～43；〈南管音樂中的喜慶曲目曲詩賞析〉，《關渡音樂學刊》10 期（2009 年 5 月），頁 127～155；〈南管音樂中的集曲〉，《關渡音樂學刊》11 期（2009 年 12 月），頁 47～78。

〔註14〕林珀姬：《百拍大倍齊雲陣套曲》（彰化：彰化縣文化局，2011）。林珀姬：《南管樂語與曲唱理論建構》（臺北：國立臺北藝術大學，2011）。

〔註15〕溫秋菊：《論南管曲門頭（mng-thâu）的概念及其系統》（臺北：國立臺灣師範大學音樂學系博士論文，2007）。溫秋菊：《在東方：南管曲牌與門頭大韵》（臺北：國立臺北藝術大學，2010）。

〔註16〕呂錘寬撰輯：《泉州弦管（南管）指譜叢編》（臺北：文化建設委員會，1987）。

〔註17〕王櫻芬、李毓芳編著：《踏步近前聽古音——鹿港聚英社林清河譜本》（彰化：彰化縣文化局，2007）。

〔註18〕林珀姬：《吳昆仁先生南管音樂保存計畫期末報告書》（臺北：國立臺北藝術大學，2002）

〔註19〕李國俊，洪瓊芳：《玉簫聲和——南管耆宿蔡添木生命史》（宜蘭：國立臺灣傳統藝術總處籌備處，2011）。

〔註20〕李國俊：〈七子戲中的「南北交」樂曲〉，《海峽兩岸梨園戲學術研討會論文集》（臺北：國立中正文化中心，1998），頁 315～331。

歌仔戲或音樂間的關係；〔註22〕或從社會、文化、歷史、儀式、人類學的觀點描述南管活動在閩人生活圈所產生的影響與意義，如周倩而《從士紳到國家的音樂：臺灣南管的傳統與變遷》，〔註23〕周氏以民族音樂學的研究方法寫成，融合學習經驗和田野訪談，學術的深度或許不及上述學者，但其淺顯的敘事筆法，使一般讀者容易領會。

隨著社會對於傳統藝術的重視，終身奉獻於南管的耆宿藝師也得到了重視與肯定，如1988年獲頒教育部第四屆傳統藝術類民族藝術薪傳獎，1999年獲頒第七屆全球中華文化藝術戲劇類薪傳獎，2000年又獲文建會指定為重要無形文化資產南管戲曲的保存者的吳素霞先生，〔註24〕而南聲社的張鴻明先生則被登錄為南管音樂的保存者。先師吳昆仁先生1985年創立華聲南樂社，1988年獲頒教育部民族藝術類薪傳獎之團體獎，1990年亦獲頒民族藝術薪傳獎之個人獎。

（二）臺灣學位論文

臺灣的碩博士論文累積至今，粗估有六、七十本以上，是以南管為核心命題寫成。1974年文化大學孫靜雯《南管音樂研究》〔註25〕是目前臺灣最早的南管學位論文。以下，筆者亦採取主題式的歸納，按時間先後簡列之。

〔註21〕黃玲玉：〈從閩南車鼓現況看車鼓與南管之關係〉，《八十三年全國文藝季千載清音——南管學術研討會論文集》（彰化：彰化縣立文化中心，1994），頁68～81。黃玲玉：〈從源起、音樂角度初探臺灣文陣與南管之關係〉《南、北管音樂藝術研討會論文集》（宜蘭：國立傳統藝術中心，2004），頁238～270。黃玲玉：〈從源起、音樂角度再探臺灣南管系統之文陣〉，《關渡音樂學刊》第7期（2007年12月），頁47～97。

〔註22〕徐麗紗：〈試探歌仔戲唱腔與南管音樂之淵源——以「七字調」、「大調」、「倍思」唱腔為例〉，《八十三年全國文藝季千載清音——南管學術研討會論文集》，頁82～106。

〔註23〕周倩而的研究方法與目的，參見《從士紳到國家的音樂：臺灣南管的傳統與變遷》：「截至目前為止，國內外的學術界對南管的研究（或其他台灣樂種），還未直接觸及關於音樂製作過程的探討，這即是本書主要探究的議題。我採用民族音樂學的研究方法，試圖將南管的聲音本身與該傳統的其他社會文化面向的關係連繫起來，闡述音樂與文化、社會的有機互動關係。」（臺北：南天書局，2006），頁23。

〔註24〕1999年獲第七屆「全球中華文化藝術戲劇類薪傳獎」，2010年榮獲「重要傳統藝術——南管戲曲保存者」，2012年再榮獲「首屆台中市表演藝術金藝獎」殊榮，其率領的「合和藝苑」，也多次（2002～2005年）榮獲臺中「傑出演藝團隊」。

〔註25〕孫靜雯：《南管音樂研究》（臺北：文化大學藝術研究所碩士論文，1974）。

1. 音樂體製

1974 孫靜雯《南管音樂研究》、1982 呂錘寬《泉州絃管（南管）研究》、1984 王嘉寶《南管器樂曲的分析》、1986 沈冬《南管音樂體製及歷史初探》、2001 李孟勳《南管散曲與南北曲之比較分析——以同名曲牌爲例》、2003 大友理《南管音階論——與含有大七度的日本民歌比較》、2005 施玉雯《《文煥堂指譜》記譜法研究——兼論南管記譜概念之演變》、2006 李靜宜《南管譜〈梅花操〉之版本與詮釋研究》、2007 溫秋菊《論南管曲門頭（mng-thâu）的概念及其系統》、2008 陳筱玟《南管相思引之曲目研究》。

2. 樂器考述、演奏法

1995 黃振南《南管器樂研究》、2003 王瑤慧《南管琵琶之製作工藝及其音樂研究》、2004 邱魏婉怡《南管洞簫裝飾奏法之研究——以南管四大譜《四、梅、走、歸》爲例》、2005 盧惠娟《南管簫絃之製作工藝及其音樂研究》、2007 胡惠雯《南管嗩吶之音樂功能及其音色分析》、2009 王雅慧《南管打線指法研究》

3. 抄本、唱片

2003 黃朝彥《鹿港地區之南管手抄本研究》、2009 林家迎《陳慶芳所藏南管老唱片之研究》

4. 唱　腔

1987 簡巧珍《南管戲「陳三五娘」及其「益春留傘」之唱腔研究》、1987 林淑玲《鹿港雅正齋及南管唱腔之研究》、1995 蔡郁琳《南管曲唱唸法研究》、2012 駱婉禎《中西方歌唱方法之思索——從我的南管學習經驗出發》

5. 曲詩文學、音韻

2003 林秋華《南管指套〈趁賞花燈〉研究》、2010 沈婉玲《南管對「西廂故事」之接受與轉化》

2001 鐘美蓮《《荔鏡記》中的多義詞「著」》、2005 蔡玉仙《閩南語詞彙演變之探究——以陳三五娘故事文本爲例》

6. 北藝大畢業音樂會詮釋報告

2009 盧盈妤《南管曲唱之詮釋與賞析——以盧盈妤畢業音樂會爲例》、2009 魏伯年《「徐智城、魏伯年畢業音樂會」詮釋報告——南管洞簫的賞析與詮釋》、2009 徐智城《套曲〈大倍齊雲陣〉的打譜與詮釋》、2012 黃俊利《黃

俊利畢業音樂會詮釋報告——以「四子曲」論南管曲唱與二絃演奏法》

　　1995 年國立臺北藝術大學音樂學院成立傳統音樂學系南管組，南管正式進入學院教學系統。2007 年開始招收碩士生，每學期皆舉行期末音樂會，並以畢業年度的音樂會詮釋報告作爲畢業論文。筆者有幸參與 2009 年以降的音樂會，並與幾位碩士生相識交流，著實獲益良多。要培養一位南管組的碩士生相當不容易，他們的論文撰作或許不及大專院校的研究生，但是他們對南管音樂的體會與實踐卻更爲深刻具體，是以筆者常把握機會和他們合奏、討論。

7. 南管藝師

　　2006 黃鈞偉《南管藝師張鴻明研究》、2008 黃雅琴《南管藝師吳素霞研究》

8. 地域性、館閣文化觀察

　　1987 林淑玲《鹿港雅正齋及南管唱腔之研究》、1989 李秀娥《民間傳統文化的持續與變遷——以臺北市南管社團的活動爲例》、1997 游慧文《南管館閣南聲社研究》、1999 陳衍吟《南管音樂文化研究——由歷史向度社會功能與美學體系談起》、2004 嚴淑惠《鹿港南管的文化空間與樂社之研究》、2008 沈怡秀《臺灣公立南管樂團之經營管理研究——以彰化縣文化局南管實驗樂團爲例》、2008 陳怡如《南管館閣儀式性活動研究——以 2001 年至 2007 年所見館閣爲範例》、2008 劉芷珊《2004～2007 年南聲社的儀式活動及其音樂研究》、2008 蘇靜蘭《廟宇、外來移民與南管館閣音樂活動之關係——以高雄地區爲例》、2009 林瑋茜《「民間藝術保存傳習計畫」之南管音樂傳習研究》

9. 結合戲曲、跨劇種

　　1987 簡巧珍《南管戲「陳三五娘」及其「益春留傘」之唱腔研究》、1988 林豔枝《嘉靖本《荔鏡記》研究》、1992 劉美芳《陳三五娘研究》、1996 吳佳燕《梨園戲音樂及其腔調之研究》、2000 曹珊妃《「小梨園」傳統劇本研究——以泉州藝師口述本爲例》、2004 卓玫君《臺灣南管小戲文本分析——以〈陳三五娘〉與〈番婆弄〉爲例》、2004 張啓豐《清代臺灣戲曲活動與發展研究》、2005 柯世宏《南管布袋戲《陳三五娘》之創作理念與製作探討》、2006 康尹貞《梨園戲與宋元戲文劇目之比較研究》、2007 張錦萍《南管在梨園戲的運用與表現》、2007 陳佳雯《台灣所見南管系統的戲劇鑼鼓研究——以小

梨園《高文舉》為例》、2008 施宜君《從《高文舉》一劇探討臺灣交加戲音樂之運用——以南管新錦珠劇團為例》、2010 張筱芬《臺灣《陳三五娘》今昔的演出差異與變化》、2010 金玉琦《朱弁戲曲故事研究》、2012 鄭智勻《南管戲《呂蒙正》及音樂之研究》

（三）大陸地區、廈門

50 年代，大陸開始普查劇種，出版《華東戲曲介紹》叢書，第三集中，陳嘯高、顧曼莊二人執筆寫成〈福建的梨園戲〉；〔註 26〕爾後 90 年代，以省為分卷單位，進行更大規模的《中國戲曲志》編撰，21 世紀初繼續執行《中國戲曲音樂集成》，其中的《福建卷》可見「梨園戲」、「南音」之介紹。〔註 27〕就筆者可取得的資料而言，大陸地區研究南管的重要學者有王愛群、何昌林、陳冰機、王耀華、劉春曙、流沙、吳捷秋、孫星群、吳世忠、鄭國權、王珊、李寄萍、陳燕婷等人。

王愛群和何昌林二位在 80 年代初期即陸續發表相關論著，〔註 28〕1985年陳冰機《福建南音及其指譜》為簡介性質的小書，〔註 29〕1988 年《南戲論集》一書則精選了當年舉辦的「南戲學術研討會」二十九篇論文，其中與梨園戲、南管音樂相關者佔三分之一，〔註 30〕1989 年王耀華、劉春曙二人合著《福建南音初探》，〔註 31〕結合中國音樂理論，論析南管音樂所具備的「旋

〔註 26〕 陳嘯高，顧曼莊：〈福建的梨園戲〉，《華東戲曲劇種介紹》第 3 集（上海：新文藝出版，1955），頁 99～114。

〔註 27〕 參見中國戲曲志編輯委員會：《中國戲曲志・福建卷》（北京：文化藝術出版社，1993），「梨園戲」，頁 64～67。中國戲曲音樂集成編輯委員會：《中國戲曲音樂集成・福建卷》（北京：中國 ISBN 中心，2003），「梨園戲」，頁 64～67。

〔註 28〕 何昌林：〈福建南音源流試探〉，《泉州歷史文化中心工作通訊》1984 年 2 期，頁 1～29。何昌林：〈南音十題（節稿）〉，《中國音樂》1984 年 2 期，頁 17～20。王愛群：〈王愛群覆何昌林的信〉，《泉州歷史文化中心工作通訊》1984年 2 期，頁 30～34。其他筆者在臺灣尚可見到的王愛群著作：〈泉腔論——梨園戲獨立聲腔探微〉，《南戲論集》（北京：中國戲劇出版社，1988），頁 343～413。王愛群先生兩篇遺稿之一：〈論南音「管門」的含義〉，《南戲遺響》（泉州：中國戲劇出版社，1991），頁 141～150。王愛群先生兩篇遺稿之二：〈南音「品、洞、管」與「上下四管」考釋〉，《南戲遺響》（泉州：中國戲劇出版社，1991），頁 151～180。

〔註 29〕 陳冰機：《福建南音及其指譜》（北京：中國文聯出版，新華發行，1985）。

〔註 30〕 福建省戲曲研究所，泉州地方戲曲研究社，莆仙戲研究所編：《南戲論集》（北京：中國戲劇出版社，1988）。

〔註 31〕 王耀華，劉春曙：《福建南音初探》（福州：福建人民出版社，1989）。

宮」、「同均三宮」，可說是 80 年代的重要著作；流沙和吳捷秋主力研究在聲腔和梨園戲，「泉腔」為兩人的研究交集，在《梨園戲藝術史論》〔註32〕書中可看到吳氏對流氏說法的檢討、論辯，〔註33〕吳氏以梨園戲為研究主軸，從其論述中一再證實南管和梨園戲在音樂、曲詩的互通有無。21 世紀，孫星群於 2004 年發表〈泉腔探證〉，〔註34〕補充了王愛群的〈泉腔論〉；在臺灣尚可見陳燕婷的《南音北祭──泉州弦管郎君祭的調查與研究》一書，〔註35〕以田調的方式紀錄郎君祭儀式，書寫的層面擴及社會觀察、民族性、人類學，為近年研究的新趨勢。

　　泉州於 2002 年啟動南管〔註36〕申報「人類非物質文化遺產代表作」的浩大工程；2005 年，被列為國家向聯合國教科文組織申報的備選專案；2006年 11 月，舉行申報人類非物質文化遺產代表作名錄論證會；2008 年 9 月，完成申報文本和紀錄片；2008 年 10 月，作為中國申報人類非物質文化遺產代表作名錄正選專案呈報到聯合國教科文組織；2009 年 5 月 29 日，聯合國教科文組織建議南管列入人類非物質文化遺產代表作名錄；2009 年 9 月 30日，聯合國教科文組織跨政府委員會第四次例會正式將南管列入「人類非物質文化遺產代表作名錄」。在這八年申報歷程中，動員很多機構、單位的鼎力配合，出版許多相關著作。以泉州地方戲曲研究社為例，從 1985 年開始致力於地方戲曲的出版品，特別是 1995 年至 2000 年出版的《泉州戲曲叢書》十五卷，2003 年至 2009 年《泉州戲曲弦管叢書》十二本，2010 年《荔鏡記荔枝記四種》問世，2011 年又有《泉州戲曲文化研究叢書》三本著作付梓，嘉惠海內外學者甚多；以梨園戲特有劇目《陳三五娘》為例，《荔鏡記荔枝記四種》匯集了嘉靖、順治、道光、光緒四本刊本，因未收明萬曆版及《荔鏡傳》文言小說，2011 年鄭國權再校訂《明萬曆荔枝記校讀》出版，並編撰《荔鏡奇緣古今談》，使《陳三五娘》的研究資料更易取得。〔註37〕鄭氏作

〔註32〕　吳捷秋：《梨園戲藝術史論》（上）、（下）（北京：中國戲劇出版社，1994）。

〔註33〕　流沙的著作後集結成書，參見流沙：《明代南戲聲腔源流考辨》（臺北：施合鄭民俗文化基金會，1999）。

〔註34〕　孫星群：〈泉腔探證〉，《天籟──天津音樂學院學報》2004 年 2 期，頁 19～26。

〔註35〕　陳燕婷：《南音北祭──泉州弦管郎君祭的調查與研究》（北京：文化藝術出版社，2008）。

〔註36〕　大陸地區稱為「南音」，本文為求行文統一，全以「南管」稱之。

〔註37〕　泉州地方戲曲研究社編：《荔鏡記荔枝記四種》（北京：中國戲劇出版社，

為主編，編著豐碩，有材料的彙編校注，如《泉州弦管名曲選編》、《泉腔弦管曲詞選》和《泉州弦管名曲續編》；或集結單篇論文的論文集，如《南戲遺響》、《兩岸論弦管》、《泉州弦管史話》。〔註38〕

在閩人的移民歷史中，隨著清中葉廈門的開埠，閩人逐利所至，南管遂在廈門落地生根，孕育出不同於「泉州法」風格的「廈門法」，深深影響臺灣的南管美學。今日廈門的南管研究，以廈門大學為重鎮，2006 年泉州師範學院的王珊領銜主編《中國泉州南音系列教程》，張真好、陳敏紅、郭長玲等人協同編輯了南管指、譜、曲的曲譜及樂器、演唱的八冊教程，全部由廈門大學出版社發行。〔註39〕

承上，是截至 2012 年，以南管為圓心所畫出的學術藍圖。當然，單憑筆者個人粗淺的蒐羅，一定還有闕漏和力猶未逮之處，特別是大陸的研究資源，某些期刊如《泉州歷史文化中心工作通訊》，因臺灣沒有引進該書，是以筆者無從得見。另外，尚有一些刊登於《民俗曲藝》、《傳藝》、《聯合文學》等藝文雜誌、地方雜誌上的泛論、簡介、觀後心得，在此就不一一贅述了。

2010）。鄭國權校訂：《明萬曆荔枝記校讀》（北京：中國戲劇出版社，2011）。鄭國權編撰：《荔鏡奇緣古今談》（北京：中國戲劇出版社，2011）。

〔註38〕（依出版先後羅列）鄭國權等編：《南戲遺響》（泉州：中國戲劇出版社，1991）。鄭國權、曾家陽編校：《泉州弦管名曲選編》（北京：中國戲劇出版，2005）。鄭國權主編：《兩岸論弦管》（北京：中國戲劇出版，2006）。鄭國權編注：《泉腔弦管曲詞選》（廈門：廈門大學出版社，2007）。鄭國權主編：《泉州弦管名曲續編》（北京：中國戲劇出版，2008）。鄭國權：《泉州弦管史話》（北京：中國戲劇出版，2009）。

〔註39〕曾家陽編著：《泉州南音琵琶教程》，王珊主編：《中國泉州南音系列教程》第 1 冊（廈門：廈門大學，2006）。王大浩編著：《泉州南音洞簫教程》，王珊主編：《中國泉州南音系列教程》第 2 冊（廈門：廈門大學，2006）。吳璟瑜編著：《泉州南音二弦教程》，王珊主編：《中國泉州南音系列教程》第 3 冊（廈門：廈門大學，2006）。李麗敏編著：《泉州方音教程》，王珊主編：《中國泉州南音系列教程》第 4 冊（廈門：廈門大學，2006）。李白燕編著：《泉州南音演唱教程》，王珊主編：《中國泉州南音系列教程》第 5 冊（廈門：廈門大學，2006）。張真好、陳敏紅編：《泉州南音「指」集》，王珊主編：《中國泉州南音系列教程》第 6 冊（廈門：廈門大學，2006）。張真好、陳敏紅編：《泉州南音「譜」集》，王珊主編：《中國泉州南音系列教程》第 7 冊（廈門：廈門大學，2006）。丁世彬，白志藝編校：《泉州南音「曲」集》，王珊主編：《中國泉州南音系列教程》第 8 冊（廈門：廈門大學出版社，2006）。

小　結

　　總結當前的研究成果，研究的徑路從外圍的地域、館閣為單位調查，到鎖定重要的南管薪傳者，有意識的去紀錄藝師的生命史；掌握南管現況後，學者進而探究南管的核心，體製理論、歌唱口法和曲詩的文學聲韻意涵。除此之外，以南管音樂為養分的其他樂種、劇種也會回過頭來關注與南管的音樂淵源，或者結合民族音樂學的研究方法，以人類學的觀點去描述南管活動在閩南人生活圈所產生的影響與意義。筆者繪製成圖表如下：

圖表 1　南管研究概況示意圖

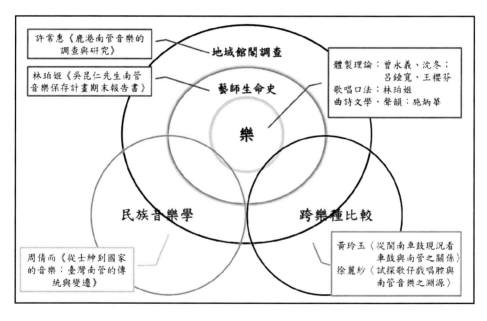

吳佩熏設計、洪彥成製圖

　　如上圖所示，南管音樂的核心在於體製結構、演唱的口法技巧，以及曲詩的文學性、聲韻意涵，也就是南管的歌、樂、文。曾師和沈氏的研究，充實了文獻上的依據，奠定了南管的古老性，但是時隨境遷，今日南管圈的變化，的確有超出紙上研究的地方。而呂氏、王氏、溫氏三位學者結合西方理論來研究、分析南管，當然有其積極面和開拓性，但是也很容易遇到中西樂不相通的隔閡。關於南管的音樂體製、音樂階層的概念提出，學者們其實早就已經注意到這個問題了，以王氏〈南管曲目分類系統及其作用〉這篇文章為代表作。王氏的見解主要集中在「新曲的創作」、「牌名的創作」這兩個章

節裡，王氏採取了不同的切入角度、不同的書寫策略，但是探討的課題仍舊是音樂的體製。王氏提出了 4 類的曲調分類（有 4 層和 5 層的音樂階層），也就是 4 種體製。〔註40〕

筆者設想，所謂的「體製」，就是最根本、最基礎的規範，應當是要提綱挈領，以簡馭繁。可是觀察各館閣使用的曲譜、手抄本，當中門頭、牌名的不統一，的確是一個大問題；但是從來不影響每年各地絃友的整絃合奏，由此可見，南管音樂一定有一個牢不可破的根本體製，潛移默化在每個南管人的認知中。因此，南管音樂的終極體製，就有待我們去建構與完成。

通過上述寫作動機與研究回顧之檢討，本篇論文希冀能夠達成以下目的：

一、在前賢研究基礎上，試建構出南管的體製與音樂的層級

二、藉由南管音樂之內涵，解讀古代音樂文獻，塡補韻文學史的模糊地帶。

三、以南管人、一般民眾爲讀者群，重新釐清樂人與學者認知上的落差。

三、研究方法與架構

曾師於台大課堂上指出，欲周延地討論戲曲音樂，當從宮調、笛色、曲牌、板眼、腔調、腔調的載體、配器，及因人而異的音色、口法九個面向討論之，給予筆者莫大啓發。

以上，曾師對於音樂體製的歸納，是以中國戲曲已屆成熟階段爲前提，歌舞樂的關係密不可分；揆諸本篇論文所要討論的南管音樂，臺灣當前南管社團之現況，乃配樂坐唱或器樂清奏之形式，雖無粉墨登場，但依舊保有歌樂之原始風貌。筆者竊以爲，若能假曾師之概念，詳備周延地來研究南管，爲南管建立音樂體製，應當是十分適切的。

然而，這套音樂樂語並非完全適用。每一樂種都各有其「行話」，南管音樂中有行之已久的的樂語，如：管門、門頭、撩拍、大韻等，至今仍是絃友口中活生生的語彙。是以，爲南管建構音樂體製，定要忠於原味。關於南管樂語的釋義，可參見林師《南管樂語與曲唱理論建構》一書，該書上篇〈南管樂語輯錄詳解〉，分成七個面向，〔註41〕以其長年研究、田調所得，賦予每個詞條最精簡的要義。曾師與林師的學養啓發筆者甚多，本論文希冀能結合

〔註40〕 王櫻芬：〈南管曲目分類系統及其作用〉，《民俗曲藝》第 152 期，2006 年 6 月，頁 253～297。

〔註41〕 林珀姬：《南管樂語與曲唱理論建構》，頁 23～91。

兩位師長的長處，試以曾師提出的體製基礎為架構，將南管最關鍵的音樂樂語，逐一考察，以期能將民間樂人習焉不察的口語用法，予以理論化、系統化。茲論本文的篇章架構於下。

第一章〈南管音樂理論之樂語檢討〉：本章重點在於名與實。擬分四節：（一）管門、（二）撩拍、（三）滾門／門頭、（四）曲牌／牌名、腔韻／大韻，於各小節中皆先有該樂語的研究回顧，概述積累至今的兩岸研究，再針對各樂語所衍伸的重要議題逐一析論。力求安頓好這些樂語，取得共識後，以俾建構南管的音樂體製，說明音樂的層級關係。

第二章〈南管的腔調與載體〉：本章擬從（一）南管的腔調、（二）南管的載體兩節觀察南管所使用的語言和文字，析論語音與音樂的交互關係。凡以泉州方言歌唱演唱者，即為泉腔的載體，如梨園戲、高甲戲、竹馬戲、車鼓戲，而南管唱曲以泉腔咬字吐音，亦屬泉腔之載體，本文所欲討論的南管腔調，自然是以流播至臺灣，運用於南管演唱的「泉腔」。「南管的腔調」將分出四小節，前三節著重闡述腔調的定義與共性，並要回顧「泉腔」在學術史上引發的討論，第四小節則論泉腔內在構成的因素有哪些，並舉筆者習唱經驗佐證之。「南管的載體」將分別介紹「曲」、「指」、「套曲」和「譜」，除了交待演出編制、功能質性、曲詩取材和現存狀況，將試著在前賢的基礎上，檢討載體的音樂結構。

第三章〈南管音樂的發展及其體製之建構〉：本章將從文學和音樂的角度觀之，分（一）單一曲見的發展、（二）小型組織的發展，以此兩節說明南管音樂的發展，上承第二章學者對各載體的結構探討，並結合曾師所提出的曲體流變，試為南管定位出更確切的曲體發展程度；以「單一曲見」審視南管每一見獨立可拆解的「曲」，應當還算妥當，而南管「指套」和「套曲」的曲體規模，可能還不及戲曲聯套的程度，筆者權將這兩種載體的音樂結構，縮小至「曲組」的小型組織。其次，南管音樂體製之建構主要以第一章的樂語探討為基石，分出（三）縱向體製和（四）橫向體製，提出筆者認為最貼切樂人學習經驗的音樂體製，筆者特別將「系列門頭大家族」獨立出來，「縱向體製」為南管音樂任一樂曲皆共同體現的音樂共性，而不同拍法的「門頭大家族」並非任一樂曲皆具備這層關係，是以將「門頭大家族」視為「縱向體製」之上，所進階形成的「橫向體製」。

結論：以「問題意識」檢討本文，企望本文解決了南管音樂中懸宕已久

的體製問題、層級關係；收束前面各章之餘，並交待本文於「音樂結構」不足之處，將是日後繼續努力的方向。

　　因本文著重在樂語的探討，體製的建構，與中國韻文學發展之對照，而樂器考的研究並非本文重點，且已有許多專門研究，因此有關南管樂器的部份，本文就不多贅述。

第一章　南管音樂理論之樂語探討

　　中國音樂博大精深，即便三代以前的原始時代仍可搜尋到音樂、歌舞的痕跡，〔註1〕進入信史時代後，從文獻的記載、文物的出土，皆可慢慢勾勒出當時的樂器與樂律。〔註2〕往下，中國音樂的演化與時俱進，歷經各朝代樂律及藝術的蛻變，多方結合下形成了說唱音樂和戲曲音樂，音樂的曲體簡要之乃朝著板腔體和曲牌體兩個大方向發展，施師德玉《板腔體與曲牌體》一書，即在曾師的理論基礎上，探討兩大系統的音樂曲體，施氏指出：

> 「板腔體」是以一段上下句結構之音樂為基準，進行各種板式變化，又運用唱腔的特色呈現音樂性格，以配合唱詞情節的音樂曲體。唱詞是以整齊的七字或十字句之「詩讚系」為主，其音樂是以上下對句為基本單位。

> 「曲牌體」的「曲牌」原是一首有唱詞的音樂，唱詞以長短句為主，音樂旋律、節奏與唱詞平仄四聲互相配合，音樂性之聲情與詞情融合相得益彰，因此曲牌名稱與內容相符，是「選詞配樂」的階段。曲牌在發展中形成另一種創作，採保留曲牌名稱和音樂骨幹而「依聲填詞」，是使用原牌名、原音樂架構，重新創作不同唱詞內容之新曲。由於原音樂的基本樂句、旋律、節奏都予以保留，因此新創作的唱詞必須遵循原唱詞的格律，才能與原音樂緊密配合，形成另一首同名曲牌。這就關係著原詞的句數、字數、句長、

〔註1〕　參見楊蔭瀏：《中國古代音樂史稿》（北京：人民音樂出版社，2004），第一章〈遠古〉，頁1～3。

〔註2〕　同上註，參見第三章第五節〈樂器和樂律〉，頁22～27。

韻長、音節、協韻、平仄、聲調、對偶等因素。〔註3〕
而不同旋律的曲牌進一步組合成了各種套式，再以「宮調」來統攝具有相似聲情和詞情的曲牌。根據施氏的研究，宮調者，不僅是指音樂上的音階形式，還包含了調高（笛色）、調性（音樂性格）和調式（樂句結音相同之曲體）三大意義，因此宮調是爲諸曲牌的類別，用以規範曲牌的聲情。〔註4〕

然而，目前的史料文獻，並無專門針對南管音樂理論而寫，從《福建戲史錄》所輯，多半是演出的概況。而明清以來的曲簿、刊本亦無樂語釋義；南管音樂雖爲中國音樂一支流，但從未直接使用「均」、「律」、「宮」、「調」等音樂語彙，反而自成一格，以「管門」、「撩拍」、「門頭」、「大韻」來指涉音樂活動中的音高、音階、節奏、旋律、風格等。而南管傳承至今，仰賴樂人的口傳心授，因此，保留至今的口語用法，就成爲探究南管音樂體製的入門途徑，釐清南管樂語的名與實成爲首先要務，再者才是爲其建立系統。

回顧目前研究概況，學者除了以中國音樂的理論說明，更援引西樂作爲詮解的橋樑，中學爲體西學爲用固然是件好事，追根究底就是要使人認識南管、瞭解南管。然而，誠如林師曾言：「以西樂解釋中樂，其本身就存在有矛盾」。〔註5〕有鑑於此，如何更深入淺出、就事論事的描述南管、介紹南管，即爲本文努力之方向。

筆者希冀能對南管音樂進行有系統、成體系的析論與建構。首章「南管音樂樂語之檢討」共分四節，依序檢討：管門、撩拍、滾門／門頭、曲牌／牌名、腔韻／大韻。各節的討論方式，將以學者的研究成果爲基礎，除了辨析各家看法歧異之處，更要回歸到現今的南管音樂本身。筆者這些年玩南管的經驗，與絃友的互動交流，竊可作爲溝通的橋樑，以期重新檢討樂人與學者認知上的落差。

第一節 管 門

一、研究回顧

南管音樂以洞簫的音高調音，以五孔全按音「工」空爲基礎音，樂人多

〔註3〕 施德玉：《板腔體與曲牌體》（臺北：國家出版社，2010），頁22、25～26。
〔註4〕 文意參考自施德玉：《板腔體與曲牌體》，頁188。
〔註5〕 林珀姬：〈南管音樂門頭探索（一）——從知見曲目探索明刊本中帶【北】字門頭曲目的轉化〉，《關渡音樂學刊》6期（2007年6月），註4，頁9。

稱爲「管門」或「管色」。是以要認識南管，瞭解南管，當從「管門」談起。
細繹相關著作中，各家對於「管門」的定義是：「決定調值高下」、〔註6〕「以
弦管定調」、〔註7〕「南管音樂的調性」、〔註8〕「音調的總稱」、〔註9〕「音樂
體製音高組織種類之總稱，相當於西樂的音階結構」；〔註10〕這些說法不免借
助西方樂理的「調值」、「調性」、「調式」、「音階」等術語。

　　林師認爲：「南管要到門頭的層次，才能決定其音階結構與音域」，〔註11〕
而林師所言的「音階」，並非採用西樂慣用的「音階」（八度內按照高低順序
排列的音列），僅是藉一般所熟知的習慣來說明。林師的考量是：

> 南管音樂音階結構比西樂的音階結構複雜，有二宮與三宮的問題存
> 在，音域與調式的決定又在門頭，故使用「調式」、「音組織」、「音
> 列」等都不如「音階」來得恰當。再就王沛綸《音樂辭典》（頁 421）
> 對音階（scale）之解釋：「一群高低不同的樂音，依照法則，階梯
> 似的排列起來，謂之音階。」王耀華《世界民族音樂概論》（頁 14）：
> 「音階爲機械性的音高順序排列」，則管門的音序排列作「音階」說
> 明其意義較接近。〔註12〕

由於中西樂理的理念並非完全相通，倘若要借助西樂理論來作爲切入點，恐
有不相容或力不足之處；較可行的辦法還是要回歸到音樂本體，從「管門」
所統轄的四空管、五空管、五六四仅管、倍士管逐一考察之，才能爲其擬定一
個最好的界說。

二、譜字介紹

　　在討論管門之前，首先要先介紹南管記譜法、使用的譜字和固定調記譜
法。

〔註6〕　沈冬：《南管音樂體製及歷史初探》，頁 63～64。
〔註7〕　王耀華，劉春曙：《福建南音初探》，頁 30。
〔註8〕　卓聖翔、林素梅：《南管曲牌大全》（高雄：串門南樂團，1999），頁 15。
〔註9〕　呂錘寬：《台灣傳統音樂概論‧歌樂篇》（臺北：五南出版社，2005），頁 98；
　　　　呂錘寬：《南管音樂》（臺中：晨星出版社，2011），頁 147。
〔註10〕溫秋菊：《在東方：南管曲牌與門頭大韵》，頁 25。
〔註11〕林珀姬：《南管樂語與曲唱理論建構》，頁 31。或可參見更早期的說法，林珀
　　　　姬〈南管音樂中的集曲〉：「樂曲所使用的音階結構，以及樂曲音域、調式等，
　　　　則要從門頭與牌名來檢視」，《關渡音樂學刊》11 期（2009 年 12 月），頁 49。
〔註12〕林珀姬：《南管樂語與曲唱理論建構》，註7，頁 141～142。

圖表 2　南管記譜法

中國文字一字一音的特性，影響了音樂的記譜，普遍使用的譜字有「上、尺、工、凡、六、五、乙」，因此稱爲工尺譜。譜字會因區域有所差異，南管以「下、乂、工、六、士」記譜，以泉州方言發音，讀作「e⁷、tse⁷、koŋ¹、liok⁸、s□⁷（su⁷）」，因此更精確的稱法或可稱爲「工乂譜」。〔註13〕高八度時，除了「下」改作「一」，其餘譜字加上「人」字旁「仅、仜、伏、仕」，低八度時，「士」改作「电」，〔註14〕「工」、「六」加上「艸」字頭表示低音「芏、芧」，「下」、「乂」則無低八度音之音。

表格 1　南管譜字列表

芏	五芧	四芧	㗂	电	下	㕭	乂	工	五六	四六	壮	士	一	毛一	五仅	四仅	仜	五伏	四伏	仕
d	e	f	$^\#$f	g	a	b	c¹	d¹	e¹	f¹	$^\#$f¹	g¹	a¹	♭b¹	b¹	c²	d²	e²	f²	g²
2	3	4	$^\#$4	5	6	7	1	2	3	4	$^\#$4	5	6	♭7	i	2	3	4	5	

吳佩熏整理

其次，南管以固定調記譜，不論管門變化，譜字皆不變，但會唱以不同

〔註13〕鄭國權《泉州弦管史話・弦管工乂譜》辨明「乂」非「尺」之省筆：「泉州民間認爲『乂』就是『叉』或『杈』，由來已久，約定俗成。……因爲『尺』字，方言讀起來屬仄音，音短促，不便拖長，而『乂（差）』字屬平聲，可以一口氣拖很長的音。所以今天我們所能看到的弦管曲譜，不論是手抄簿或刊刻本。都只有『乂』，而不見『尺』。」（頁118～119）

〔註14〕此二譜字在不同版本有互置的現象，本文以劉鴻溝版本爲據，吳明輝版本同；林霽秋版本、張再興版本反之，以士作低音，电爲高音。

音高，是以「乂、六、士、仪」的音高會隨不同管門而有變化。以下援引林師書上的圖表示之：

表格 2　南管音樂四個管門的五音排列

譜字 管門	工 簡譜 （固定音高）	六 簡譜 （固定音高）	士 簡譜 （固定音高）	一 簡譜 （固定音高）	仪 簡譜 （固定音高）
倍士管	1（d）	2（e）	3（$^\#$f）	5（a）	6（b）
五空管	5（d）	6（e）	$\dot{1}$（g）	$\dot{2}$（a）	$\dot{3}$（b）
五六四仪管	2（d）	3（e）	5（g）	6（a）	$\dot{1}$（c）
四空管	6（d）	$\dot{1}$（f）	$\dot{2}$（g）	$\dot{3}$（a）	$\dot{5}$（c）

林珀姬繪圖〔註15〕

三、管門定義及介紹

　　首先，筆者要慎重申明，南管「管門」的概念，並不等同於「宮調」。南管以同一音高的「工」（d）為基礎音，再取用不同音高的「乂、六、士、仪」，組成了四個管門，是以各管門之間並非如同民間「以凡代工」的翻調關係。而崑曲以笛為主奏樂器，尺字調（C調）、小工調（D調）等統稱為「笛色」，即採用「以凡代工」的翻調手法產生，皆有相對應的西樂調號，今日所使用的五宮四調，均有相對應的笛色，如南曲中的【仙呂宮】所配笛色為小工調（D調）或尺字調（C調），北曲【仙呂宮】還可間用正宮調（G調）。〔註16〕兩相比較之下，可清楚對照出南管「管門」的意義僅為「使用了哪些音」，形成了以「工」為首音的四種「音階形式」；而崑曲所言的「笛色」，曲牌體所說的「宮調」，才是和西樂調高（Key）、調號（C調、D調）概念相通者。

　　承上各家說法，管門的定義可歸約為「洞簫音的門類」。沈氏、林氏、溫氏又提出「管色」的稱法。「管色」一詞見諸宋代文獻，如陳元靚《事林廣記》記有「管色指法」、〔註17〕張炎《詞源》的「管色應指字譜」，〔註18〕《詞源》

〔註15〕林珀姬：《南管樂語與曲唱理論建構》，頁141。

〔註16〕詳見丹青藝叢編委會編：《中國音樂詞典》（臺北：丹青出版，1986），「笛色」條，頁94。

〔註17〕〔南宋〕陳元靚，生平不詳。南宋末年建州崇安（今福建）人。自署「廣寒仙裔」，著有《事林廣記》、《歲時廣記》四十卷、《博聞錄》等書，其作品有

只列出譜字和對應之符號，《事林廣記》則配合樂器圖示說明各譜字的指法：

圖表3　陳元靚《事林廣記》、張炎《詞源》、陳暘《樂書》截圖

陳元靚《事林廣記》 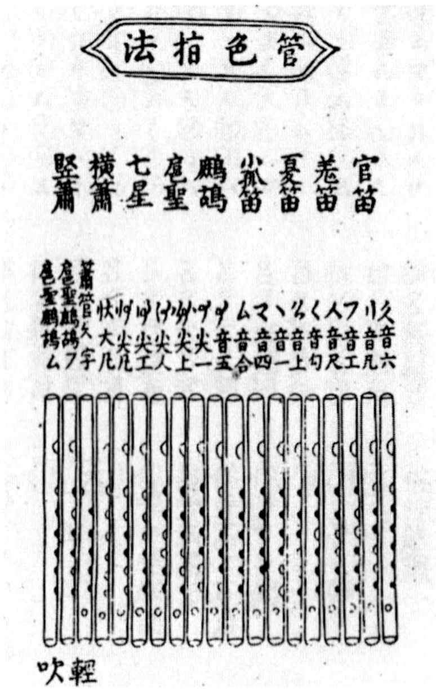	張炎《詞源》 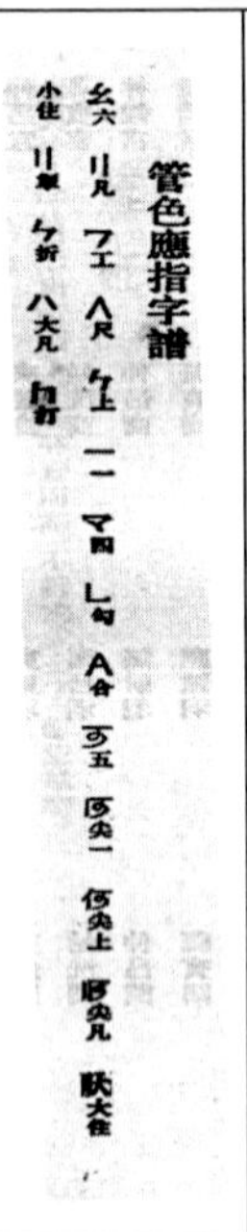 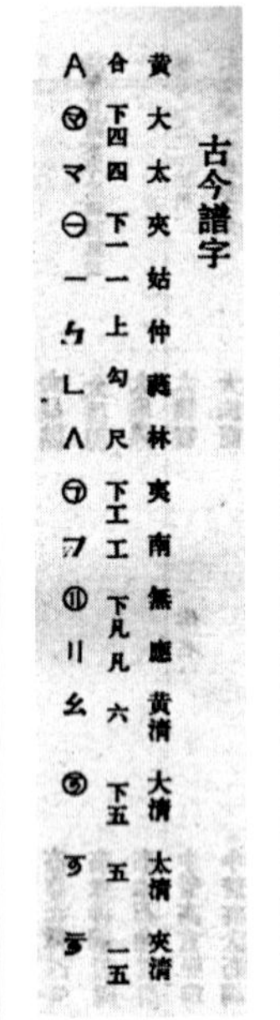	陳暘《樂書》 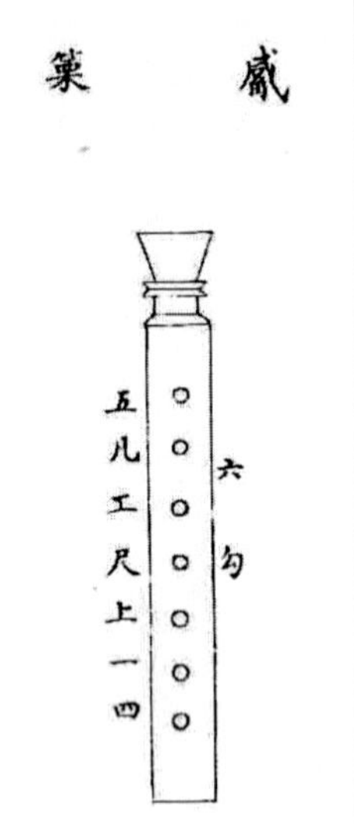

陳元靚和張炎皆為南宋人，綜合此二書所言之「管色」，說明了吹管樂器可吹出的音有哪些。再參照北宋陳暘的《樂書》，和民國初年王易的《樂府通論》可得到更多的資訊：

陳暘《樂書》卷一百三十〈樂圖論〉：

觱篥（悲篥、笳管、頭管、風管）

觱篥，一名悲篥，一名笳管，羌胡龜茲之樂也。以竹為管，以蘆為首，狀類胡笳，而九竅所法者，角音而已。其聲悲栗，胡人吹之，以驚中國馬焉。唐天后朝有陷冤獄者，其室配入掖庭，善吹觱篥，乃撰別離難曲，以寄哀情，亦號怨回鶻焉。後世樂家者流，以其族宮轉器，以應律管，因譜其音，為眾器之首，至今鼓吹教坊用之，

劉純、朱鑑等人作序，大約是宋理宗時（1224～1264）人。《事林廣記》（北京：中華書局，1999），新編群書類要戊集卷之九，頁62，總頁393。

〔註18〕〔南宋〕張炎（1248～1320），生於理宗淳祐八年。《詞源》，收入唐圭璋編：《詞話叢編》第一冊（北京：中華書局，1986），卷上，頁245、251。

以爲頭管。〔註19〕

王易《樂府通論》：

宋樂器於琵琶外，更伴以觱栗（今稱喇叭），又名頭管（謂加哨於管頭也）。有所謂倍四頭管、倍六頭管之異；去管尾放音器者名啞觱栗（今亦稱頭管，調《詞源》謂：小唱用之）。頭管之調稱管色（《詞源》有「管色應指字譜」）。〔註20〕

承上引文，宋代的鼓吹教坊仍以觱篥作爲領奏樂器，因此稱觱篥爲「頭管」；王易在宋人論樂的基礎上，將「頭管」所吹出的音，統稱爲「調」，擴充了「管色」一詞的內涵。到明代隨著崑山水磨調的興起，改以笛子爲主奏樂器，「調」的總稱因應改爲「笛色」。〔註21〕然而，細究今日崑曲之「笛色」，牽涉到更複雜的「調門」，以小工調爲基礎，透過「以凡代工」的翻調原則，形成了七個調門，統稱爲「笛色」。〔註22〕是以，崑曲的「笛色」，各調門有相對應的西樂調高，如小工調爲 D 調，尺字調爲 C 調，和正宮調（G 調）、乙字調（A調）爲最易吹奏的常用四調。〔註23〕

回歸南管音樂的「管門」一詞，門者，門類也；又南管的吹奏樂器是洞簫，洞簫能吹奏出來的音，以「工」爲基礎音，形成了四組音列；比諸中國樂理，南管的「管門」，屬於同一「均」（以「工」（d）爲首音的太簇均）所排列出的四組音列。彼此並非翻調產生，自然和崑曲「笛色」的內涵大相逕庭，反而更接近宋代《事林廣記》「管色指法」所示。

〔註19〕〔北宋〕陳暘（1064～1128），精樂律，參加神宗至哲宗時「升之文館」，官至禮部侍郎，著《樂書》，《景印文淵閣四庫全書》第 211 冊（臺北：臺灣商務印書館，1983，據國立故宮博物院藏本影印），卷一百三十〈樂圖論‧胡部‧八音竹之屬〉，頁 2，總頁 573。

〔註20〕王易（1889～1956），清末民初人。《樂府通論》（臺北：廣文書局，1964），頁 204。

〔註21〕參見洪惟助主編《崑曲辭典》對「笛色」的解釋：「曲牌歌唱或演奏時所用調高」（宜蘭：國立傳統藝術中心 2002），頁 470。吳新雷主編《中國崑劇大辭典》：「笛色，即調名，崑曲諸宮調的歸類以笛色爲依據」（南京：南京大學出版社，2002），頁 552。

〔註22〕詳細的崑曲七調翻調手法，可參見吳梅：《顧曲塵談》（臺灣：臺灣商務印書館，1966），頁 6～7。王季烈：《螾廬曲談》（臺北：臺灣商務印書館，1970，據 1918 石印本），卷一〈論度曲‧第二章　論七音笛色及板眼〉，頁 1～5。洪惟助：《崑曲宮調與曲牌》（臺北：國家出版社，2010），「參、管色及其運用」，頁 67～90。

〔註23〕參見丹青藝叢編委會編：《中國音樂詞典》，頁 21。

圖表 4　南管洞簫指法與陳元靚《事林廣記》「管色指法」

南管洞簫指法〔註24〕	陳元靚《事林廣記》〔註25〕

《事林廣記》記載十二律呂生八十四調，從固定調來觀察「太簇宮」和「太簇商」，可發現這兩組音列的差別在於中間有兩個音不同（第 2、3 級音），

太簇宮：太簇 d、夾鍾 d#、蕤賓 f#（後面 4 個音一樣）

太簇商：太簇 d、蕤賓 f#、林鐘 g

這和南管四個管門的意義相同，都是在固定調記譜時所形成不同的音階排列組合，就好像四空管與五六仪四管兩列音階有一個音不同，〔註26〕而南管管門所包含的各音，並無主從之別，「要到門頭的層次，才能決定其音階結構與音域」。〔註27〕另外，從語言的慣用語彙結構觀之，「形容某一故事內容的樂曲也稱爲『門』，如演唱『陳三五娘』故事的樂曲也統稱爲『陳三門』，〔註28〕皆爲南管常用語彙。總結上述，南管「管門」一詞雖不似「管色」

〔註24〕圖片取自華聲南樂社自編初階教材。

〔註25〕〔宋〕陳元靚：《事林廣記》，新編群書類要戊集卷之九，頁 66、67，總頁 395、396。

〔註26〕感謝林師與筆者多次來回討論此問題，2013 年 7 月 3 日、12 日 email。

〔註27〕林珀姬：《南管樂語與曲唱理論建構》，頁 31。意即若要討論南管中，西樂所言的「調式」、「音階主音」、「結音」等，要到門頭的層次才能觀察。

〔註28〕李國俊：〈南管滾門牌調系統芻論〉，《南、北管音樂藝術研討會論文集》（宜

有明確的文獻記載，但其辭義應從宋代「管色」而來無疑；而後來崑曲的「笛色」則結合翻調的意涵，三者各有主奏樂器，其淵源與滋乳的關係不可不察。

今日，絃友多稱「管門」，而較少聽到「管色」，更口語的用法則是直接問說：「你要唱幾空 [khaŋ¹]？」又，關於 [khaŋ¹] 的本字究竟爲何？一般寫作「空」或「腔」，然而呂氏認爲二字雖爲異文，但主張寫作「孔」更符合音樂理論：

> 管門中的 [khaŋ¹]，意指洞簫孔位，欲吹奏出各個管門的不同音階，關鍵在於洞簫需有不同的按孔指法，亦即閉孔或放孔。《文煥堂指譜》的出現，爲我們解決了南管的不同管門名稱，是依據來自洞簫的不同按放孔，根據該指譜集的「五孔六正管位」圖所標示的洞簫音位圖，符於目前所稱的五孔管洞簫指法。……符於音樂理論的名稱應爲：五孔管、四孔管、五孔四仪管。〔註29〕

針對此問題，除了觀察樂人實地的使用情形，筆者也試著尋求學術的看法。筆者向臺灣大學臺灣文學研究所的楊秀芳教授請益，她從聲韻的角度指導筆者：首先，根據《說文解字》：「空，竅也」，與「洞簫挖空的孔位」意義相符；其次，「孔」字爲上聲調，不可能讀爲 [khaŋ¹]，是以 [khaŋ¹] 的本字寫作「空」是音義皆合的。〔註30〕據此，本文沿用曲譜、手抄本上之習慣寫作「空」。

南管的管門有「五空管」、「四空管」、「五六四仪管」及「倍士管」。各管門的命名方式，乃根據洞簫吹奏「六」的指法所命名，「五空管」以洞簫前面第五孔不按音，得「五空六」而得名；「四空管」以洞簫前面第四孔不按音，得「四空六」而得名。另外，王耀華還提供了另一種見解：「可以從簧篥的按孔音位中得到另一答案，即：以開簧篥管的第五所吹得的 d¹ 音爲徵者，稱爲五空管；以開簧篥管的第四所吹得的 c¹ 音爲徵者，稱爲四空管。」王氏分析道南管管門的命名原理屬於「以徵爲主」，〔註31〕此說牽涉到其他樂器的平行比較、中國樂理的申論，實已超出筆者能力，無法多加論述，於此聊備一說。

王愛群〈泉腔論〉有言：「以尺八不同孔序作爲宮調命名」，其歷史可追

蘭：國立傳統藝術中心，2004），頁 14。

〔註29〕　呂錘寬：《南管音樂》，頁 148。

〔註30〕　〔漢〕許慎撰；〔清〕段玉裁注：《新添說文解字注》（臺北：洪葉文化事業有限公司，1999），頁 348。在此感謝楊秀芳教授給與筆者的協助，2012 年 11 月 19 日 email。

〔註31〕　王耀華，劉春曙：《福建南音初探》，頁 385～386。

溯到魏晉的《晉書・律曆志》，從列和與荀勖的對話可知當時以管樂器吹奏的指法來命名。〔註32〕又誠如楊韻慧〈絃管指套宮調研究〉所云：「絃管四個管門的命名方式，都是強調該管門與眾不同的音。」〔註33〕循此脈絡來檢視，「五空管」和「四空管」是根據洞簫吹奏「五空六」和「四空六」的指法來命名；或是強調該管門的特定音高，「五六四仅管」的「五空六（e）」和「四空仅（c）」，「倍士管」的「𪜶」（^{b}g）為正士（g）的低半音。

　　就南管實地演奏而言，「管門」的意義在於「可以使用的音有哪些」，且樂曲中常有臨時記號、轉換管門，若此，各曲的「音階」並非如管門所示的一成不變，但這並不會影響演奏。

　　另外，南管在十音會奏、品管、戶外踩街時，為了使場面更加熱鬧歡騰，會改用品仔 [Pin^{3}-ia^{2}]，也就是崑曲用的「曲笛」，其基礎音相當於南管的「四空六」（f），而南管四個管門皆以「工」（d）為基礎音，形同同一「均」，因此只要佐以吹氣量和手指的開闔程度，就可以吹出四個管門所用到的音。因品管比南管的洞簫的基礎音高出小三度，其他的絃樂器就要「以四六當工」，演奏時自行翻高譜字，因南管演出時皆不看譜，所以要事先勤加練習，才不會和原本的曲調混淆；另有偷懶的方法，就是將絃樂器的每條絃調高小三度（例如第一線：工 d→四空六 f），即是西樂所謂的「升 Key」。筆者曾有過一次經驗，2009 年華聲南樂社還在孔廟明倫堂團練時，蔡添木先生（1913～2012）來和我們敇桃，添木先愛好吹品仔，便用品仔和我們合奏，其他團員馬上跟著調絃，筆者反應不過來，當時團員林秀秀小姐就告訴我，「照著譜字，提高一個音彈」，即把「工六士一」彈成「六士一仅」。我就一邊看譜，一邊翻高，跟著大家合奏了一曲。事後，我才領會到，這種「以六作工」不調絃的辦法，就是彈奏指法的「升 Key」，而另一種辦法就是讓樂器「升 Key」。

　　以下，依序列出各管門所有使用到的音。各家學者或與中國樂理「均、宮、調」對照之，或結合西樂樂理說明之，中西用語夾雜易使一般讀者混淆。筆者精簡示之，援引林師的整理方式，僅以西樂的固定音高和簡譜唱名對照之，呈現各管門以固定調記譜的特色。

〔註32〕王愛群：〈泉腔論——梨園戲獨立聲腔探微〉，《南戲論集》，頁 359。王氏所言的「宮調」即為本節討論的「管門」，因使用的音樂樂語不同，易使讀者混淆南管的的「管門」即為曲牌體的「宮調」。筆者需重申的是，南管「管門」的概念，並不等同於「宮調」。

〔註33〕楊韻慧：〈絃管指套宮調研究〉，《民俗曲藝》114 期（1998 年 7 月），頁 168。

1. 五空管

工尺譜字：	下、	乂、	工、	六、	士、	一、	仅、	仜、	伏、	仕
西樂音高：	a、	c¹、	d¹、	e¹、	g¹、	a¹、	b¹、	d²、	e²、	g²
簡譜唱名：	6̣、	1、	2、	3、	5、	6、	7、	2̇、	3̇、	5̇

2. 四空管

工尺譜字：	下、	乂、	工、	乂六、	士、	一、	乂仅、	仜、	伏、	仕
西樂音高：	a、	c¹、	d¹、	f¹、	g¹、	a¹、	c²、	d²、	e²、	g²
簡譜唱名：	6̣、	1、	2、	4、	5、	6、	1̇、	2̇、	3̇、	5̇

3. 五六四仅管

工尺譜字：	下、	乂、	工、	六、	士、	一、	乂仅、	仜、	伏、	仕
西樂音高：	a、	c¹、	d¹、	e¹、	g¹、	a¹、	c²、	d²、	e²、	g²
簡譜唱名：	6̣、	1、	2、	3、	5、	6、	1̇、	2̇、	3̇、	5̇

4. 倍士管

工尺譜字：	下、	乂、	工、	六、	壯、	一、	仅、	仜、	伏、	仕
西樂音高：	a、	b、	d¹、	e¹、	#f¹、	a¹、	b¹、	d²、	e²、	g²
簡譜唱名：	6̣、	7̣、	2、	3、	#4、	6、	7、	2̇、	3̇、	5̇

林珀姬繪製〔註34〕

四、同均三宮

　　王耀華，劉春曙指出南管在同一管門中有並用三種音階的現象，並進一步探討南管音樂對中國古代音樂「同均三宮」的實踐。〔註35〕爲了釐清何謂「同均三宮」，筆者花了一番功夫在研讀中國古代的音樂理論，主要參考黃翔鵬、楊蔭瀏的著作，及《中國音樂詞典》等書，〔註36〕筆者試論之。

　　中國樂制以「均」、「宮」、「調」三者開展，五聲爲宮、商、角、徵、羽，

〔註34〕 以上四個列格轉引自林珀姬：《南管樂語與曲唱理論建構》，頁142～145。
〔註35〕 王耀華，劉春曙：《福建南音初探》，第四章〈福建南音與「同均三宮」〉頁59～75。
〔註36〕 黃翔鵬：《樂問》（北京：中央音樂學院學報社，2000）。丹青藝叢編委會編：《中國音樂詞典》（臺北：丹青出版，1986）。

若再加上變宮、變徵則形成七聲，或稱爲七音、七律。以王沛綸《音樂辭典》所言：「律是固定不移的，調是隨時變動的」〔註37〕爲原則，對八度內的十二個律（C和F沒有降半音），由低音至高音依序命名爲：

表格3　十二律名與黃鍾均、太簇均、林鍾均對照圖

均名＼律名	黃鍾 C	大呂 #C	太簇 D	夾鍾 #D	姑洗 E	仲呂 F	蕤賓 #F	林鍾 G	夷則 #G	南呂 A	無射 #A	應鍾 B
黃鍾均	1 宮		2 商		3 角		4 變徵	5 徵		6 羽		7 變宮
太簇均	7 閏	變宮	1 宮		2 商		3 角	清角	變徵	5 徵		6 羽
林鍾均	4 清角	5 徵	6 羽		7 變宮	1 宮		2 商		3 角		

《中國音樂詞典》製表〔註38〕

　　歷代的十二律皆以黃鍾爲首，但音高卻不相同。南管的譜字以「工」（D）爲首，〔註39〕音高與宋代的黃鍾宮（D）相同，屬於太簇均。

　　「均」：七律爲一均，中國有十二律，每個律皆可作七律音階唱名中的第一位，即每個律皆可擔任「均主」，故理論上有十二均。又因半音出現的位置不同，形成三種特色音階：

1. 古（正聲）音階：黃鍾（C）均，以黃鍾爲宮，半音在 4、5 和 7、8 級之間。
2. 新（下徵）音階：林鍾（G）均，以林鍾爲宮，半音在 3、4 和 7、8 級之間，以清角（比角高半音）爲第 4 級音，變宮爲爲第 7 級音。
3. 清商（俗樂）音階：太簇（D）均，以太簇爲宮，半音在 3、4 和 6、7 級之間，以清角爲第 4 級音，閏（比變宮低半音）爲爲第 7 級音。

　　「宮」：十二均（十二種音階）皆以五音宮、商、角、徵、羽爲核心，音階的起點是「主音」，又稱「夫宮」，因此「均主」和「夫宮」同義。例如太簇均，參見上表所示，乃以十二律中的「太簇（D）」爲「均主」而得名，「太簇」作爲「太簇均」音階的起點主音，是音階唱名的首音，所以又爲「夫宮」。

〔註37〕王沛綸：《音樂辭典》，頁308。
〔註38〕丹青藝叢編委會編：《中國音樂詞典》，頁12。
〔註39〕臺灣南部館閣的洞簫基礎音偏高，臺南南聲社的洞簫的全閉音有到 e。

「調」：在一定的均，一定的音階裡，核心五音所形成的關係稱爲「調式」，調式的中心音稱爲「調頭」，但「調是會變動的」，五個正聲中的每個音都可能是調式的中心音，與上述的「均主」、「夫宮」爲截然不同的概念。

南管各管門的意義其實就是「均」，「五空管」時可以使用的音有哪些。南管譜字以五音爲主，但唱曲時潤腔用的裝飾音，和臨時的記號，便會擴及七音，〔註 40〕因此單就一個管門所包含的八度音程自然可能不只一種，參見林師的說明：

> 五空管音階的排列中「乂」與「仪」並非八度音程，故實際上已具備了兩個不同宮系的五聲音階。某些門頭的曲調，經常使用到「貝乂」、「貝士」二音，甚至「乂仪」（按：四空管的高音仪），因此，等於是包含了以 C 爲宮的古音階，與以 G 爲宮的新音階，而如譜《起手板》屬五空管，至第四節〈花玉蘭〉則標爲倍思正乂，此音階即屬於以 D 爲宮的清商音階。〔註 41〕

是以王氏、劉氏才會強調「南音在同一管門中并用三種音階」。〔註 42〕

第二節　撩　拍

一、研究回顧

標誌南管音樂的節拍樂語稱爲「撩拍」，與其他樂種所用的「板眼」概念相當，都是指稱節奏。以「撩」來按節應拍，可追溯到唐代文獻，〔註 43〕如晚唐崔道融〈羯鼓〉詩云：「華清宮裏打撩聲，供奉絲簧束手聽。寂寞鑾輿斜谷裡，是誰翻得雨淋鈴。」〔註 44〕南管音樂能傳之久遠的原因，與穩定且成

〔註 40〕黃翔鵬《樂問》：「越古老的音樂越是多用七聲，如南方音樂中的南音」，頁 258。

〔註 41〕林珀姬：《南管樂語與曲唱理論建構》，頁 142。

〔註 42〕王耀華，劉春曙：《福建南音初探》，頁 61。

〔註 43〕〔唐〕段安節：《樂府雜錄》「羯鼓」條：「明皇好此伎，有汝陽王花奴尤善擊鼓。……咸通（860～874）中有王文舉，尤妙弄三杖打撩，萬不失一，懿皇師之。」王雲五主編：《叢書集成簡編》505 冊（臺北：臺灣商務印書館，1966，據守山閣叢書本影印），頁 34。

〔註 44〕〔唐〕崔道融：〈羯鼓〉，清聖祖敕編：《全唐詩》11 冊（臺北：明倫出版社，1971），卷 714，頁 8207。因段安節與崔道融二人生卒年不詳，僅知皆在晚唐昭宗朝爲官，崔道融昭宗乾寧二年（895）前後任永嘉縣令，段安節於昭宗時

熟的撩拍發展有密切關係。

參看各家的介紹或簡或詳，（1986）沈冬《南管音樂體製及歷史初探》第三章第三節「板眼」即專論撩拍，並考述「踏撩」一詞可溯及踏歌。〔註 45〕對於撩拍類型著墨較多者，可參看（1988）王愛群〈泉腔論──梨園戲獨立聲腔探微〉、〔註 46〕（1998）楊韻慧〈絃管指套宮調研究〉，〔註 47〕（2002）林師書上分成「拍法記號」、「拍法與速度」〔註 48〕兩部份的論述，及（2010）溫秋菊《在東方：南管曲牌與門頭大韵》書上的「節拍記號」。〔註 49〕

總結對「撩拍」的基本認識，撩的符號爲「、」，相當於「眼」；拍的符號爲「。」，相當於「板」；而目前學界的共識認爲，南管的單位拍可以西洋樂理的二分音符類比。呂氏進一步將南管的拍法分成「散漫式」和「規律式」兩種，而若干「譜」的單位時值僅有一個單位拍，相當於西樂的四分音符，稱法上會冠以「緊」字；「散漫式」拍法又會依據出現的位置，分爲音樂開篇即爲散板的「慢頭」，或夾在中間數句的散板「破腹慢」，和最後以散板作結的「慢尾」。〔註 50〕筆者試將上述說法配合譜例，整理成下圖表 5。

以下，將再闢兩個小節，介紹「撩拍」各自衍伸出的複合名詞，「按撩」、「踏撩」，以及「開拍」、「坐拍」。

（888～904）任國子司業，官至朝議大夫。

〔註45〕沈冬：《南管音樂體製及歷史初探》，頁 73～79。

〔註46〕王愛群：〈泉腔論──梨園戲獨立聲腔探微〉，《南戲論集》，頁 361。

〔註47〕楊韻慧：〈絃管指套宮調研究〉，頁 167。

〔註48〕林珀姬：《南管曲唱研究》，頁 323～325。

〔註49〕溫秋菊：《在東方：南管曲牌與門頭大韵》，頁 21～22。

〔註50〕參見呂錘寬：《台灣傳統音樂概論‧歌樂篇》，頁 100～102；呂錘寬：《南管音樂》，頁 115～117、218～221。

圖表 5　撩拍類型示意表

	規律式（指、曲）				規律式（譜）			散漫式		
國樂	8/2	4/2	2/2	1/2	4/4	2/4	1/4	散板	散板	散板
撩拍類型	七撩	三撩	一撩	疊拍	緊三撩	緊一撩	緊疊	慢頭	破腹慢	慢尾
譜例		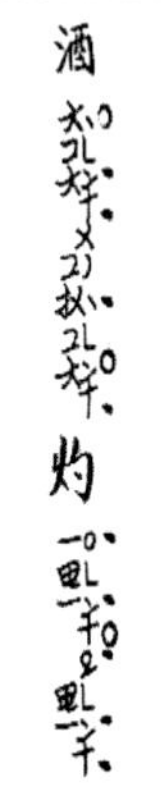		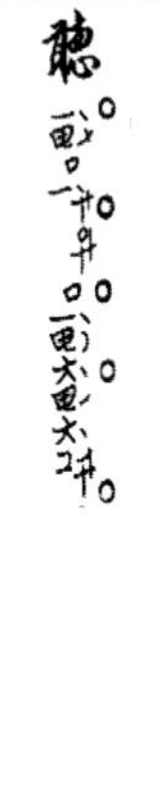	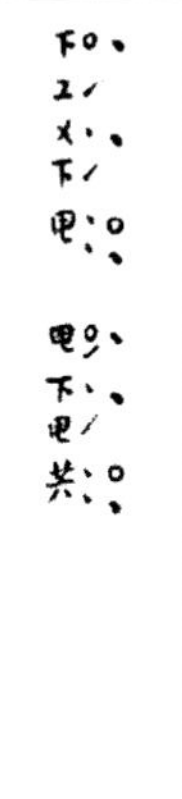	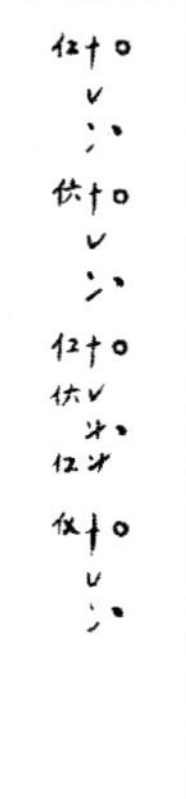	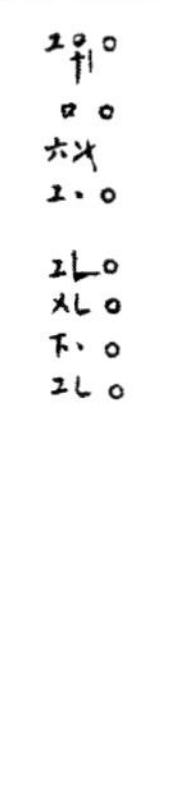			
記譜符號										

（圖表中各欄為手寫南管譜例與記譜符號）

吳佩熏整理製表〔註51〕

〔註51〕上表規律式（指、曲）譜例截圖摘自張再興選編：《南樂曲集》（臺北：伊士曼印刷公司，1988），七撩【二調・集賢賓落短滾】〈畫堂彩結〉，頁 3；三撩【生地獄】〈舉起金杯〉，頁 7；一撩與疊拍見【中滾・十三腔】〈輕輕行〉，頁 47、50。其他譜例摘自劉鴻溝編：《閩南音樂指譜全集》（臺北：學藝出版社，1979），緊三撩見譜《四時景》第五節〈立秋暮蟬輕噪〉，頁 25；緊一撩見譜《梅花操》三章〈點水流香〉，頁 15；緊疊見譜《起手板》（廈門法）五節〈棉搭絮〉，頁 8；慢頭見指套《趁賞花燈》首齣〈趁賞花燈〉【中倍外對・攤破石榴花】首兩行曲詩爲散板，頁 34；破腹慢見過枝曲【長滾過中滾・破腹慢】〈中秋時〉，中間插入的兩行散板，《南樂曲集》，頁 45；慢尾見指套《妾身受禁》次齣〈讒臣用意〉【相思引・千里急】最後兩行散板，頁 26。

二、「按撩」、「踏撩」

王愛群指出，唐代以「撩拍」來指稱節奏，據沈冬考證唐代文獻中的「打撩」，本指羯鼓的演奏技巧，而按節應拍乃是打擊樂器的主要表現。〔註52〕對應到今日的南管語彙有「按撩」和「踏撩」，「按撩」是唱曲者一邊持拍一邊以手指按計撩位，於拍位時才擊拍；「踏撩」則是指傢俬腳演奏樂器時（特別是琵琶手），改以腳的點踏來數算撩拍。「按撩」的技巧對三撩拍、七撩拍的曲子尤為重要，以下參考林師《南管樂語與曲唱理論建構》的說明併做補充：

> 一二拍時，中指按姆指為第一撩，下一拍打拍；或直接以「收、推、頓、拍」為一循環。

> 三撩拍時，食指按姆指為第一撩，中指按姆指為第二撩，無名指按姆指為第三撩，下一拍即為拍位。

> 七撩拍時，前面三撩承襲三撩拍的手法，接著以尾指按姆指為角撩，再回頭以無名指按拇指為第五撩，中指按姆指為第六撩，食指按姆指為第七撩，下一拍即為拍位。〔註53〕

而傢俬腳「踏撩」的情形，林師《南管樂語與曲唱理論建構》有詳細的描述：

> 以一二拍為例，在「、」與「。」之間踏撩，在「、」撩位時腳尖提起，後半撩腳踏一下，然後在「。」拍位時續踏一下，第一次的踏為預備拍，第二次的踏，才是真正的拍位。〔註54〕

筆者小時候登台演唱，因為打拍技巧不夠純熟，每每都要偷看先師吳昆仁先生的腳，起初不曉得有預備拍和拍位之分，看到老師抬起腳尖就打拍，後來才分辨出老師踩預備拍的幅度較小，踩拍位時，腳尖向下的幅度較大。爾後曲子越學越多，計算撩拍的穩定度還是不夠，往往將注意力集中在唱曲而顧此失彼，常要依賴琵琶手的「踏撩」提醒。

〔註52〕王愛群：〈泉腔論——梨園戲獨立聲腔探微〉，《南戲論集》，頁361。沈冬：《南管音樂體製及歷史初探》，頁73～79。

〔註53〕參考林珀姬：《南管樂語與曲唱理論建構》，頁55～56。又可參看楊韻慧：〈絃管指套宮調研究〉，頁167～168。

〔註54〕林珀姬：《南管樂語與曲唱理論建構》，頁55。

照片 1　筆者國小時登台演唱，先師吳昆仁先生為琵琶手

三、「開拍」、「坐拍」

目前通行的劉鴻溝《閩南音樂指譜全集》、張再興《南樂曲集》，因重新謄寫過，拍位符號皆已統一作「。」。然而，自從《明刊閩南戲曲絃管選本三種》、《袖珍寫本道光指譜》問世後，即發現部份曲詞的周圍留有不少「。」，和少許「×」的記號（如右圖例，〔註55〕方框標明的「無」字，旁邊有「×」的記號），經過比對，「。」即為今日的拍號，而

「×」又是什麼呢？學者對此符號的研究可參見（1998）楊韻慧、〔註56〕（2007）鄭國權，〔註57〕和林師 2007 年的單篇論文、2011 年的專書〔註58〕皆有論之，

〔註55〕泉州地方戲曲研究社編，龍彼得輯錄著文：《明刊閩南戲曲絃管選本三種》《百花賽錦》（北京：中國戲劇出版社，2003）下，〈朱郎卜返〉，頁 2。

〔註56〕楊韻慧：〈絃管指套宮調研究〉，頁 167。

〔註57〕鄭國權主編：《泉州弦管名曲續編，頁 183～186。

〔註58〕參見林珀姬：〈南管音樂門頭探索（一）──從知見曲目探索明刊本中帶【北】

一般將「×」記號稱爲「開拍」或「坐拍」。

參照林師〈南管音樂門頭探索（一）——從知見曲目探索明刊本中帶【北】字門頭曲目的轉化〉與《南管樂語與曲唱理論建構》書上的匯整，有「開拍」、「坐拍」、「齊拍」三種說法，以下以林師說法爲據，並補充上與林師討論之所得：

1.「開拍」：首句樂句，先開聲再按拍，指法爲「撚甲 ＊」，〔註59〕如【中滾·十三腔】〈聽更鼓〉的「聽」字。

2.「坐拍」：樂曲中，除了「撚甲 ＊」之外，〔註60〕當「點挑甲 ＊」、「撚挑甲過撩 ＊」及「點甲過撩 ＊」〔註61〕的拍位也剛好在甲線上時，拍位符號也可記作「×」，此時稱爲「坐拍」，意即「樂曲中坐在甲線上的拍位」。

3.「齊拍」：吳素霞老師提出的說法，指句末落在拍位上結束。林師認爲「坐」[tsə²²]、「齊」[tsue²²]二字音近，〔註62〕但是絕大部分的曲子都是在拍位上結束，即便遇到甲線，也未必皆用「×」符號表示拍位。〔註63〕

以上三種是較常見的說法。筆者另外在卓聖翔《南管曲牌大全》及鄭國權主編的《泉州弦管名曲續編》中讀到另一種解釋，雖將「×」稱爲「坐拍」，

字門頭曲目的轉化〉，《關渡音樂學刊》6 期（2007 年 6 月），頁 30～33；林珀姬：《南管樂語與曲唱理論建構》，頁 68～69、140。

〔註59〕 林藩塘手抄本〈聽更鼓〉【中滾·十三腔】開頭的「聽更鼓」的「聽」字，翻拍自林珀姬：〈南管音樂門頭探索（一）——從知見曲目探索明刊本中帶【北】字門頭曲目的轉化〉，《關渡音樂學刊》6 期（2007 年 6 月），頁 33。

〔註60〕 林藩塘手抄本〈聽更鼓〉【中滾·十三腔】「聽更鼓悶殺人」的「悶」字，翻拍自林珀姬：〈南管音樂門頭探索（一）——從知見曲目探索明刊本中帶【北】字門頭曲目的轉化〉，《關渡音樂學刊》6 期（2007 年 6 月），頁 33。

〔註61〕「點挑甲」和兩個「過撩」譜例摘自指套第四套《趁賞花燈》首節〈趁賞花燈〉【攤破石榴花】，林祥玉：《南音指譜貳》（臺北：施合鄭民俗文化基金會，1991），頁 1。

〔註62〕「坐」爲陽上調，本調 22，首字連讀時聲調依舊爲 22；「齊」爲陽平調，本調 24，首字連讀變調後讀爲 22。文中以變調後的聲調示之。感謝臺北莘聲南樂社蕭志恆師兄協助筆者標音。

〔註63〕 參見林珀姬：〈南管音樂門頭探索（一）——從知見曲目探索明刊本中帶【北】字門頭曲目的轉化〉，《關渡音樂學刊》6 期（2007 年 6 月），頁 30～33；林珀姬：《南管樂語與曲唱理論建構》，頁 68～69、140。

或稱爲「開拍」，但與筆者上述所列的理由不同。卓聖翔《南管曲牌大全》附
註對「坐拍」的說明道：

> 「撚點甲」（♀）的組合指法在一小節當中，「撚」在「撩」而「甲」
> 在「板」。〔註64〕

卓氏行文間混用「板眼」的「板」，來指稱南管的「拍」；又所言的「撚點甲」
易使讀者混淆；林師謂：「任何一種撚指符號，都隱藏一個『點』在『。』之
後，譜上並不記出。……所佔的時值空間都在本拍撩之前。」〔註65〕卓氏所
言的「點」應是撚指隱藏的「點」，這兩處需先釐清之。再核對卓氏該頁曲譜
和簡略的附註，恐怕會使讀者混淆，筆者試析論補充之：

表格4　卓聖翔《南管曲牌大全》之「坐拍」

〈八駿馬〉曲譜首句	〈八駿馬〉曲譜後的註
我　☐☐有 2那惶 刻ㅇ 工、呂 保エ六	「坐拍」，指「撚點甲」（♀）的組合指法在一小節當中，「撚」在「撩」而「甲」在「板」。

吳佩熏整理〔註66〕

　　從曲譜所示，撩位在「丟」上（琵琶音樂暫停符號，〔註67〕佔一拍），下
一指法爲搶撚，甲線的拍位符號爲「×」。參照林師對「搶撚」的說明爲：「主
要是爲了填補琵琶指法二聲之間的空隙，其時值佔前一指法的時值之半或更
多。」〔註68〕呂氏則云：「琵琶撚指借前撩的後半撩的時間，在撩（或拍）位
的指法爲點指。」〔註69〕綜合上述，爲了填補琵琶指法二聲之間的空隙，會
從休止符的位置開始撚指，形成所謂的「**撚在撩**」。然因卓氏文字說明的部份
太過簡略，配合曲譜一看，撩位在暫停符號（記譜符號「☐」，南管稱爲「丟」）
而非撚指上，當下無法立即「印證」，只會使人不知所云。

〔註64〕卓聖翔、林素梅：《南管曲牌大全》，引文中括號的指法爲書上本有，頁104。
〔註65〕林珀姬：《南管曲唱研究》，頁326。
〔註66〕譜例、附註皆見於卓聖翔、林素梅：《南管曲牌大全》，頁。104。
〔註67〕林珀姬：《南管曲唱研究》，頁329。
〔註68〕林珀姬：《南管曲唱研究》，頁329。
〔註69〕呂錘寬：《南管音樂》，頁213。

　　筆者又參考了鄭國權主編的《泉州弦管名曲續編》，書中特請泉州南音樂團曾家陽先生說明「開拍」，其解釋亦爲「撚指犯撩位」：

　　撚指的基本規律是起撚在弱拍，壓撚在強拍，這種合乎基本規律的「拍位」，用「。」符號來記譜。

首先，曾氏將撚指拆解成「起撚→壓撚」，「壓撚」即爲林師所言：「撚指隱藏的點」，而撚指「所佔的時値空間都在本拍撩之前」，〔註70〕呂氏謂：「琵琶撚指借前撩的後半撩的時間，在撩（或拍）位的指法爲點指」，〔註71〕綜合林師、呂氏說法，撚指需在本單位拍之前結束，即最後的「點指」會剛好落在本單位拍（撩位或拍位）上，而撚指起始的時間點乃「借前撩的後半撩的時間」，呂氏此處的說明可作爲曾氏「起撚在弱拍」的註腳。曾氏分析當「撚指犯撩位」時，「起撚」和「壓撚」的情形爲：

　　「撚指」出現在次強拍，其「壓撚」必然就會相應地出現在「弱拍」（第四拍），由於受「壓撚」在強拍這種觀念的影響，人們會感覺處在第四拍的弱拍彷彿是強拍，而隨之而來的的下一小節的第一拍的「拍位」，就要用「×」來記譜。這個打叉的符號含義即表示：雖然它的記譜是在強拍，但音樂的感覺它并不在強拍。〔註72〕

曾氏說法以 4/4 拍爲例，4 分音符爲一拍，一小節裡有 4 拍；根據曾氏文意，及呂氏「琵琶撚指借前撩的後半撩的時間」之說明，筆者輔以圖表析論之：

圖表 6：筆者對曾家陽「撚指犯撩位」之分析圖表

	一　小　節				一　小　節	譜　例
	1 V 強	2 v 弱	3 V 次強	4 v 弱	1 V 強	
一般情形	拍位「。」		撩位「、」		拍位「。」	於六亻障品ふ六エ一般六。十口相一。亻×
				起撚	壓撚	
撚指犯撩位			起撚	壓撚 （聽覺）強	拍位「×」 （聽覺）弱	

吳佩熏製圖

〔註70〕 林珀姬：《南管曲唱研究》，頁 326。
〔註71〕 呂錘寬：《南管音樂》，頁 213。
〔註72〕 以上兩段引文見鄭國權主編：《泉州弦管名曲續編》，頁 186。

　　若統整呂氏、曾氏之說法，「起撚」會借用到前半拍，是以要完成一個「撚指」，從「起撚」到「壓撚」共會佔用 1.5 單位拍的時間，但<u>在曲譜上是看不出來的</u>。曾氏舉〈障般相思苦〉一曲為例，〔註73〕「相」字為「撚甲 ⸜⃛」指法，甲線上的拍位符號作「×」，撩位的的下一指法是全撚，但因撩位在暫停符號上，所以會提早撚指以填補兩聲間的空隙。於此回顧卓氏曲譜所示的「搶撚（點）甲 ⸜⃛」，兩者的指法的差異在於暫停符號下面是搶撚或全撚，而二位所言的「撚指犯撩位」，根本原因皆是建立在「撚指」會借用到前半拍的原理上，而撚指的後面有「在拍位上的甲線」時，撚指的前面勢必為撩位，因此卓氏與曾氏所舉的這兩種指法皆符合「撚指犯撩位」。

　　以上，為筆者透過多方比對查證得出的結果，希望能為「撚指犯撩位」提供更精確的解析。透過前文的檢討，南管音樂的確是存在「撚甲」指法「撚指犯撩位」的情形；但是，可否成為拍位符號記作「×」的其中一個原因，顯然此說不及「開拍」和「坐拍」來的普及且直接。就「×」符號記在帶拍位的甲線，可推論應是強調拍位處在某種特殊情形，或許當「撚指犯撩位」，甲線又為拍位時，也是古代南管樂人認為值得區別的一種拍位情形也說不定。

　　其次，曾氏文中言及「音樂的感覺」，論及南管音樂的強弱拍；楊韻慧〈絃管指套宮調研究〉亦從強弱拍的關係來解釋「×」（開拍）：「表示歌詞已先在前面弱拍上出現，但音樂卻延伸到強拍的拍位上，這個強拍例外地成了弱拍。」〔註74〕細繹楊氏說法，雖未言明「撚指犯撩位」，但實與曾氏所言「記譜是在強拍，但音樂的感覺它并不在強拍」同義。

　　然，筆者回顧唱曲時之經驗，南管音樂的強弱律動，並非一成不變的「強－弱－次強－弱」規律。演唱時的輕重音，除了各館閣風格的差異，個人潤腔口法之取捨，更重要的前提是要依據琵琶指法，通常遇到該字收音的甲線（撚甲 ⸜⃛、點挑甲 ⸝⃛）都要加重收音，以表示該字的完成；而在樂曲進行中，若遇「撚挑甲 ⸝⃛」指法，且撚指在撩位上為例，不論該字之旋律是否結束（過撩 ⸜⃛ 時，唱者結束在第一個甲線，後接的點甲由樂器續奏銜接），唱者為呼應琵琶的低八度的甲線重音，丹田理當加重力道唱之，聽覺上依舊是強拍。因此以西樂「強－弱－次強－弱」似不足以解釋南管「音樂的感覺」。

〔註73〕鄭國權主編：《泉州弦管名曲續編》，頁 187。
〔註74〕楊韻慧：〈絃管指套宮調研究〉，頁 167。

第三節　滾門／門頭

一、研究回顧

　　回顧兩岸研究南管音樂之學者，皆需要觸及「滾門」、「門頭」等樂語，並爲其界說。「理論」後設，更何況是民間音樂，南管樂人在潛移默化中知其然，卻不見得知其所以然，更遑論能夠清楚地說明其所以然，是以「滾門」、「門頭」何時爲樂人所用？二者是否同義？或各有所指？在無文獻可考查佐證下，造成了眾說紛紜。

　　綜覽相關研究，學者在爲「滾門」、「門頭」下定義時是有所取捨的。好些學者爲「滾門」釋義，如（1981）曾永義、（1982）呂錘寬、（1984）王愛群、（1986）沈冬、（1989）王耀華、劉春曙、（1998）楊韻慧、（2000）李文章等人；也有學者主張遵循民間舊習，以「門頭」總言滾門與曲牌，如（2002）林珀姬，及（2006）王櫻芬、（2010）溫秋菊，根據溫氏的觀察：

> 不同時期對「滾門」、「門頭」的使用有些變化，截至目前爲止，「滾門」與「門頭」的用詞，仍有混亂的情形，大約在 2000 年左右，學者與絃友大致趨向使用「門類」、「門頭」一詞取代「滾門」，以「門頭」表示曲牌門類的「總稱」，同門類的曲牌共享一個「總名」。
> 〔註75〕

亦有將「滾門」等同「門頭」者，如（1999）卓聖翔、（2008）陳燕婷，卓氏以「南管曲牌」爲書名，下節會再詳述。

　　以上，是目前對於這兩個樂語的研究概況。籠統地說，「滾門」與「門頭」都和音樂的門類有關，但這兩個樂語的關係究竟爲何？以筆者有限的見解，僅能匯整與檢討各家說法，並試從樂人「排門頭」之情形來草擬南管的音樂層次，其次再以「撩拍的異同」爲切入點檢視之，也因有撩拍變化的血緣關係，促使學者從變奏曲體的角度來觀察「滾門」，而「門頭」與「滾門」究竟相不相等，更是研究南管所不能迴避的課題，本節將逐一析論之。

二、從「排門頭」論南管的層級

　　南管音樂的層級究竟是幾個層次呢？這是本文最核心的問題意識。因南管有「滾門」與「門頭」這兩個詞彙，是以普遍認定南管音樂的層級比傳統

〔註75〕參見溫秋菊：《在東方：南管曲牌與門頭大韵》，註11，頁8、27。

音樂的「宮調──曲牌」還多了一層統攝。參看大陸學者陳燕婷的觀察，於《南音北祭──泉州弦管郎君祭的調查與研究》一書中指出，學者傾向是「所有的樂曲都有管門──撩拍──牌名的分類層次，部份樂曲在牌名之上還有門頭的分類層次。絃友似乎更多地將所有樂曲的第三層次統稱為門頭，而將第四層次稱為牌名，於是，所有的樂曲都有管門──撩拍──門頭，部份樂曲還有『牌名』的分類。」陳氏傾向第二種解釋，並舉南管正式整絃「排門頭」為例，「如果說【相思引】是牌名，而【錦板】是門頭，那麼曲牌名過枝到門頭，由於二者不屬同一層次，『情理』上似乎有點說不過去。反之，如果將【相思引】和【錦板】都視為門頭，那麼由一門頭過道另一門頭，似順理成章，也與『排門頭』之名相符。」〔註76〕

　　上面引述中，陳氏直接切入「門頭」一詞在南管音樂層級上的位置，歸結出學界與民間的不同看法，比較「門頭」與「牌名」的相對關係，究竟南管音樂是幾個層級？而哪個層級是不可或缺的，哪個才是可有可無的？又或者原本是「門頭」與「牌名」兼具，於傳抄過程中遺漏了？〔註77〕

　　從陳氏的論述，簡單整理出大陸學界與民間的說法：

　　　大陸學者：管門──撩拍──（門頭）──牌名──曲

　　　大陸絃友：管門──撩拍──門頭──（牌名）──曲

雙方認知的落差，就是筆者所欲釐清的課題。筆者針對此疑問，曾試以「排門頭」一事思索之。首先，「門頭」一詞的確在樂人口中廣泛使用，在臺灣館閣間也是如此，正式的整絃排場仍以「排門頭」稱之。臺中沙鹿合和藝苑每年的秋季祭郎君仍遵循此傳統，擲筊請示郎君爺決定每年排場時的門頭，以2012年9月29日為例，排場的門頭是【大倍】→【長玉交枝】→【寡北】→【玉交枝】→【望遠行】（活動程序表見圖表7）；其中【玉交枝】和【望遠行】為唐代教坊名曲，詞牌與南戲中皆有此牌名，可見這兩個牌名來自曲牌系統。但在樂人的認知中，他們不見得清楚這些「稱呼」古已有之，對他們而言，這些都是門頭；而絃友就根據主辦方的規定，選唱該門頭的曲目。由此，的確與陳氏觀察到的現象十分接近，甚至還可再精簡成：**管門──撩拍──門**

〔註76〕陳燕婷：《南音北祭──泉州弦管郎君祭的調查與研究》，頁272。

〔註77〕參見楊韻慧〈絃管指套宮調研究〉：「莊步聯先生認為每個曲目應該都有滾門名與曲牌名，出現第（2）、（3）種情形（筆者按：（2）無滾門歸類，只有曲牌名、（3）只有滾門歸類，無曲牌名），很可能是在樂譜傳抄過程中有所遺漏或是在傳承中滾門與曲牌名稱混淆造成的。」，頁175。

頭——曲

圖表 7　2012 年 9 月 29 日合和藝苑秋季整絃會奏程序表

101 年度合和藝苑孟府郎君秋祭活動整絃會奏程序：
日期：101 年 9 月 29 日（六）中午 12 點 30 分準時
地點：沙鹿玉皇殿圖書館二樓
整絃內容：

程　序	門　頭	曲　名	館　閣
噯仔指	寡北	出庭前	聯合會奏
起　指	大倍　長相思	一紙相思	合和藝苑
起　曲	大倍 不孝男 帶慢頭	恨我爹爹	合和藝苑
落　曲	大倍　孝順歌	x 好緣份	台北華聲南樂社
〃	大倍　水晶絃	幸前日	台南南聲社
〃	大倍　長相思	空房冷	彰化南管實驗樂團
過　枝	大倍水底月過長玉交	幸逢是春天	合和藝苑
落　曲	長玉交枝	x 記得睢陽	鹿港聚英社
〃	長玉交枝	x 想著阮	台中中瀛南樂社
〃	長玉交枝	我高郎	台南南聲社
〃	長玉交枝	聽見鐘聲	台南南聲社
過　枝	長玉交枝過寡北	君隔萬里途	合和藝苑
落　曲	寡北	奏明君	台北華聲南樂社
〃	昆腔寡	毛延壽	台中龍天南樂府
〃	寡北	到只處	台北閩南樂府
〃	寡北	我命却	彰化南管實驗樂團
〃	寡北過玉交枝	當初所望	合和藝苑
〃	玉交猴	聽見雁聲悲	高雄廣益南樂社
〃	玉交猴	心頭悶憔憔	鹿港遏雲齋
〃	玉交猴	.待月西廂下	台中龍天南樂府
〃	玉交枝	x 想起拙就理	鹿港聚英社
〃	玉交枝	小姐莫得怒氣	北藝大大三生
〃	玉交過望遠行	勸汝莫切啼	合和藝苑
〃	望遠行	一間草厝	台北閩南樂府
〃	望遠行	共君結託	台中中瀛南樂社
〃	望遠行	一个孩兒	台中龍天南樂府
煞　曲	望遠行帶慢尾	樹林烏暗	合和藝苑
煞　譜		四不應	合和藝苑

　　如上圖所示，整絃依序演奏「指」→「曲」→「譜」這三種音樂載體，
共計 28 見曲目，起指須和起曲的【大倍】門頭一致，所以選奏指套《一紙相
思》，而中間「起曲」到「煞曲」是整絃的核心活動，從三撩大拍法轉到一撩
拍，過枝曲不計的話，【大倍】4 曲由四個館閣分別演唱，以下依此類推，【長
玉交枝】演唱 4 曲後，接著是一撩拍的【寡北】4 曲、【玉交枝】5 曲、【望遠

行】4 曲。透過排門頭的整絃流程，讓各地的館閣輪番上陣，共同完成當天的活動。

三、滾門撩拍的異同

　　研究資料中，最早為「滾門」釋義者，臺灣學者以曾師 1981 年在「國際南管音樂會議」所發表〈南管中古樂與古劇的成份〉一文為最早探討此議題的文章，大陸學者則由何昌林、王愛群二人於 1984 年的書信往返首先探討「滾門」之名實。〔註 78〕細繹各說，總結目前之共識，「滾門」者，「將管門（調性）、撩拍（節拍）、腔韻（主旋律）、調式相似的曲牌歸納為一個門類」；〔註 79〕而此稱法的緣由，王氏曾言，「可能是由南管音樂本身的長滾——中滾——短滾引申而來」〔註 80〕，若試將此名實比諸文獻記載，曾師認為「尚沿襲大曲的遍名」。〔註 81〕多半學者為「滾門」定義時，皆包含「撩拍」一項（1981 曾永義、1984 王愛群、1986 沈冬、1989 王耀華、2000 李文章），唯獨呂錘寬先生與其他學者持不同見解，將「滾門」提昇為「曲調系統」、「家族系曲牌」，「彼此具共同主腔，速度為區別家族內曲牌的唯一特徵」，「滾門體是不同的速度的曲牌族群」〔註 82〕。又，筆者手邊雖無《泉州歷史文化中心工作通訊》，從張錦萍《南管在梨園戲的運用與表現》中徵引何昌林論「滾門」，何氏認為：

> 南音之「滾門」乃「曲牌門類」之義，將某一個「滾」及其各種變
> 體編成一組，就叫一個「滾門」。〔註 83〕

推敲何氏所謂的「各種變體」，或許與呂氏「不同的速度的曲牌族群」同義。由此促發了筆者去思考，「滾門」一詞，作為相同的管門腔韻（旋律特點）、相似曲牌的總稱，其撩拍究竟相不相同？

　　曾師從「拍法」來切入「滾門」，其解釋為「旋律的形式」，〔註 84〕沈氏

〔註78〕王愛群：〈王愛群覆何昌林的信〉，《泉州歷史文化中心工作通訊》1984 年 2 期，頁 30～34。

〔註79〕王耀華，劉春曙：《福建南音初探》，頁 34。

〔註80〕王愛群：〈泉腔論——梨園戲獨立聲腔探微〉，《南戲論集》，頁 360。

〔註81〕曾永義：〈南管中古樂與古劇的成份〉，《詩歌與戲曲》，頁 179～185。

〔註82〕呂錘寬：《南管音樂》（臺中：晨星出版，2011），頁 103。

〔註83〕何昌林：〈福建南音源流試探〉，《泉州歷史文化中心工作通訊》1984 年第 2 期，頁 10。轉引自張錦萍：《南管在梨園戲的運用與表現》（花蓮：國立花蓮教育大學民間文學研究所碩士論文，2007），頁 72。

〔註84〕曾永義：〈南管中古樂與古劇的成份〉，《詩歌與戲曲》，頁 180～181。

論文曾就曾師對「滾門」的定義，進一步質疑滾門存在的必要性：

> 蓋板眼爲音樂要素，可於曲牌中涵括，本無須由滾門來加以確定。
> 由此而論，滾門之原義所以曖昧不明，殆即因始設之初即非必要，
> 寖假日久而本義淪晦不彰。

又該章註腳 11 補充道：

> 鄭師因百曾論一曲牌名至少應呈示六種要素如下：字數、句數、
> 平仄、韵腳、對偶、句式。此乃僅由文字立言，若言其音樂，則
> 此一曲牌名之所以爲此不爲彼，至少已指示了其特具的板眼。因
> 此，以板眼之別而分立爲滾門，實無必要。又：曲牌名亦可呈示
> 其所屬宮調，但分隸宮調仍不可無，蓋以有同名異宮調之情實也。
> 〔註85〕

從上述引文，可看出沈氏已意識到爲「滾門」定義時，撩拍所居的關鍵地位。
細繹沈氏兩段文意，筆者以爲沈氏之所以提出質疑，乃因沈氏並無「門頭小
家族」與「系列門頭大家族」之別，若是「相同的板眼」應爲「門頭」，如【短
滾】、【中滾】、【長滾】，皆自成一個門頭小家族；又沈氏文中又言及滾門的「新
用法」，舉【潮調】系列門頭家族爲例，有所謂【長潮】（三撩）、【中潮】（一
二拍）、【潮疊】（疊拍），〔註86〕筆者認爲沈氏的「新用法」，即爲呂氏所言的
「曲牌族群」，王櫻芬所言的「門頭家族」。〔註87〕

　　南管音樂層級之劃分，同樣管門、撩拍、大韻者有一歸類，如三撩拍的
門頭【相思引】，底下還包含了「八韻調」，老絃友簡稱「醉、南、杜、北、
交、戀、潮、千」，其中「醉相思、南相思、杜相思、戀相思，言曲詩內容，
以詞意賦標題；潮相思、交相思以曲中落一二拍接潮調或玉交枝言」，〔註88〕
這些三撩拍，以【相思】爲名的牌名，可說是自成一個【相思】牌名小家族；
其次，音樂上的變化又可以「撩拍」爲變因，使門頭大韻（主題旋律）的拍
法縮減，形成一撩拍的【短相思】、疊拍的【相思引疊】，此時，【相思引】、
【短相思】和【相思引疊】則形成長中短拍的【相思引】系列門頭大家族。

〔註85〕沈冬：《南管音樂體製及歷史初探》，頁 72、150。

〔註86〕沈冬：《南管音樂體製及歷史初探》，頁 73。

〔註87〕王櫻芬：〈南管曲目分類系統及其作用〉，《民俗曲藝》152 期，頁 258～259。

〔註88〕林珀姬：《南管樂語與曲唱理論建構》，頁 157。詳參林珀姬：〈南管音樂門頭
探索（二）——從知見曲目探索明刊本帶【相思】門頭曲目〉，《關渡音樂學
刊》7 期（2007 年 12 月），頁 1～45。

圖表 8　「單一拍法門頭小家族」、「長中短拍系列門頭大家族」示意圖

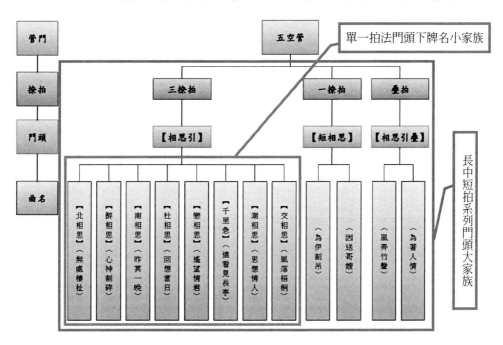

吳佩熏設計，洪彥成繪製

　　承上，呂氏所言「速度為區別家族內曲牌的唯一特徵」，配合筆者圖 8 所
示，由不同速度節奏組成的家族關係應是指【相思引】系列門頭大家族，這
個大家族涵蓋了三種撩拍。若只言「【相思引】門頭家族」，可以指三撩拍的
【相思引】小家族，拿來說明【相思引】、【短相思】和【相思引疊】的關係
也無不可。因為南管孳乳變化的情況複雜，若不謹嚴區分，恐會混淆視聽。
從南管音樂的縱向體製觀之，【相思引】本身變化豐富，猶如父生子，自成一
個小家族，以它作為【相思】牌名的領頭代表；從音樂上的橫向關係觀之，
不同拍法但是具有血緣關係，如同大家族的平輩兄弟，以【相思引】作為這
個大家族的族長。

　　何昌林解釋「滾門」一詞為：「將某一個『滾』及其各種變體編成一組。」
〔註89〕其所謂「各種變體」，細究之可有兩種解釋：

　　1. 如前文所舉【相思引】的八韻調。同理，如【長滾】下分【鵲踏枝】、

〔註89〕何昌林：〈福建南音源流試探〉，《泉州歷史文化中心工作通訊》1984 年第 2
　　　　期，頁 10。轉引自張錦萍：《南管在梨園戲的運用與表現》，頁 72。

－45－

【越護引】、【大迓鼓】【潮迓鼓】（同為三撩拍），鵲、越、大、潮可視為【長滾】之變體，以【長滾】為代表，形成了一個「滾門」。

2.「各種變體」指的是拍法上的節縮，如【相思引】→【短相思】→【相思引疊】；又如【長序滾】→【序滾】→【序滾疊】，亦可將此三個門頭編成一組。

這兩種解釋，即上一段筆者所言的同拍法的小家族和不同拍法的大家族。

總括論之，就「滾門」之字義，應具有「節拍門類」之指涉，乃描述不同拍法的音樂關係，考諸南管音樂的層級劃分，集不同拍法的門頭才能比較出節拍的變化，是為「某系列門頭大家族」。而筆者曾向林師請益：門頭和滾門究竟相不相等？林師有言，民間顯然受到學者說法影響，將「滾門」和「門頭」混用，且對於【相思引】、【短相思】、【相思引疊】這種長中短拍的音樂關係並未給予專稱。是以，筆者以為，要在短時間內將「滾門」和「門頭」完全區隔開來，並不是一件容易的事。民間不分的用法乍看之下是一事異名，然而透過研究的剖析，實因「滾門」一詞可有兩解。可以用來形容如父子的血緣關係，或者指稱如兄弟的變奏關係。以【長滾】為例，底下還有【鵲踏枝】、【越護引】、【大迓鼓】、【潮迓鼓】四個牌名，是為同拍法之父子關係，音樂上更細膩的血緣關係，因超出筆者能力，姑且不談；[註90] 而【長滾】和【短滾】也可組成廣義上的「滾門」，具有不同拍法的兄弟關係，其血緣繫聯即在腔韻的骨幹音（主題旋律）一樣，皆為「乂下乂工」，可以很清楚從〈書今寫了〉觀察到，【短滾】版就是由【長滾】版節縮拍法而來。

總結本節之討論，以撩拍異同作為切入點來析究「滾門」一詞，可有兩種指涉：

1. 同拍法的門頭下牌名小家族
2. 長中短拍的系列門頭大家族

這兩種音樂關係，分別反應了南管音樂體製的縱向體製和橫向體製。

〔註90〕 【相思引】各韻調之曲韻變化，與【相思引】之血緣關係為何，可參林珀姬：〈南管音樂門頭探索（二）──從知見曲目探索明刊本帶【相思】門頭曲目〉，《關渡音樂學刊》7 期（2007 年 12 月），頁 1～45。

圖表9　【長滾】版、【短滾】版〈書今寫了〉對照

【長滾】〈書今寫了〉	【短滾】〈書今寫了〉
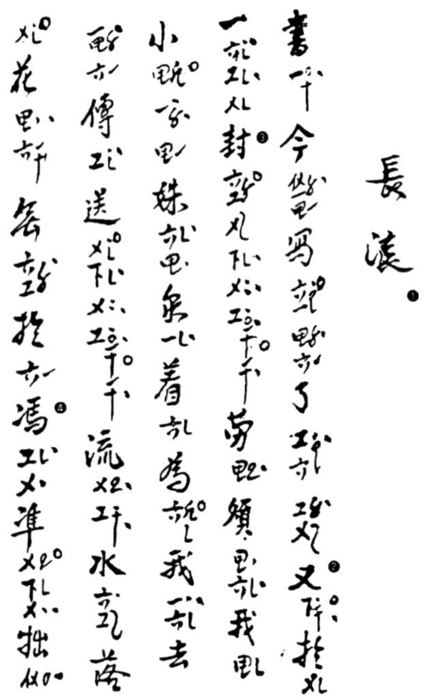	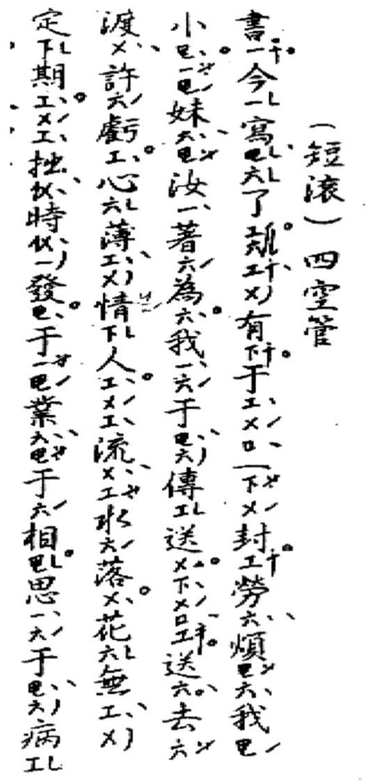

〔註91〕

吳佩熏製表

四、南管音樂的變奏曲體

　　南管音樂中的確有以某大韻爲核心，變化撩拍，另成門頭之現象。上面一節，筆者花了好些筆墨區分出「同拍法的門頭小家族」和「長中短拍系列門頭大家族」。學者們對於「系列門頭大家族」中，曲體變奏的血緣關係十分感興趣，關於此種音樂衍生的方式與來由，呂氏先後提出兩種觀察，1982年《泉州弦管（南管）指譜叢編》論道：

　　　「滾門」體應來自大曲的「遍數」無疑，每一滾門非但有速度上「慢

〔註91〕　【長滾】譜例摘自呂錘寬撰輯：《泉州弦管（南管）指譜叢編》，下編，頁178；
　　　　　　【短滾】譜例爲華聲南樂臺北社團內使用的手抄譜。感謝林師建議筆者選用
　　　　　　【長滾】、【短滾】的〈書今寫了〉做比較，2013年7月12日 email。

板、中板、快板」之分，且其音樂形式皆由一主腔反覆構成。〔註92〕

2005 年《台灣傳統音樂概論・歌樂篇》進一步連結到板腔體，說道：

> 南管曲的滾門體為不同速度的曲牌族群，這種情形也能在板腔體的
> 戲曲音樂中找到普遍的例子。

另外，李國俊〈南管滾門牌調系統芻論〉同樣討論到南管的曲體變奏，李氏的見解為：

> 「滾門」代表著南管音樂的主要系統，它可能來自於大曲中的「滾
> 遍」、也可能來自於曲牌音樂中所穿插的「滾唱」，他不同於聯曲體
> 的嚴謹架構，也較早於板腔體的一腔到底。〔註93〕

綜合上述二位學者的見解，筆者想再提出來討論的是：變化節奏以構曲的手法在唐宋大曲已臻成熟，而大曲中的重頭變奏，為一大型作品的連續演奏；而南管「系列門頭大家族」中的各曲用於個別演唱，並未如大曲般地聯綴演唱。曾師〈南管中古樂與古劇的成分〉以大曲結構和南管「譜」相提並論：

> 大曲的結構是由板眼的形式「編組」而成的，它與用曲牌聯綴而成
> 的諸宮調、唱賺和南北套數不同。……試舉宋「大曲」與「南管譜」
> 各一以資比較……它們之間相同的是：樂曲的結構不是用曲牌聯
> 綴，而是依內容節拍編組，每一遍的題名由拍法改易為內容，大抵
> 是大曲後起的習慣。〔註94〕

筆者以為，南管譜在數小節中的重頭變奏，其曲體規模，演奏方式，和唐宋大曲才是對等的觀照。回歸到「系列門頭大家族」中成員之間的關係，例如【相思引】的〈拙時無意〉，和【短相思】的〈因送哥嫂〉，兩曲的收尾腔韻骨幹音皆為「工下ㄨ下士下」，唯獨彈奏指法隨著拍法而縮減。如下圖表 10 的譜例所示，南管音樂的曲體變奏乃見於兩見獨立演唱的曲目。

其次，呂氏以南管音樂為主，將京劇【西皮】的各種板式比擬作南管的曲牌族群，若只就音樂上，以變奏產生新曲的方式，尚可如此比喻；但文字格律則不在此比喻範圍內。因板腔體文字格律最鮮明的特色，是採用詩讚系七言、十言的齊言體，與長短句曲牌體的文字格律大不相同。又李氏假設南管「滾門」可能借鑒於「滾唱」而來，筆者以為此說有待商榷，穿插於曲牌

〔註92〕呂錘寬撰輯：《泉州弦管（南管）指譜叢編》，下編，頁 63。
〔註93〕李國俊：〈南管滾門牌調系統芻論〉，《南北管音樂研討會論文集》，頁 26。
〔註94〕曾永義：〈南管中古樂與古劇的成分〉，《詩歌與戲曲》，頁 180。

體音樂中的「加滾」、「數唱」，其內容為解釋或補充原曲牌格律無暇容納的敘事成份，且「加滾」的音樂與原曲牌音樂無關，〔註95〕後來反客為主破解了曲牌體格律，形成齊言句式的板腔體，〔註96〕這和下面圖表 10 所呈現變奏關係的滾門是截然不同的。李氏文中舉了數曲說明「同一段樂句的反復唱誦是它最大的特色」，〔註97〕仔細比對重覆的樂句乃在句尾押韻字，此乃音樂與文字同步「押韻」的基本呈現方式，與強調敘事功能的「滾唱」應可分別看待。特別是北曲的「加滾」使原曲速度加快的現象，南管樂曲的速度由穩定的撩拍決定，不會因為主腔在曲中反覆就使該曲變成「數唱」式的表演形式。因此能否將南管音樂的「滾門」視為「曲牌過度到板腔體的階段」，筆者持保留態度。參見林師對此議題的看法是：

> 南管的牌名，並非純曲牌體，雖然看起來它似乎還有類板腔體的結構，同一門頭或牌名下有長拍（三撩拍）、中拍（一二拍）、短拍（疊拍）變化，不過仍然不同與板腔體的齊言結構。〔註98〕

就結果論，南管的確未完全變化成板腔體，其曲牌體的特色仍是十分鮮明。

圖表 10　【相思引】、【短相思】收尾腔韻

【相思引】	【短相思】
	 〔註99〕

〔註95〕 參施德玉：《板腔體與曲牌體》，頁 198。感謝施老師於口考時的指正與說明。

〔註96〕 詳參曾永義：〈弋陽腔及其流派考述〉，《臺大文史哲學報》65 期（2006 年 11 月），頁 39～72；又收入《戲曲腔調新探》（北京：文化藝術出版社，2009），頁 137～168。

〔註97〕 李國俊：〈南管滾門牌調系統芻論〉，《南北管音樂研討會論文集》，頁 18～25。文中舉【短滾】的〈書今寫了〉、〈夫為功名〉，【中滾】〈望明月〉和【福馬】〈感謝公主〉為例，強調「相同的腔格反復出現」。

〔註98〕 林珀姬：《南管樂語與曲唱理論建構》，頁 159。

〔註99〕 表中譜例摘自張再興選編：《南樂曲集》，【相思引】〈拙時無意〉（頁 301）；【短相思】〈因送哥嫂〉（頁 350）。

　　變化節奏是音樂發展的必經過程。唐宋大曲擴充曲體規模的辦法是將一段主題旋律反覆並加快速度，一氣呵成的連續演奏之。而觀察南管音樂的橫向體製，以變化撩拍的方式增加音樂的質與量，形成了「不同拍法系列門頭大家族」，如三撩拍的【相思引】、一撩拍的【短相思】和疊拍的【相思引疊】，這三個門頭的主腔骨幹音相同，拍法則隨之加快，但是各曲皆是獨立演唱，並未因爲有「大家族」的這層關係而聯合成爲一個大型作品。是以，筆者認爲，就「變化拍法」這個手法，可能與唐大曲的結構方式不謀而合，但兩者間不能類比的最關鍵因素在於，唐代的「大曲」乃一重頭變奏的大型作品，「門頭大家族」則是由三個門頭、許多見曲所形成的大家族，每一見曲各自獨立演唱。然若是以大曲結構比對南管譜的結構方式，則是十分恰當，於後文會再詳論。至於板腔體的板式變化，同是落實了曲體變奏，以此方式源源不絕的衍生更多隻曲，但更關鍵的是，板腔體的文字部份爲詩讚系的齊言句式，南管爲長短句曲牌體，兩者同樣可以觀察到「不同拍法速度的門頭／曲牌族群」，但以加滾、數唱擬作南管滾門大家族的原型，應是太過牽強了。再者，明嘉靖本（1566）本《荔鏡記》和明萬曆年間的錦曲曲譜刊行，〔註100〕皆可證明南管戲、南管音樂的成熟，雖然沒有更多文獻可提供時間定位，但與明代萬曆間四大聲腔之流播應屬同時期之戲曲歌樂活動，比由曲牌體破解而來的板腔體出現的更早，應當是可以確定的。

五、「門頭」與「滾門」的辨與辯

　　筆者回顧在館閣間的遊藝經驗，「滾門」被使用的頻率，實在不及「門頭」來得普遍。根據林師回憶，先師吳昆仁先生都稱「門頭」。

　　王櫻芬在1994年「千載清音南管學術研討會」發表〈從【長滾】看南管滾門曲牌的分類系統〉，文中謂：「從曲簿可看出南管樂曲的分類系統大致分爲五個層次，即：管門、撩拍、**滾門**、**曲牌**、曲。」〔註101〕又，文中的第三

〔註100〕泉州地方戲曲研究社編：《荔鏡記荔枝記四種》第一種明代嘉靖刊本《荔鏡記》（北京：中國戲劇出版社，2010）。龍彼得先生只考證出《滿天春錦曲》的刊刻年代爲萬曆甲辰年，西元1604年；《鈺妍麗錦》和《百花賽錦》因末頁佚失，無法確定，「我們雖不能查證這一本或兩本書是在1613年刊行，但書的字體表明它們是明版。」參見龍彼得論文〈古代閩南戲曲與弦管〉，《明刊閩南戲曲絃管選本三種》，頁12。

〔註101〕王櫻芬：〈從【長滾】看南管滾門曲牌的分類系統〉，《千載清音：南管學術研討會論文集》（彰化：彰化縣立文化中心：1994），頁13。

部份「文獻回顧」探討滾門和曲牌的關係，滾門為曲牌門類之說，在大陸主要由何昌林、王愛群、王耀華、劉春曙四位學者促成，而王氏也認為滾門「具有相似的管門（調性）、撩拍（節拍）、腔韻（主腔韻）。」〔註102〕爾後2006年，王氏〈南管曲目分類系統及其作用〉改採取樂人的說法，稱之為「門頭」和「牌名」，「樂人多稱曲調門類為門頭（或稱管門），稱曲調為牌名（或稱序牌），因此〈月照紗窗〉的門頭是【長滾】，牌名是【大迓鼓】。南管學者多稱曲調門類為滾門，稱曲調為曲牌，……每一門頭有其固定的管門和撩拍，每一牌名又有其固定所屬的門頭。」〔註103〕

　　綜覽王氏的南管論著，可以深刻感受到研究歷程的後出轉精。王氏改以樂人的說法為依歸，提出其分類系統，其中「門頭家族」的概念，在撩拍上呈現「長中短」的變化，亦即是筆者在「滾門撩拍的異同」一節所言，「滾門」和「門頭」都是曲調的分類，然則從字義析論，二者不應相等，但以臺灣南管圈而論，這兩個樂語顯然混用了，從整絃「排門頭」可確知，「門頭」的確是樂人認知的曲調分類，同門頭之下的曲子，不論有無標示牌名，其管門、撩拍、大韻皆同；而以某門頭大韻為核心，變化撩拍形成長、中、短拍的新門頭，即可形成一個系列門頭大家族，家族者，乃由血緣關係的多位成員所組成，彼此間的血緣繫聯即為門頭大韻；而若欲將「【序滾】系列門頭大家族」、「【相思引】系列門頭大家族」等予以簡化稱呼，或許「滾門」一詞是可以勝任的，然而絃友既已將「滾門」和「門頭」用作同義詞，當研究者欲站在建立理論系統的立場，試為其釐清層次，所給予的「指稱」還是要貼近南管人的認知。筆者以臺灣的南管圈為研究對象，以「門頭」為曲調的類別，試提出「同拍法的門頭下牌名小家族」和「長中短拍系列門頭大家族」；而「滾門」一詞容易使人連結到唐大曲的「袞遍」，「袞遍」的本義帶有「節拍的變化」，當與「大家族」更加契合，但細究「唐大曲」與「門頭大家族」二者，唐宋大曲的各遍完整地展演了重頭變奏，而「門頭大家族」僅在說明不同拍法的門頭之間具有這一層血緣關係，而彼此仍是單獨演奏的隻曲，顯然兩者曲體的規模並不對等。

〔註102〕王櫻芬：〈從【長滾】看南管滾門曲牌的分類系統〉，頁16。筆者於本章第一節已論證「管門」為同均的四種音階形式，而非「調性」。

〔註103〕王櫻芬：〈南管曲目分類系統及其作用〉，《民俗曲藝》152期（2006年6月），頁257。

第四節　曲牌／牌名、大韻／腔韻

一、研究回顧

　　本章逐一考核南管至今仍活用的樂語，本節抽絲剝繭至「牌名」一層。因南管音樂中有許多同於唐教坊曲、宋詞詞牌、北曲曲牌、南曲曲牌之牌名，是以引發學者的關注。或以「曲牌」稱之，或以「牌名」稱之，如：楊韻慧〈絃管指套宮調研究〉文中表6「指套的管門、滾門、撩拍、**曲牌**表」，〔註104〕卓聖翔《南管**曲牌**大全》一書，〔註105〕李孟勳：《南管散曲與南北曲之比較分析——以同名**曲牌**為例》；〔註106〕另有學者依循樂人用法，稱為「牌名」，如（2002）林珀姬、〔註107〕（2006）王櫻芬、〔註108〕（2010）溫秋菊。〔註109〕以下，本節所要檢討的課題，將環繞在：「曲牌」與「牌名」究竟是同義詞的互用？抑或有名實指涉上的不同？至若用於南管中，何者較為適當？

二、曲牌／牌名

　　沈冬認為從事南管曲牌整理研究時，有兩個現象需特別注意：

　　　　一、就牌名觀，其源於宋詞、北曲、南曲的牌調實為不少，……但吾人斷不可因其牌名相同遽定二者為一，<u>蓋地方音樂也許只襲取牌名而內容格式卻相去甚遠</u>。

　　　　其二，就牌名觀，或許南管樂同於詞牌或曲牌，考其格式，亦有部分雷同，然可能尚雜有其他牌調的句式；……只取牌名而不探其實，

〔註104〕楊韻慧：〈絃管指套宮調研究〉，頁173～175。

〔註105〕卓聖翔、林素梅：《南管曲牌大全》（高雄：串門南樂團，1999）。

〔註106〕李孟勳：《南管散曲與南北曲之比較分析——以同名曲牌為例》（臺北：國立臺北藝術大學傳統藝術研究所碩士論文，2001）。

〔註107〕林珀姬《南管曲唱研究》：「各學者對滾門與曲牌的分類不一，且一般絃友皆稱『門頭』、『牌名』，故筆者乃遵民間舊習。」（頁337）又可見於林珀姬：《南管樂語與曲唱理論建構》，頁152。

〔註108〕王櫻芬〈南管曲目分類系統及其作用〉：「樂人多稱曲調門類為門頭（或稱管門），稱曲調為牌名（或稱序牌），因此〈月照紗窗〉的門頭是【長滾】，牌名是【大迓鼓】。南管學者多稱曲調門類為滾門，稱曲調為曲牌，……每一門頭有其固定的管門和撩拍，每一牌名又有其固定所屬的門頭。」（頁257）

〔註109〕溫秋菊《在東方：南管曲牌與門頭大韵》：「南管樂人對於這些曲調的名稱多為『牌名』，至於這些曲調要一一查考來『詞牌』或『曲牌』並不容易。」（頁217）

犯調之頻仍出現，甚至一調而不一韻到底，皆顯示了地方音樂格律不嚴而變化靈動，生機蓬勃的特質。研究南管樂之曲牌，若慮不及此，僅以牌名之歸類而判別其音樂內涵，則不免易於淪失其可貴的地方音樂風貌與特徵，有滄海遺珠之憾。〔註110〕

上述引文，沈氏以「曲牌」為章節名，論述中則多用「牌名」。筆者推敲，這並不代表沈氏的「曲牌」和「牌名」是同義的詞面抽換。曾師指導筆者時說道，「曲牌」指「牌名」的共性與格律，在南曲戲文與北曲雜劇中，每一「牌名」積累發展出一套嚴密的格律，皆有其正字律、正句律、長短律、平仄聲調律、協韻律、對偶律、音節單雙律、語法律八大要律，因此稱之為「曲牌」。反觀南管中出現的南北曲同名曲牌，與原曲牌之格律實已相去甚遠，〔註111〕再以曲牌的八大律則去研究分析恐怕意義不大。

　　李孟勳的碩士論文《南管散曲與南北曲之比較分析——以同名曲牌為例》，該文以呂錘寬比對證明南管中的【解三醒】及【二郎神】兩支曲牌，實由南曲而來為借鑒，〔註112〕繼續以南管中的【望遠行】、【玉交枝】、【福馬郎】、【雙閨】與南北曲牌比對之，其結論為：

　　　　【玉交枝】的七字句，與【雙閨】的（647）組合，已經相當接近南北曲的形式了。在音樂方面，<u>南管的大韻與南北曲的主腔有部分類似，但談不上完全相同</u>。可能吸收了南北曲的部分腔調，再配合自己的曲詞的音韻唱腔做加工變奏。以【玉交枝】為例，不論在南北曲或南管的句式，基本上都是七字句，但是音樂卻各有自己的風格，我想是語言的因素，因為語言的轉換，影響音樂的改變，因此若只將音樂旋律單獨抽離出來比對，是很難看出相同的。〔註113〕

從李氏的結論可知，一旦被地方音樂所吸收，加上方言方音的色彩，將會使曲牌格律產生變化，原本文字上的格律約束可能隨之湮滅不彰。

〔註110〕摘引自沈冬：《南管音樂體製及歷史初探》，頁68～71。
〔註111〕可參見林珀姬〈南管音樂門頭探索（二）——從知見曲目探索明刊本帶【相思】門頭曲目〉一文，第參章從文獻看【相思】牌名，林師的結論是：「觀之南管音樂中代【相思】的牌名，除了在曲詩內容上，與歷代詞調、南北曲、琴曲中這些牌名相同，均寫『相思』之情外，<u>在句法結構或音樂結構上，則有明顯差異。</u>」《關渡音樂學刊》7期（2007年12月），頁18～19。
〔註112〕呂錘寬：《泉州弦管（南管）研究》（臺北：學藝出版社，1982），頁8。
〔註113〕李孟勳：《南管散曲與南北曲之比較分析——以同名曲牌為例》（臺北：國立臺北藝術大學傳統藝術研究所碩士論文，2001），頁113。

　　李昌集《中國古代曲學史》第二卷第五章以王驥德《曲律》為核心，探討「南曲曲體形式」，李氏從《曲律・論調名第三》歸納出八種情形，針對這些紛歧的調名，李氏提出三點看法，筆者據其文意摘錄如下：

1. 「樂式」與「詞式」的關係：兩者並不是對應的，僅以「詞式」的同異來判斷「樂式」的同異是不能成立的。

2. 曲調衍變的方式：「俗傳增減字句」乃民間曲調衍變的重要途徑，然文人在接受民間曲時，總是要求將「樂式」作某種程式性的固定，「詞式」相應的「律化」。也就是說，今所謂「曲體」是由文人確立的。

3. 曲調本質的蛻變：所謂「名存調亡」的曲牌，實已脫離入樂可歌的本質，成為案頭、書面的文體了。〔註114〕

筆者從上述引文得到啓發。南管音樂雅俗兼濟，在分析南管音樂的結構，更能體會「樂式」與「詞式」的非對應關係，主要是以該曲門頭腔韻、撩拍的佈置為主，「詞式」則依「樂式」進行分段。而南管音樂並無成文的理論和格律，「樂式」維持靈動、開放的本性，「詞式」也無種種律化的要求。承上，若再以嚴謹的曲牌定格來檢視南管中同名的牌名，恐怕意義是不大的。有鑑於此，筆者遵循樂人稱法，傾向用「牌名」，而非「曲牌」。

　　卓聖翔《南管曲牌大全》一書，書名逕稱「曲牌」，文中解析南管曲牌的特質記道：「每一曲牌有一特定的名稱，俗稱『牌名』或『門頭』，這些牌名，有的沿用古詞牌或古琴曲名，或出自原歌詞的部分詞句，或提示原曲的主要內容，或提示原曲的出處，或略示原曲的特點等等，因年代久遠，大部分命名出處已不可考，有的牌名雖然與其他樂種相同，但曲調不見得一樣。」卓氏後文針對學者歸納出的「滾門」，卓氏以為並非如此，從南管音樂的階層角度思索，提出這樣的解讀：「或者，這些所謂的『滾門・曲牌』只不過是個『曲牌・附題』呢？」〔註115〕卓氏為南管樂人，該書以曲牌為南管音樂之核心，丟出「曲牌・附題」的看法，促使筆者去思索，南管曲譜的音樂層級與記錄方法是否隱含「主標・副標」之關係？且從樂人的角度來看待南管，不見得有如學者所言的嚴謹的「滾門・曲牌」的層次關係。

〔註114〕參見李昌集：《中國古代曲學史》（上海：華東師範大學出版社，1997），頁330～334。
〔註115〕卓聖翔、林素梅：《南管曲牌大全》，頁11、13。

　　筆者以爲，卓氏的見解或許有不及學者謹飭之處，但就音樂的熟悉度而言，樂人實地演奏的體會必具有參考之價值；參看學者之研究，林師曾就南管兩層的紀錄方式析論，在〈南管音樂中的集曲〉指出：

> 南曲中相當多的曲牌，被南管音樂沿用，但南管音樂與南曲曲牌相比，還多了一層門頭的關係，故絃管文化圈有一套自成系統的樂語稱呼：門頭與牌名分二層，上層爲門頭，不管門頭名稱是否南曲牌名，均概稱「門頭」，也不管下層的牌名是否爲曲牌，均概稱爲「牌名」；……故南管的門頭與牌名，實際上是**主標與副標**的關係。〔註116〕

關於門頭與牌名之間的糾葛，林師曾云：

> 有些門頭之下尚有牌名，有些僅有牌名，這些同於南北曲之牌名，但民間仍稱之爲門頭；民間舊習以門頭總言滾門與曲牌，門頭之下如有牌名，則以稍小字體記寫其下，牌名位置之名稱，不見得就是曲牌。〔註117〕

　　林師 2009 年發表的〈南管音樂中的集曲〉文中，與 2011 年《南管樂語與曲唱理論建構》書中整理的「南管曲唱常用門頭・牌名表格」，〔註118〕皆以【相思引】爲例，樂人會將【相思引・八駿馬】的【相思引】視爲**門頭**，林師認爲可視爲主標，然【相思】牌名早見於漢魏詞調、樂府牌名，南曲曲牌沿用之，〔註119〕因此置於「南管曲唱常用門頭・牌名表格」中的「**牌名**」欄下；筆者曾就此請教林師，兩處所述是否有所矛盾？林師回覆筆者，兩邊的論述並不抵觸，樂人的認知中，音樂的類別可用「主標・副標」兩個層次來歸類它、描述它，而當學者進一步考察，或可發現上層的「主標」可能源自於南北曲牌名，也可能不是；而下層的「副標」可能是曲牌名，有時卻是指曲意，亦或另有所指，例如【中滾・百花圖】，「百花圖」乃指曲詩借由百花各有花期勉人珍惜光陰，並非曲牌名。〔註120〕當然，更根本的問題，還牽涉到門頭與牌名的分類，因每位學者的見解尚有出入，至今未有定說。

　　可見，南管音樂的層級，除了多了一層歸類，更需進一步去思考其記譜

〔註116〕林珀姬：〈南管音樂中的集曲〉，頁 49。
〔註117〕林珀姬：《南管樂語與曲唱理論建構》，頁 152。
〔註118〕林珀姬：《南管樂語與曲唱理論建構》，頁 156〜159。
〔註119〕詳細考證見林珀姬：《百拍大倍齊雲陣套曲》，頁 7〜8。
〔註120〕參見林珀姬：《南管樂語與曲唱理論建構》，頁 152。

方式，可能尚未十分嚴謹，代表南管音樂中最小意義單位的「門頭大韻」可能是在「主標」，也可能是在「副標」，或是「主標」、「副標」同時都與該曲的大韻有關，特別是集曲結構牌名帶「犯」字的曲子。〔註121〕王櫻芬論南管曲簿的標示與解讀說道：

> 最簡略者，則僅標註門頭、牌名，或是僅標註牌名。但是無論如何，最起碼一定要標示出樂曲的曲調類別，才能知道要用什麼曲調來演唱該曲。由此可見，門頭和牌名是南管樂人解讀曲簿和演唱樂曲最重要的知識背景。〔註122〕

王氏指出南管音樂中的「曲調類別」，是樂人們掌握南管音樂的不二途徑。以下，筆者將再探「曲調類別」之核心——大韻。

三、腔韻／大韻

　　承上節「牌名」的討論，南管音樂中縱使保有唐宋大曲、詞牌、南北曲之牌名，但每個牌名之所以成為「曲牌」的格律，並未完整見諸於南管中了，南管譜所能提供的資訊，更直接的是音樂的結構。因此，本節要討論的「韻」不僅只於文字的押韻，更要探討音樂如何「押韻」。

　　漢語的音韻之學之所以稱為「聲韻學」，乃是以每個漢字為一個音節，傳統將音節分析為「聲」、「韻」兩部份，現代則分析為「聲母」、「韻母」、「聲調」三部份，於此借用現代語言學之研究，「韻母」（Final）是由介音、主要元音及韻尾所組成的音節後半成份。以此為據，「韻」的字義即由此引申出文字、音樂和唱法三個層面的涵義。韻文學所言的「韻」，指的是句末字相同的**韻母**，進而將同性質的**韻腳**匯整成**韻部**，而分門別類記載這些韻部的類書，是為**韻書**。以上，是我們一般所理解的「押韻」。而韻文學中，唐詩、宋詞的押韻需包含韻母和聲調，曲的押韻則只看韻母，四聲通押；詩詞和曲的押韻原則，最大的差別在於聲調的限制，元代以中州音為官話，由於平分陰陽和入派三聲這兩項重大的語音變化，所以元曲可以四聲通押。是以，語言的聲調系統也是討論押韻時很重要的因素。以此觀之南管曲詩的押韻情形，泉州

〔註121〕以〈賞春天〉為例，譜上標誌為【中滾·三遇反】，指的是該曲以【中滾】為主，句首為【中滾】常用的「士空起」（與〈望明月〉一曲同），中間插入了【水車】、【杜宇娘】、【北青陽】三個門頭的大韻，最後以【短滾】的收尾韻結束（【中滾】和【短滾】同為一撩拍，收尾韻常互用）。曲譜參見張再興選編：《南樂曲集》，頁105～106。

〔註122〕王櫻芬：〈南管曲目分類系統及其作用〉，頁273。

方言有八個聲調，然押韻的包容性卻是更加寬泛的，施炳華〈南管文學的嬌（上）〉總結道：「包括主要元音佮韻尾相全的口元音（按：不帶鼻音的元音），也包括鼻化元音，猶包括帶喉塞韻尾的入聲韻，同時不管聲調。」〔註123〕

　　而音樂上的「韻」則根據文學格律之韻腳，透過音樂呈現時，同樣配以**重覆的旋律**，是為音樂上的「韻」；因此工尺譜上可以看到曲詩和的押韻和重覆的工尺旋律，然而譜字僅為骨幹音，當人聲要結合文字和音樂歌唱時，則有唱法上的「韻」，**行腔運轉之「轉韻」**，於骨幹音之外，唱者增加裝飾音以潤腔，增添聲情的「韻味」。在習唱南管的過程，師生間的口傳心授叫做「牽韻」，學生要一字一音的去捕捉老師行腔運轉時的虛實轉折，將獨立的譜字串連成流暢的聲音線條，若只是呆板的唱出每個音，則叫「有聲無韻」，少了情味、韻味是也。〔註124〕

　　王耀華、劉春曙為南管「韻」字作釋義，回顧音樂文獻中與「腔」、「韻」相關者，其中徵引《新唐書・楊牧傳》、楊守齋《作詞五要》、沈伯時《樂府指迷》等書，得出音樂中的「『韻』即腔韻，是與一定的均拍、音調、節奏相聯繫的曲調」，而南管「腔韻」的意義即緣此而來。王氏總結道：「南音音樂的『韻』，就是樂曲中最具代表性、最為典型，因而也是最有特性的音調。它們在曲調的反復循環中，在一定的結構地位中保持不變。」〔註125〕是以，王氏所謂的「腔韻」即指南管「音樂上的押韻」。

　　筆者再查閱相關論述，洛地《詞樂曲唱》第三章〈曲唱的旋律——腔〉，同樣在闡述「腔」字何以成為「音樂旋律」的代稱，洛氏指出「腔」的本義為「物體內『空』的部位」，轉而為「此『空』的部位所發的聲音」→「語言聲調」→「音樂旋律」，歷經了字義的衍伸變化。承此，洛氏整理出「腔」字在曲唱中，兼有三個義項：1. 語音字讀、2. 旋律片段、3. 旋律，而與音樂、演唱相關時，則兼取後二義。〔註126〕綜合這兩段引述，王氏、洛氏提出的「腔

〔註123〕施炳華：〈南管文學的嬌（上）〉，《海翁臺語文學》17期（2003年5月），頁13。
〔註124〕詳細可參林珀姬：《南管樂語與曲唱理論建構》，「韻」、「牽韻」、「有聲無韻」，頁32、58。施炳華：〈骨譜與潤腔——談南管音樂與語言的關係〉，《海峽兩岸梨園戲學術研討會論文集》，（臺北：國立中正文化中心，1998），頁343～360。蔡郁琳：《南管曲唱唸法研究》（臺北：國立臺灣師範大學音樂學系碩士論文，1995）。
〔註125〕王耀華，劉春曙：《福建南音初探》，第五章第一節〈南音「韻」的釋義〉，頁76～78。
〔註126〕洛地：《詞樂曲唱》（北京：人民音樂出版社，1995），頁133。

韻」皆在討論「音樂旋律的押韻」。

綜覽研究南管的學者們，王耀華（1989）以「腔韻」統稱之，底下再分「大韻」、「短韻」、「高韻」、「低韻」、「堀韻（截韻）」；〔註127〕王愛群（1984）〔註128〕、楊韻慧（1998）、〔註129〕溫秋菊（2010）稱之爲「大韻」；〔註130〕卓聖翔以「腔韻」爲主，「大韻」視爲俗稱；〔註131〕林師（2002）的說法更爲細膩，有「腔韻」與「特韻」之別，〔註132〕又根據「腔韻」在樂句中的位置，可分爲最好判斷的「句尾韻」、和「句首韻」、「句中韻」、「收尾韻」，而「特韻」則是特別出現在句頭，具強調作用，形同該曲的「務頭」所在。〔註133〕林師對「大韻」所下的定義爲：

> 南管音樂的每一門頭都有其代表性的曲韻，曲韻的拍位在三拍以上，方可稱爲「大韻」，絃友藉此大韻以辨識門頭。如【北青陽】的大韻，共有 5 拍。不過有時樂人對一般的腔韻，也會用「大韻」二字，如說這是【中滾】門頭的大韻，但已故吳昆仁先生就堅持三拍以上的腔韻，方可稱爲「大韻」。〔註134〕

參閱林師書上的匯整，南管常見的「腔韻」多爲兩拍到五拍不等，最長的「大韻」見於指套《金井梧桐》，第一節曲詩中的「雁」之大韻，共有十一拍，第二節「枝」之大韻，共有九拍，故稱「九枝十一雁」。〔註135〕絃友們據此來辨識門頭，先師吳昆仁先生主張三拍以上方可稱爲「大韻」，但是一般的絃友或

〔註127〕王耀華，劉春曙：《福建南音初探》，第五章〈福建南音腔韻〉，頁76～122。
　　　　《福建南音初探》：「堀韻則將其拖腔攔腰截去，所以亦可稱之爲截韻。」（頁84）林師指導筆者練唱【短相思】〈爲伊割吊〉這一曲中，即有「截韻」的腔韻安排，【潮陽春】的句尾韻如曲詩「意」字，旋律爲「工𨕧下𨕧工六工」，爲這一葩的下句句末，而這一葩的下句韻長較長，可先斷句在「盡」字，其旋律「工𨕧工」是爲【潮陽春】句尾韻之截半，詳參林珀姬：《南管樂語與曲唱理論建構》，頁202。
〔註128〕王愛群：〈王愛群覆何昌林的信〉，《泉州歷史文化中心工作通訊》1984 年，頁31。筆者手邊並無《泉州歷史文化中心工作通訊》，轉引自楊韻慧：〈絃管指套宮調研究〉，註19，頁176。
〔註129〕同上註，頁176～177。
〔註130〕溫秋菊：《在東方：南管曲牌與門頭大韵》，頁212。
〔註131〕卓聖翔、林素梅：《南管曲牌大全》，頁11。
〔註132〕林珀姬：《南管曲唱研究》，頁345～363。
〔註133〕參看林珀姬：《南管樂語與曲唱理論建構》，頁160～169。
〔註134〕同上註，頁32。
〔註135〕參見林珀姬《南管樂語與曲唱理論建構》：「一個字唱 11 拍的大韻，相當於西樂 44 拍的長度，是目前南管曲中，拍位最多的大韻」，頁70。

學者，不見得區分得如此講究，〔註136〕誠如溫秋菊所言：「『大韻』一詞的意義，應該不是絕對的，事實上它有狹義與廣義之分。」〔註137〕向林師請益後，林師答覆筆者道：「腔韻是一般傳統戲曲共用的辭，大韻、短韻、高韻、低韻則是南管常用的辭，大韻是指三拍以上的腔韻，一般韻腳的腔韻都是以兩拍為最基本的韻，韻的用法多樣，民間常混用，但是從音樂文獻中可以找到例子」。〔註138〕

　　總結上述，南管音樂中的「韻」，可說是衍生出相當細膩的變法與涵義。首先，重覆出現的旋律，即為音樂上的「韻」，從其<u>位置</u>的安排，可有句尾韻、句首韻、句中韻、收尾韻；而重覆的旋律可以在高、低<u>音域</u>各自設計一組穿插使用，形成所謂的高韻和低韻；構成一段有記憶點的旋律，兩拍是基本的<u>演唱時間</u>，三拍以上稱為大韻，最長的大韻可到十一拍。就活傳統之現況，「大韻」一詞為民間的習慣稱法，此時的「大韻」當視為廣義用法；若要精細的討論音樂結構，以「腔韻」作為二到五拍的樂句泛稱，而根據「韻」出現的位置、音域的高低、所佔拍法，強調性質等等又可有更細膩的稱法，這些精細的區分將有助於研究討論。本文後面章節仍會探討到「門頭大韻」，若在論述音樂體製、層級關係時，行文間的「門頭大韻」取廣義用法；若進行樂曲結構的分析，為使文意更加明確，將採用上述林師所列舉的「腔韻」相關詞彙。

　　以下，筆者想再簡單歸結「大韻的功用與意義」。溫氏有一段話說道：

　　南管曲牌結構最重要的樂段或樂句都在韻腳或韻位之上配置「大韻」，「大韻」的結音，除代表重要的調式音，依據樂曲「起」、「承」、「轉」、「合」，這些「大韻」多以八度、四度或五度關係的組合，通過對比或反覆，產生劃分樂句、樂段的功能，是構成全曲的穩定與統一主要的因素。〔註139〕

〔註136〕筆者請益臺北華聲社的團員蕭志恒先生，他在館閣間常聽到絃友們的說法是：「這是【北青陽】的韻」、「【杜宇娘】的大韻」；他認為民間對「大韻」的定義尚無明確的定說，一般皆泛稱為「某門頭的韻」，「大韻」相較之下當然要具備更多拍位。總而言之，「韻」或「大韻」對絃友來說，就是該門頭或該牌名為此不為彼的辨別關鍵。感謝蕭志恒師兄的經驗分享，2013 年 1 月 9 日晚上，孔廟團課。

〔註137〕溫秋菊：《在東方：南管曲牌與門頭大韻》，註22，頁216。

〔註138〕感謝林師於 email 中即時回覆筆者，2013 年 1 月 14 日晚上。

〔註139〕溫秋菊：《在東方：南管曲牌與門頭大韻》，頁215。

承上，南管音樂透過旋律大韻與曲詩韻腳的同步佈置，使整體的音樂性、協韻性趨於統一，是爲大韻的功用與意義。溫氏另外歸納出「大韻」安置時有其模式，筆者據其文意摘錄大意如下：

1. 在次要韻腳處，使用相對韻字，旋律的配搭也要與主旋律構成八度、五度或四度關係（筆者按：即爲「高韻」、「低韻」），製造對比性。

2. 重複的旋律從韻腳字倒數二至三個字開始配置，主要韻腳的旋律較長；次要韻腳則相對簡潔。

3. 承第 2 點，「樂句的反覆」不單只是韻腳該字的旋律反覆，而是從韻腳往前擴散、醞釀，形成詞組性的片段旋律反覆。〔註140〕

　　最後，筆者試從「大韻」來反思南管音樂的體製，其所對應到的應是南管的哪一個層級呢？以南管門頭【長滾】爲例，其有一個核心旋律是爲【長滾】的大韻，而【長滾】底下的牌名又各有其旋律大韻，如【鵲踏枝】、【大迓鼓】等，作爲與其他牌名區別的特徵。然而，並非每首曲子其門頭與牌名的標誌俱全，誠如筆者在前文〈從「排門頭」論南管的層級〉一小節中已論及，2012 年 9 月 29 日合和藝苑舉行秋祭整絃，以【大倍】→【長玉交枝】→【寡北】→【玉交枝】→【望遠行】排門頭，除了【大倍】是七撩拍，選唱的落曲有牌名，轉入三撩的【長玉交枝】後，樂譜的紀錄只剩一個層級。【玉交枝】和【望遠行】爲詞調中已有之牌名，但是【寡北】則爲南管用語，但就絃友的認知，既是「排門頭」的整絃活動，【大倍】、【玉交枝】、【寡北】和【望遠行】對他們而言都是門頭，而這些門頭都有其「大韻」，是絃友賴以記憶和辨識的依據，亦即「具有音樂意義的最小單位」。是以，要探究對樂人而言有意義的南管音樂體製，及其層次關係，或許可從「大韻」的角度思索之，可將「門頭牌名」合併爲一個層級。

小　結

　　本章花了相當多的篇幅逐一檢討南管的習用樂語，特別是三、四兩節針

〔註140〕溫秋菊：《在東方：南管曲牌與門頭大韵》，頁 179～180。以上，溫氏這些說法多參考劉明瀾〈論宋詞詞韻與音樂之關係〉，劉氏一文以宋詞詞韻爲主體，雖未言及南管，但其所提出音樂觀念，多可爲鑑，如「宋人在填詞時之所以極爲重視韻位的安排，是因爲詞中之韻與調式主音在位置上有著基本的對應關係。」《中國音樂學》1994 年第 3 期，頁 96。

對「滾門／門頭」、「曲牌／牌名」、「腔韻／大韻」做了一系列的討論。筆者試著對這三組詞彙的名實，深入淺出的總結之：

　　以南管文化圈使用的習慣，「門頭」和「大韻」至今仍爲樂人口語，「門頭」簡單的說即爲「曲調的類別」，「大韻」則是各門頭具有記憶點的片段旋律。從曲譜、抄本的記寫可得知，南管標誌音樂屬性的記譜方式可能只有一種說明，也可能附帶小字，形成上下兩層的「主標」與「副標」（參見右表譜例）。而根據學者的研究，這些「主標」或「副標」與唐教坊曲、詞牌、南、北曲曲牌同名，因此出現了「曲牌／牌名」這一組詞彙，從嚴謹的曲牌格律來看待南管這些同名牌名，兩者早已名同實異，且民間根本分不清楚這些稱法是否大有來頭，因此，若要描述這些不具「曲牌」共性與格律的記寫，稱爲「牌名」可能是較持平的作法。

〈共君斷約〉【長滾・大迓鼓】	〈望明月〉【中滾】
	〔註141〕

　　至若「滾門」一詞，筆者參看了許多論著，發現大陸學者多稱爲「滾門」，而臺灣學者早年也用「滾門」，近年則多稱「門頭」；以筆者的學習經驗及活傳統的「排門頭」，「門頭」更爲絃友的直覺語彙，且直接對應到某一拍法。而「滾門」一詞以撩拍之異同考察之，可有兩種解釋：（1）同拍法門頭下的牌名小家族，（2）不同拍法的系列門頭大家族，若是強調「節拍的門類」之內涵，則爲後者「大家族」，若「滾門」和「門頭」不分，則屬前者「小家族」之概念。

　　第三組「腔韻／大韻」，「韻」可涵蓋討論的範圍，從文字、音樂到唱法皆適用。本節試在韻文學文字押韻的基礎上，進一步說明南管音樂上的「韻」。配合音樂的千變萬化，南管自行產生了一系列的語彙，用來準確指稱音樂上的「韻」：從旋律安排的位置，可有「句首韻」、「句中韻」、「句尾韻」和「收

〔註141〕譜例截圖取自張再興選編：《南樂曲集》，頁 17、87。

尾韻」；而以不同的音域搭配使用，則稱「高韻」、「低韻」；以拍位數算演奏時間的長短，三拍以上才可稱爲「大韻」；具強調作用，用於曲詩段落中的領字、嘆詞等，則又有所謂的「特韻」。

第二章　南管的腔調及其載體

　　以上第一章四節所述，乃針對音樂本身之探討。本章將再加入「語言」的因素，論析南管的「腔調」與「載體」。

第一節　南管的腔調——泉腔

一、研究回顧

　　本文討論的南管指的是以唱曲、清奏爲主的臺灣民間館閣間的音樂活動，而歌樂的主體決定於「腔調」。曾師〈論說腔調〉一文，[註1] 釐清了「腔調」的五里霧，對戲曲音樂所不可或缺的「腔調」做了周備深廣的研究。而南管音樂也有其「腔調」，而「腔調」和音樂的互動，與南管音樂體製的建構更是息息相關。本節擬從「腔調」談起，借鑒曾師精闢的見解，再論南管使用的「泉腔」。又曾師云：「腔調關涉到內在構成的因素、外在用以依存的載體，以及所以呈現的人爲運轉。」[註2] 本文在曾師的指導下，試循此脈絡逐一討論，本節著重在腔調本身，除了要先闡述腔調的定義與共性，並要回顧「泉腔」在學術史上引發的討論，以及「泉腔」內在構成的因素有哪些？影響了語言旋律化之後的什麼特色？腔調的「載體」則於下一節論述。

〔註1〕　曾永義〈論說「腔調」・前言〉：「就歌唱藝術而言，無論歌謠、雜曲、說唱、戲曲都會關涉腔調，甚至可以說它是歌唱的主體部分。」《從腔調說到崑劇》，頁22。

〔註2〕　曾永義：〈論說「腔調」〉，《從腔調說到崑劇》，頁23。

二、腔調的定義

曾師從諸說中去蕪存菁，爲「腔調」下的定義是：

> 若給「腔調」下個簡明的定義，可以說就是「語言的旋律」。各地方
> 的「語言旋律」各自不同，所以就會有獨具特色的「腔調」。又因爲
> 語言和歌謠、說唱、戲曲均有密切之關係，亦即語言和其所衍生的
> 「腔調」以之爲載體。

更細膩的就字義本身來看：

> 以「腔」爲「口腔」，「調」爲聲音的旋律，則「腔調」爲口腔發出
> 來的聲音的旋律。〔註3〕

方言因地而異，以區域爲單位各有其土話，一旦原始腔調踏出家門，流播他方，便需要有一個稱謂，命名的方式可依據源生地域命名、以主奏樂器爲名、以特質爲名，或複合式的將源生地加上特質以作爲腔調名稱四種方式。〔註4〕「泉腔」的命名方式屬於第一種，以源生之地域命名。以下，筆者試從學者的研究成果，探究「泉腔」的歷史地位。

三、泉腔的歷史地位

1981 年曾師〈南管中古樂與古劇的成份〉文中舉明萬曆陳懋仁《泉南雜志》和清康熙郁永河《裨海紀遊》之記載，說明梨園戲〔註5〕使用的腔調「明清兩代（其實一直到現代）都是『下南土腔』。」〔註6〕除了這兩筆文獻，筆者參閱其他研究資料，蒐羅到其他四條資料可供佐證，總計六筆，按照時間先後羅列之。

1. （1606 年前後，萬曆間爲泉州幕府）〔註7〕〔明〕陳懋仁（生卒不詳）《泉南雜志·卷下》：「土腔」

〔註3〕 以上兩段見曾永義：〈論說「腔調」〉，《從腔調說到崑劇》，頁 36、37。

〔註4〕 摘錄自曾永義：〈論說「腔調」〉，《從腔調說到崑劇》，頁 45～46。

〔註5〕 梨園戲與南管同源，兩者的差異除了表演形式的不同，更顯著的差異是梨園戲在樂的編制更爲龐大，並將節奏減縮、音域翻高以符合舞台效果，故論南管使用的腔調——「泉腔」，可借助梨園戲的研究材料。

〔註6〕 曾永義：〈南管中古樂與古劇的成份〉，《詩歌與戲曲》，頁 184。

〔註7〕 陳懋仁之生平可見於《四庫提要》，本文簡單附上《福建戲史錄》所撰：「陳懋仁：字無功，浙江嘉興人。明萬曆間（1606 前後）官泉州府經歷。著有《泉南雜志》一書，書中多記當時泉州一帶的社會風俗習慣。」，註釋7，頁 48。本文據《福建戲史錄》，將《泉南雜志》的時間順位排序第一。

優童媚趨者，不吝高價，豪奢家攘而有之；蟬鬢傅粉，日以爲常；

然皆**土腔**，不曉所謂，余嘗戲譯之而不存也。〔註8〕

2.（1629 年再次增補）〔註9〕明代何喬遠（1557～1631）《閩書》卷之三十八
〈風俗志〉：「泉音」

（龍溪）地近於泉，其心好交合，與泉人通，雖至俳優之戲，必使

操**泉音**，一韻不諧，若以爲楚語。〔註10〕

3.（1697 年來臺，康熙 36 年來臺採集硫磺礦）〔清〕郁永河（生卒不詳）《裨
海紀遊》：「下南腔」

肩披鬒髮耳垂鐺，粉面紅唇似女郎；馬祖宮前鑼鼓鬧，侏離唱出**下**

南腔。（自注：梨園弟子，垂髻穿耳，傅粉施朱，儼然女子。……閩

以漳泉二郡爲下南，下南腔亦閩中聲律之一種也。）〔註11〕

4.（1748 年成書，乾隆 13 年）〔清〕蔡奭（生卒不詳）《官音彙解》：「泉腔」

做正音，正唱官腔。做白字，正唱**泉腔**。做潮調，正唱潮調。〔註12〕

5.（1773 成書，乾隆 37 年）〔清〕朱景英（生卒不詳）《海東札記》卷三「記
氣習」：「下南腔」

神祠，里巷靡日不演戲，鼓樂喧闐，相續於道。演唱多土班小部，

發聲詰屈不可解，譜以絲竹，別有宮商，名曰「**下南腔**」。〔註13〕

6.（1918 成書）連橫（1878～1936）《臺灣通史》卷二十三〈風俗志・演劇〉：
「泉音」

〔註8〕　〔明〕陳懋仁：《泉南雜志》，《明清筆記史料叢刊》31 冊（北京：中國書店，
　　　　2000）卷下，頁4，總頁148。

〔註9〕　據《閩書・校點前言》考證，《閩書》初稿在萬曆四十至四十四年成書（1612
　　　　～1616），崇禎元年至二年（1628～1629）又作了訂補，增補了萬曆四十四年
　　　　至四十八年的資料，是以成書時間，筆者採再次增補的時間崇禎二年（1629），
　　　　參見〔明〕何喬遠編撰；廈門大學古籍整理研究所，歷史系古籍整理研究室
　　　　《閩書》校點組校：《閩書》（福州：福建人民出版社，1994），頁5。

〔註10〕　〔明〕何喬遠編撰；廈門大學古籍整理研究所，歷史系古籍整理研究室《閩
　　　　書》校點組校：《閩書》，頁946。

〔註11〕　〔清〕郁永河：《裨海紀遊》，《臺灣文獻叢刊》第 44 種（臺北：臺灣銀行，
　　　　1959），頁15。

〔註12〕　〔清〕蔡奭：《官音彙解》（封面題霞漳大文堂藏板，臺大影印本，出版年不
　　　　詳），無頁碼。標點符號根據書上圈點判讀後加上，以方便閱讀，書影見附錄
　　　　一。

〔註13〕　〔清〕朱景英：《海東札記》，《臺灣文獻叢刊》第 19 種（臺北：臺灣銀行，
　　　　1958），頁29。

> 演劇爲文學之一,善者可以感發人之善心,惡者可以懲創人之逸志,
> 其效與詩相若;而臺灣之劇,尚未足語此。臺灣之劇⋯⋯三曰七子
> 班,則古梨園之制,唱詞道白,皆用泉音;而所演者,則男女悲歡
> 離合也。〔註14〕

以上六筆史料,皆是研究泉腔的重要依據。陳懋仁《泉南雜志》記載的年代
最早,然以「土腔」稱之,稍嫌籠統,沈冬的推論是:「作者陳懋仁並非閩
人,而爲嘉興人,萬曆年間官泉州經歷,因以陳氏對『下南腔』矇無所知是
頗可能的。」〔註15〕然而,據《泉南雜志》該段的描述,此「土腔」應指「泉
腔」。何喬遠於嘉靖末年出生,歷經隆慶、萬曆年間,卒於崇禎年;《閩書》
所記的內容,時間下限是萬曆四十八年(1620),是福建現存最早、最完整
之省志,該書以「泉音」稱之,明確而毫無異議。郁永河使用「下南腔」,
因書中本有自注,可以肯定「下南」乃漳泉一代的合稱;與朱景英《海東札
記》合看,「下南腔」一詞於康熙年以後多被採用。然而包括連雅堂的《臺
灣通史》,皆未直接使用「泉腔」二字,筆者試翻閱《福建戲史錄》,欲查找
最早記載「泉腔」二字之文獻,共有五處出現「泉腔」字眼:

(1) 劉念茲〈《福建戲史錄》讀後〉:「舞台上到處有演唱『泉腔』
　　的七子班。」

(2) 資料題名:「泉腔流傳龍溪一帶。」筆者按:然該條資料並無
　　「泉腔」一詞,而是「泉音」。

(3) 「泉腔流傳龍溪一帶」條,注釋3:「泉音:即泉腔。」

(4) 「泉腔流傳龍溪一帶」條,注釋3:「清蔡奭《官音匯解釋義》
　　卷上『戲耍音樂』條載:『做白字(正)唱泉腔。』」

(5) 「閩南戲曲在台灣」條,注釋5:「下南腔:指流行於閩南一
　　帶的戲曲聲腔,以演唱南曲爲主,稱下南腔,亦稱泉腔。」

〔註16〕

以上5條資料,第1條爲劉氏所用,第2條爲該書編注者所下,第3和第5
條爲編注者所寫的注釋。確爲文獻所載的「泉腔」只有第4條資料,然《福

〔註14〕連雅堂:《臺灣通史》下冊(臺北:國立編譯館中華叢書編審委員會出版,黎
　　　　明文化印行,1985),頁585。

〔註15〕沈冬:《南管音樂體製及歷史初探》,註19,頁151。

〔註16〕福建省戲曲研究所編;林慶熙,鄭清水,劉湘如編注:《福建戲史錄》(福州:
　　　　福建人民出版社,1983),頁 vi、47、47、47、94。

建戲史錄》並未單獨立爲一條，而是放在注釋中，令筆者不解。據《福建戲史錄》頁118註腳4：「蔡奭：福建漳浦縣人。所著《官音匯解釋義》，成書於清乾隆十三年（1748）。」後來筆者在臺大圖書館僅找到《官音彙解》，封面題「霞漳大文堂藏板」，與《福建戲史錄》所錄應爲不同刊本；根據成書時間，於六筆資料排序第五，卻是文獻記載中最早且直接書寫「泉腔」二字者。

從上述六條資料來看，泉州方言的語言旋律確有形成其腔調，但稱法上有異名，明代陳懋仁《泉南雜志》稱作「土腔」；稱「泉音」者，有明代何喬遠的《閩書》和連橫的《台灣通史》；清代郁永河《裨海紀遊》和朱景英《海東札記》記作「下南腔」，只有清代蔡奭《官音匯解》直呼「泉腔」。筆者能力有限，僅蒐羅到上述資料，最早可追溯的時間已是萬曆末年，的確不及明代嘉靖年間四大聲腔的聲勢浩大，名實確鑿。找到這些文獻證據後，即可進一步探討泉腔在歷史上之地位。

在南戲形成、流播的過程中，因移民的南來和「戲路隨商路」使然，閩地接收了中原的文化。〔註17〕林慶熙〈略論福建戲曲的產生及其與南戲的關係〉云：

> 宋雜劇流傳閩南後，與流行於漳、泉民間的音樂、歌舞和百戲相結合，形成了用閩南語方言演唱的雜劇。這種雜劇在泉州時稱「百戲」。泉州百戲除俳優雜劇外，尚有歌舞、南音演唱和傀儡戲。
>
> 泉州南音歷史久遠，其源可溯至漢魏的清商樂，至唐五代又溶合大曲、法曲及教坊宴樂，形成了用閩南方言演唱，具有閩南地方色彩的演唱藝術。因流行於閩南，故稱南音，亦名南曲。至宋代，南音已發展成爲閩南雜劇的主要唱腔。〔註18〕

林氏在這兩段敘述中指出，南管演唱和閩南雜劇同爲泉州百戲之一，而南管

〔註17〕參見沈冬：《南管音樂體製及歷史初探》，頁162～205。

〔註18〕以上兩段引文均見林慶熙：〈略論福建戲曲的產生及其與南戲的關係〉，《南戲論集》，頁90。後來林慶熙又有〈再探宋元南戲遺響的梨園戲〉一文，當中提到：「宋代，閩南泉州在民間音樂、歌和俳優雜戲的基礎上，吸收宋雜劇的表演藝術，形成了以南音爲音樂唱腔，綜合歌舞白以表演故事的泉州雜劇。」可視作這兩段引文的精簡版，然此文曾師於〈「南戲」的名稱、淵源、形成與流播〉151頁的當頁註1說明道：「此文爲第三屆「國際南戲學術研討會」論文（1996年），未刊。」而筆者也搜尋不到該文是否有另外刊行，故筆者只能從曾氏文中轉手引用，《戲曲源流新論（增訂本）》（北京：中華書局，2008），頁151。

又爲閩南雜劇的主要唱腔，建構起了「泉州雜劇」和南管的連結。〔註 19〕然而，「泉州雜劇」這個稱法是有待商榷的，曾永義老師於〈「南戲」的名稱、淵源、形成與流播〉文中有精闢的分析，〔註 20〕筆者試節錄大意。首先，學者皆贊同「泉州雜劇」有跡可循，但就是未有文獻記載。第二，「泉州雜劇」一詞的得出，乃從宋雜劇流播各地後，冠以地方籍貫，如「永嘉雜劇」的同理類推；其「雜劇」一詞，就南戲的生命週期乃屬「小戲」階段，與朱熹、陳淳及眞德秀在南宋紹熙至紹定年間（西元 1190～1233 年）所禁之戲應爲不同。

那麼，閩地究竟有沒有像永嘉雜劇那樣，以地方歌謠結合官本雜劇所形成的民間小戲呢？根據曾永義老師的考證，從三條史料可推論出，〔註 21〕在永嘉雜劇流行的同時，福建省份有同時並起的小戲，而文獻中始終不見「泉

〔註19〕 承上註，「泉州雜劇」一詞，林慶熙於〈再探宋元南戲遺響的梨園戲〉一文中提出。

〔註20〕 本段理路以及下兩段之旨意均爲曾永義老師的研究成果，參見曾永義：〈「南戲」的名稱、淵源、形成與流播〉，《戲曲源流新論（增訂本）》，頁 151～154、160～164。

〔註21〕 參見曾永義：〈「南戲」的名稱、淵源、形成與流播〉，文中舉宋朝三位詩人作品透漏了民間歌舞小隊流入莆田，意即宋雜劇流布福建流的可能。《戲曲源流新論（增訂本）》，頁 152～154。

(1) 〔宋〕林光朝〈閏月九日登越王臺次韻經略敷文所寄詩〉：「閑陪小隊出山椒，爲有吳歌雜楚謠，縱道菊花如昨日，要看湯餅作三朝。」（《艾軒集》卷一詩類，頁 11）收於《文淵閣四庫全書》1142 冊（臺北：臺灣商務印書館，1983，據國立故宮博物院藏本影印），總頁 560。

(2) 〔宋〕嚴坦叔〈觀北來倡優〉：「見說中原極可哀，更無飛鳥下蒿萊；吾儂尚笑倡優拙，欲喚新翻歌舞來。」（《華谷集》頁 14）收於〔宋〕陳思編，〔元〕陳世隆補編：《兩宋名賢小集三百八十卷》卷 329，四川大學古籍整理研究所編：《宋集珍本叢刊》103 冊（北京：線裝書局，2004，清鈔本），總頁 460。

(3) 〔宋〕劉克莊（1187～1269）〈神君歌十首〉之六：「村樂殊音節，蠻謳欠雅馴；老儒無酌獻，歌此送迎神。」（《後村先生大全集》卷 23，頁 11）收於四川大學古籍整理研究所編：《宋集珍本叢刊》81 冊（北京：線裝書局，2004，清鈔本），總頁 103。

劉克莊傳世文集有《前集》、《後集》、《續集》、《新集》四集，和各家選鈔刊刻本。宋刻本《後村居士集》（前集）詩作只有十六卷，當時尚未創作〈神君歌十首〉；明謝氏小草齋鈔本《後村集六十卷》前四十卷爲文集，後二十集爲詩話、長短句，並無詩作。劉氏死後，其子劉山甫合《前》、《後》、《續》、《新》四集爲《後村先生大全集一百九十六卷》；〈神君歌十首〉僅見於《後村先生大全集一百九十六卷》。

州雜劇」、「莆田雜劇」、「漳州雜劇」，推究其因是閩地小戲未如永嘉雜劇之壯大活躍，足以外傳留名。因此，就南戲發展的小戲階段而言，確有同時並起的泉州雜劇的事實，卻因不曾踏出家門，而名不見經傳。

　　而在南曲戲文的大戲階段中，福建有三則禁戲的史料，〔註22〕給予我們明確的概念——南宋紹熙、慶元年間，福建漳州已經有演員足以扮飾各色人物、情節複雜曲折、藝術形式已較完整、足以動人心魂的「大戲」了。且今日尚存有莆田的莆仙戲、泉州的梨園戲，皆可證明莆仙戲、梨園戲和宋元戲文有密切的關係。

　　施炳華《《荔鏡記》音樂與語言之研究》一書，從《荔鏡記》使用了泉腔和潮腔談起時，論南戲的起源一小節中也採用了曾師小戲、大戲的概念，〔註23〕並更具體的鉤勒出南管和南戲結合的過程：

> 宋時泉州鄉村的民間小戲與泉州城裡的南管音樂相結合，優雅的南
> 音逐漸取代了粗糙的民間小戲原有的音樂，溫州戲文也從海上（福
> 建、這將爲東南沿海緊鄰，溫、泉二州又是上下口岸，舟山海則是
> 共同漁區）傳入泉州，形成了一種新的戲曲聲腔——泉腔。〔註24〕

推敲施氏此段文意，與曾師論述脈絡做一對照，其所謂「泉州鄉村的民間小戲」應該就是曾師所言之「泉州雜劇」；其言「溫州戲文傳入泉州」，應該就是曾師「永嘉戲文或戲曲流入福建後」的論證。

〔註22〕　（1）宋紹熙元年（1190），朱熹知漳州，見陳淳〈侍講待制朱先生敘述〉：「……
　　　　　　守臨漳，未至之始，闔郡吏民得於所素，竦然望之如神明，俗之淫蕩於
　　　　　　優戲者，在在悉屏戢奔遁。及下車涖政，寬嚴合宜不事小惠。」《北溪
　　　　　　大全集》，《文淵閣四庫全書》1167 冊（臺北：臺灣商務印書館，1983），
　　　　　　卷十七〈雜著〉，頁 7，總頁 632。
　　　　　（2）宋慶元三年（1197），陳淳知漳州，〈上傅寺丞論淫戲〉，《北溪大全集》，
　　　　　　《文淵閣四庫全書》1167 冊（臺北：臺灣商務印書館，1983），卷四十
　　　　　　七〈箚〉，頁 9～10，總頁 875～876；又收於〔清〕李維鈺原本，吳聯薰
　　　　　　增纂，沈定均續修：《光緒漳州府志》，《中國地方志集成‧福建府縣志輯》
　　　　　　29 冊（上海：上海書店，2000，據清光緒三年（1877）芝山書院刻本影
　　　　　　印），卷三十八〈民風〉，〈宋陳淔與傅寺丞論淫戲書〉，頁 17～18，總頁
　　　　　　921。
　　　　　（3）宋紹定間（1228～1233），眞德秀二度任泉州太守，〈再守泉州勸農文〉：
　　　　　　「……莫看百戲，凡人皆因妄費無節生出事端。」〔宋〕眞德秀：《西山
　　　　　　文集》，《文淵閣四庫全書》1174 冊（臺北：臺灣商務印書館，1983），
　　　　　　卷四十〈文〉，頁 634。
〔註23〕　參見施炳華：《《荔鏡記》音樂與語言之研究》，頁 51～52。
〔註24〕　同上註，頁 54。

　　曾師於〈「南戲」的名稱、淵源、形成與流播〉一文，又補充說明泉州梨園戲分出的三派和永嘉戲文的關聯性：

> 「永嘉戲文」形成後有外流的現象，而福建漳、泉、莆等閩南地區在宋光宗紹熙間既已「優戲」盛行，則永嘉戲文傳入閩南亦當在其時。其傳入泉州者，在城市中保留婚變戲的特色，格調近似永嘉，因稱「上路」；在鄉村裡結合鄉土小戲有如「泉州雜劇」，格調較爲粗獷俚俗，因稱「下南」；又有結合「肉傀儡」，保留其童伶演出與模倣傀儡動作以爲身段而內容多爲花前月下，則稱「七子班」或小梨園。因爲三派同屬閩南，故音樂唱腔同屬南音的「下南腔」。〔註25〕

曾師此段的論述，可說爲筆者所欲論證的南管在南戲中的歷史地位，提供了最有力的背書。有了永嘉戲文的滋養，梨園戲得以成型，作爲音樂唱腔的南管也就跨界到「戲場聲口」。〔註26〕

　　沈冬探討南管音樂的聲腔來源，她認爲至少有五個來源：「一、下南腔，爲泉南土腔，亦爲南管樂主要聲腔，二、潮調，三、青陽腔，四、弋陽腔，五、崑腔。以上聲腔的傳入及融合至少在明嘉靖前後即有相當的蛛絲馬跡可尋了。」〔註27〕針對弋陽腔與泉腔之關係，王愛群於〈泉腔論〉中極力辯駁「梨園戲爲弋陽腔流衍」之說：「其完整又獨具一格的唱腔，因此，在吸收個別外來唱腔雖然地方化了，仍特別加以標明，以示愼重，……但今之談聲腔，論劇種者，以爲不歸「崑」，則歸「弋」，尤以斷言梨園戲爲『弋陽腔之流衍』，直屬大謬。」〔註28〕其他大陸學者如劉念茲、吳捷秋、王愛群、孫星群、鄭國權等人，皆有爲「泉腔」正名之舉。劉念茲《南戲新證》第四章〈南戲的流變〉謂：「到了元末明初，在這基礎上逐漸形成了幾種聲腔，如

〔註25〕曾永義：〈「南戲」的名稱、淵源、形成與流播〉，《戲曲源流新論（增訂本）》，頁169。

〔註26〕出自〔明〕沈寵綏：《度曲須知》「曲運隆衰」，《中國古典戲曲論著集成（五）》（北京：中國戲劇出版社，1959），頁198。

〔註27〕沈冬：《南管音樂體製及歷史初探》，頁85。沈氏此處稱爲「聲腔」似乎不夠嚴謹，只有「流播地域廣大，一路居爲強者，就會產生腔調系統，簡稱『腔系』，一般亦稱爲『聲腔』，如南戲四大聲腔皆屬腔系，今之高腔、梆子腔亦然。」（見曾永義：〈論說腔調〉，《從腔調說到崑劇》，頁178）此處所論應爲泉州的「腔調」受到哪些「聲腔」之影響。

〔註28〕王愛群：〈泉腔論——梨園戲獨立聲腔探微〉，《南戲論集》，頁375。

『下南腔』，或稱爲『泉腔』、『潮調』，又有『興化腔』。」〔註 29〕吳捷秋：「雖然『下南腔』可與『泉腔』同義，實際乃指梨園『下南』流派起初的聲腔之名，及後『上路』、『七子班』與其融匯爲統一壯大的聲腔，似應以『泉腔』之稱爲宜。」〔註 30〕王愛群的〈泉腔論〉，〔註 31〕和孫星群的〈泉腔探證〉〔註 32〕篇名上直呼「泉腔」；鄭國權《泉州弦管史話》第一章第二節：「弦管的聲腔爲泉腔。」〔註 33〕從今日泉州方言區傳統藝術之留存與傳播，是可以坐實「泉腔」的存在。

　　泉州當地特有的歌舞樂活動，有純器樂會奏的籠吹、閩南十音，〔註 34〕歌樂密切結合的南管，及歌舞樂兼備，綜合性最高的戲曲，如梨園戲、高甲戲、竹馬戲；〔註 35〕凡有歌唱表演，即以泉州方言演唱，因此泉腔的載體，除了上述所舉的戲曲劇種，南管當然也是泉腔的載體之一。下一小節將探討構成泉腔的內在要素，進一步的舉例說明，均以筆者習唱南管時所接觸的「泉腔」爲主。

四、泉腔內在構成的要素

　　曾師〈論說腔調〉一文，「構成與影響腔調的要素」一章中，下分「字音的內在要素」、「聲調的組合」、「韻協的佈置」、「語言長度與音節形式」、「詞句結構與意象情趣的感染」五小節來析論。本節試師法曾師所架構的五個面向來探究「泉腔」，梳理其內在構成的要素。

（一）字音的內在要素

　　清朝嘉慶五年（1800），福建南安人黃謙爲泉州方言編纂韻書《彙音妙悟》（以下簡稱《妙悟》），〔註 36〕其中方言、正音具備，是研究泉腔字音要素的

〔註 29〕劉念茲：《南戲新證》（北京：中華書局，1986），頁 55。
〔註 30〕吳捷秋：《梨園戲藝術史論》（上）（北京：中國戲劇出版社，1994），頁 80。
〔註 31〕王愛群：〈泉腔論——梨園戲獨立聲腔探微〉，《南戲論集》，頁 343～413。
〔註 32〕孫星群：〈泉腔探證〉，《天籟——天津音樂學院學報》2004 年 2 期，頁 19～26。
〔註 33〕鄭國權：《泉州弦管史話》，頁 69。
〔註 34〕參見丹青藝叢編委會編：《中國音樂詞典》，「籠吹」、「閩南十音」，頁 588～589。
〔註 35〕參見中國戲曲志編輯委員會《中國戲曲志·福建卷》所附「福建省戲曲劇種概況表」，「主要聲腔」爲「泉腔」的劇種有梨園戲、竹馬戲、高甲戲。（北京：文化藝術出版社，1993），頁 39、41。
〔註 36〕〔清〕黃謙（思遜）纂輯，黃澹川鑑定：《增補彙音妙悟》（光緒乙己（1905）年廈門會文書莊石印本，薰園藏版，上海萃英大一統書局影印發行）。

重要工具書。注意到《妙悟》並嘗試擬音的學者不在少數，〔註37〕施炳華《《荔鏡記》音樂與語言之研究》認為黃典誠的擬音「較接近當時的音系」，並結合周長楫的說法，介紹泉州話的聲母、韻母、聲調特點。〔註38〕林師《南管曲唱研究》同樣以《妙悟》為歸韻依歸，擬音則以洪惟仁《《彙音妙悟》與古代泉州音》為基礎，並參考目前唱曲使用的語音現象來標音。〔註39〕

　　泉腔的發音傳到臺灣後，一方面已失去原生環境，又受到漳、廈系統影響，臺灣南管演唱時的實際發音已然變化，無法再同韻書或擬音系統呈現整齊的音位。本文採用林師《南管曲唱研究》書上的整理方式，同時呈現洪惟仁的擬音，〔註40〕與臺北華聲南樂社演唱時語音。早期打字不易，無法精確的以國際音標（IPA）呈現，本文統一以 IPA 標音。以下，根據泉州方言韻書《彙音妙悟》，依序介紹泉腔字音的聲母、韻母。

（1）聲　母

　　聲母的順序依照《妙悟》的「十五音」口訣排序，洪氏擬音中，同一聲母出現兩個音位者，主要與其後所接元音的發音方式有關，因泉腔多鼻化音，常會影響聲母跟著鼻化，因此「柳」、「文」、「語」三個聲母有兩個音位，洪氏書上皆有詳細說明，〔註41〕於此不多引述。表格最後一列為臺北華聲南樂社演唱南管時的實際語音，底下將針對擬音和實地語音出入者，參照個人演唱心得作補充。

表格 5　泉腔聲母表

	柳	邊	求	氣	地	普	他	爭	入	時	英	文	語	出	喜
洪氏	l/n	p	k	kh	t	ph	th	ts	z	s	ø	b/m	g/ŋ	tsh	h
華聲	l/n	p	k	kh	t	ph	th	ts	z/l	s	ø	b/m	g/ŋ	tsh	h

林珀姬整理〔註42〕

〔註37〕參見洪惟仁：《《彙音妙悟》與古代泉州音》〈學者對《妙悟》的研究〉，洪氏列出 8 位：王育德、周長楫、李如龍、陳章太、王爾康、黃典誠、樋口靖、姚榮松。（臺北：中央圖書館臺灣分館，1996），頁 22～24。

〔註38〕參見施炳華：《《荔鏡記》音樂與語言之研究》，頁 205～212。

〔註39〕林珀姬：《南管曲唱研究》，頁 120～125。

〔註40〕洪氏對泉腔的擬音可見《泉州方言韻書三種》與《《彙音妙悟》與古代泉州音》二書，後者對前者再做修改，本文以後者為引用依據。

〔註41〕洪惟仁：《《彙音妙悟》與古代泉州音》，頁 45～47。

〔註42〕林珀姬：《南管曲唱研究》，頁 121。

　　華聲社唱曲時的聲母發音大致與洪氏擬音相符，唯獨濁音的「入」母字，就筆者的經驗及觀察，絕大部分皆已混同「柳」母 [l] 了。洪惟仁《《彙音妙悟》與古代泉州音》：

> 現代泉州音有些方言「入」紐已喪失，歸「柳」紐。……山區泉州
> 腔，如永春及台北盆地山區的安溪腔都還保存著「入」母的區別。
> 〔註43〕

的確，入母字在唱曲時，咬字只要稍一鬆懈，很自然就會弱化成 [l]。筆者演唱〈我爲汝〉：「我終然 [zian] 是著恁耽置」一句，細聽林師示範時會將然字精確的讀出 [zian]，筆者請教林師一般似乎都已唱成 [lian]，該以何者爲是？林師說入母字 [z] 在臺灣的確多已唱成 [l] 了，但是 [z] 是濁音，比邊音 [l] 更好加重發音部位的力道，唱曲於咬字著力越深，就更易營造聲情與詞情的感染力；以此句曲詩爲例，陳三抱怨五娘對他不理不睬，不值自己在黃府委身爲奴，以 [z] 爲字頭叫字，唱成 [zi-ian]，會比 [li-ian] 更具咬牙切齒的張力，筆者嘗試兩種聲母後，便以 [zian] 的發音詮釋之。

（2）韻　母

　　泉腔的韻母本身因有特殊的居韻、複韻母和大量的鼻化的韻，造成各家擬音的變體。此處同樣依循《妙悟》「字母法式」五十個韻母次序，呈現洪氏擬音〔註44〕與華聲社的實際音讀，華聲社一列只列出不同的讀音，並於表格後逐一說明。爲強調鼻化音，國際音標中上標的鼻化符號較不明顯（「ĩ」），筆者改以大寫的「iN」示之。

〔註43〕同上註，頁 46。
〔註44〕同上註，頁 47～51。

表格 6：泉腔韻母表

	春	朝	飛	花	香	歡	高	卿	杯	商	東	郊	開
洪	un	iau	ui	ua	i□ŋ	uaN	ɔ	i□ŋ	ue	iaŋ	ɔŋ	iau	ai
華								ieŋ					
	居	珠	嘉	實	莪	嗟	恩	西	軒	三	秋	箴	江
洪	□	u	a	i□n	ŋ□N	ia	□n	e	ian	am	iu	□m	aŋ
華	□、□			in			□n					am	
	關	丹	金	鉤	川	乖	兼	管	生	基	貓	刀	科
洪	□iN	an	i□m	□u	uan	uai	iam	（uiN）	□ŋ	i	iauN	o	ə
華	uiN		im	□o				有音無字〔註45〕					
	梅	京	雞	毛	青	燒	風	箱	參	燹	嘜		
洪	m	iaN	əe	ŋ	ŋ	io	uaŋ	iuN	aN	aiN	（auN）		
華			□e						aiN	□iN	有音無字〔註46〕		

林珀姬整理〔註47〕

從表格上可看出有幾組韻母的擬音與實際語音有出入，底下一一討論：

▲雞韻、鉤韻

根據洪氏的擬音，此二韻皆以央元音 [ə] 構成複元音，〔註48〕但這兩個韻部落實在南管唱曲時，反而為了要強調咬字，口腔、舌頭一施力，就促使居中的央元音 [ə] 位置上移成 [□]。例如「弓鞋 [□e²⁴] 短小 [s□e⁴¹]」〔註49〕一句，在唱曲時要確實地將「鞋」和「小」讀出雞韻 [□e] 的特色。

另外，在南管唱曲咬字時，鉤韻字比雞韻字更不好發音，華聲社教唱時讀作「□o」（例如：樓 [l□o²⁴]〔註50〕），但此韻多已混入燒韻 [io]，〔註51〕因

〔註45〕〔清〕黃謙（思遜）纂輯，黃澹川鑑定：《增補彙音妙悟》，頁 106
〔註46〕同上註，頁 9。
〔註47〕林珀姬：《南管曲唱研究》，頁 121～122。
〔註48〕參見洪惟仁：《《彙音妙悟》與古代泉州音》：「雞韻和鉤韻，卻不折不扣是個複元音」，頁 59。
〔註49〕參見〔清〕黃謙（思遜）纂輯，黃澹川鑑定：《增補彙音妙悟》，頁 120。
〔註50〕同上註，頁 95。

此也常聽到有人將樓字唱成 [lio²⁴]；至於，鉤韻字的韻尾 [-u] 何以變成 [-o]，筆者推測除了受燒韻影響外，可能還因主要元音加重張力讀成 [□] 了，導致韻尾的收音不好再往同樣高舌位，又居舌面後的圓唇音 [u] 發音，所以人的口腔自然降低韻尾的位置，以中後舌位的圓唇音 [o] 配搭之。

▲居韻、科韻

洪氏針對韻母擬音的參差情形指出，「居」、「科」二韻「從音系結構看，此二母當為央元音，脣形不展不圓。由於央元音，成不穩定性。」〔註52〕其他學者則作不同擬音，如黃典誠將居韻擬作展唇後高元音 [□]，比較二位的擬音，洪惟仁的居韻擬作展唇央高元音 [□]，皆屬高舌位，[□] 在舌面中央；而 [□] 與 [u] 則為一組，以舌面更後面的位置發音。南管曲詩中有大量的聲詞「不女」、「於」，皆押「居韻」，如唱者有意識到此乃泉腔的特殊韻母，留心控制嘴形及發音位置，是可能發出後高元音 [□]，若只是展唇、舌面放鬆，那就是央高元音 [□]。

▲賓韻、金韻

以 [□] 或 [□] 組和成複韻母，在唱曲時很容易受到前後發音部位的影響而使語音弱化，因此賓韻、金韻字於南管唱曲中唱成 [in]、[im]。

▲箴韻

洪氏對箴韻的擬音 [□m] 為文讀音；然而南管曲詩使用到該韻部字時，多讀其白話音 [am]。〔註53〕

▲卿韻

筆者請益華聲社蕭志恒先生卿韻字何以在南管中讀作 [-ieŋ]，與學者的擬音相去甚遠？蕭氏對筆者解釋道：有一部分的上古陽部字 [-iaŋ] 到中古時跑到耕部 [-ieŋ] 去，而耕部字即對應到泉州韻書的卿韻，且在泉音中仍保留上古陽部字進入的痕跡，如「來歷」的「歷」，南管叫字時仍讀作 [liak²⁴]，從其主要元音和喉塞尾即可證明是來自 [-iaŋ] 的入聲讀法。再者，洪氏的擬音 [i□ŋ] 以兩個高舌位的元音組成，發音的位置又逐步內推，實在不好發

〔註51〕　參見洪惟仁：《《彙音妙悟》與古代泉州音》：「『鉤』韻字現代泉州音混入『燒』韻[io]」，頁58。

〔註52〕　同上註，頁50。

〔註53〕　洪氏文中引王育德對箴韻的討論，雖不同意其說，但洪氏對王氏引文有按語：「此韻字有 i□m、□m 兩層讀音，am 為白讀。」同上註，頁53。

音，人的口腔自然會調適成較舒服的發音方式，是以，卿韻字在南管中實際上讀作 [-ieŋ]。

參照施氏作法，附上元音舌位位置圖以便照。施氏以倒三角圖形顯示各元音的發音位置，〔註 54〕但較不易看出低元音的前後位置的差異（華語的使用的是前 [a]，英文則是後 [ɑ]），改以四邊形模擬口腔。

語言與音樂的關係乃唇齒相依，透過上述筆者習唱南管之經驗，可以再度印證音樂的美學需要語言本身來支撐，更會為了凸顯字頭、字腹、字尾輾轉纏繞的聲情而加重發音，甚而改變原來的音位也說不定。

圖表 11　元音舌位位置圖

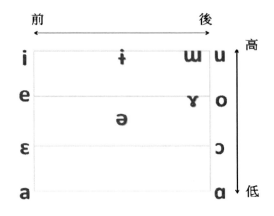

洪彥成繪圖

（3）聲　調

洪氏書上對聲調的考察十分詳細，共有現代泉州系方言聲調 11 組採樣，本文並不採用洪氏最後歸納出來的聲調系統，而是根據蔡湘江〈泉州方言調值與簡譜唱名及其南音、古樂律關係初探〉文中的本調與變調調值。〔註 55〕

〔註 54〕施炳華：《《荔鏡記》音樂與語言之研究》，頁 210。

〔註 55〕蔡湘江：〈泉州方言調值與簡譜唱名及其南音、古樂律關係初探〉，《第二屆閩方言學術研討會論文集》（廣州：暨南大學出版社，1992），頁 123。

表格 7　泉腔聲調表

	1 陰平	2 陰上	3 陰去	4 陰入	5 陽平	5 陽上	7 陽去	8 陽入
本調	33	55	41	55	24	22	41	24
變調	33	35	55	55	22	22	22	22

　　陰去調和陽去調的本調皆爲 41，但變調後調值不同，是以泉腔仍屬八個聲調。

（二）聲調的組合

　　曾師舉王驥德《曲律·論平仄第五》：「調其清濁，叶其高下，使律呂相宜，金石錯應」〔註 56〕說明語言聲調與音樂旋律相得益彰的妙境，此修爲除了是製曲者所必備，更是唱曲者不可輕忽，應當因時制宜調配之。

　　音樂旋律的高低起伏是否與語言的聲調相配搭，是本小節要討論的重點。曾師曾在課堂上舉例，「保衛大臺灣」譜成曲後聽起來卻變成「包圍打臺灣」；「椰子樹的長影」變成「椰子樹的蒼蠅」，而「這正是月明時候」，前四字連用四個仄聲，不論再怎麼厲害的作曲家來譜，也定會拗折歌手的嗓子了！而這些聽覺上的錯覺，全是因爲旋律的起伏沒有和歌詞的聲調變化相一致。

　　林師也十分注意此細節，曾指導筆者在唱曲時要適度地調整裝飾音，以免「倒字」。例如〈秀才先行〉：「綉球是阮親拋」一句，「綉球」二字個別的發音爲 $[siu^{41}]$、$[kiu^{24}]$，連讀時首字的聲調會變調，陰去調值 41 變成 55：$[siu^{41}]$ → $[siu^{55}]$，連讀後的的調值爲 $[siu^{55}][kiu^{24}]$。配合旋律演唱時，因「綉球」二字的音高皆爲「甩」空，對「綉」字影響不大，但唱到「球」字，很自然會延續上一字的音高，聽覺上就會變成 $[kiu^{55}]$（音同「鳩」〔註 57〕）了！林老師爲此糾正筆者好幾次，要以字音的聲調爲依歸，此二字中間應加上一個過度的低音（虛線處），才能確切傳達詞情與聲情。

〔註 56〕王驥德：《曲律》，《中國古典戲曲論著集成（四）》（北京：中國戲劇出版社，1959），頁 107。
〔註 57〕〔清〕黃謙（思遜）纂輯，黃澹川鑑定：《增補彙音妙悟》，頁 83。

圖表 12　「綉球」聲調調值與過度音關係圖

「綉球」聲調調值	譜　例	
	〈秀才先行〉	〈荼薇架〉
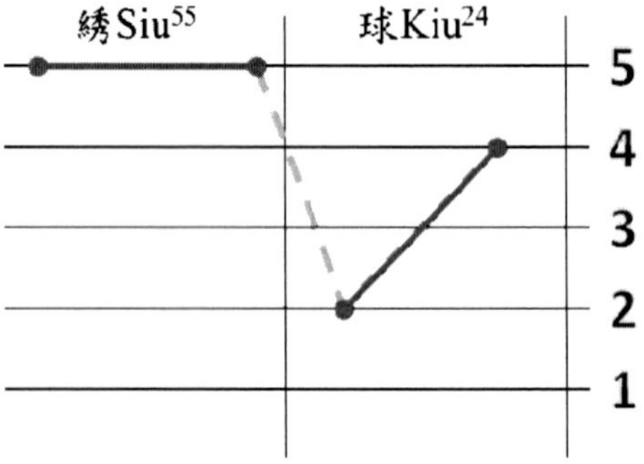	 〔註58〕	 〔註59〕

吳佩熏設計，洪彥成繪圖

　　另外，若遇入聲字，應當要短促的收音，才符合聲調之本色。林師指導筆者唱〈荼薇架〉時，「肝腸百結」一句，「百結」都是陰入調55，拍位在「百」字，兩字各佔一個單位拍，但因「百」的拍法只有有「、（點）」，「結」的指法為「L（來去，由點、挑組成）」，筆者起初演唱時就拆字唱成 [pi-iak] [ki-iak]，林師聽到後就修正筆者的唱法，考量到入聲聲調、琵琶指法和「百」的音高是「仅」，建議筆者唱「百」字時，不要拆解字音，也不要在中間加入裝飾音，而是配合「點」的指法，直接唱出短促的 [piak⁴⁴]，再依據簫絃的裝飾音拖腔，以達一個單位拍的時間。南管腔調的細膩之處，即在於這些微小的細節，樂人透過長年的涵養與體認，巧妙地利用個人的口法，將語言聲調和音樂旋律做更密切的調和。

〔註58〕 張再興選編：《南樂曲集》，頁 244。
〔註59〕 張再興選編《南樂曲集》「結」的指法（頁 227）與華聲社不同，筆者以華聲社為據。

（三）韻協的佈置

　　曾師云：「韻協是運用韻母相同，前後複沓的原理，把易於散漫的音聲，藉著韻的迴響來收束、呼應和貫串。」〔註60〕南管音樂除了曲詩有押韻，音樂上也講求押韻。每一個門頭有其主題旋律，三拍以上為嚴謹的「大韻」，又有「高韻」、「低韻」等。（參第一章「大韻」一節）

　　曾師接著又論韻腳疏密對語言旋律產生的影響：「所謂『疏密』是指韻腳的佈置有均勻有疏密之分，大抵隔句押韻的可視為均勻，數句才押韻語言長度較長者為疏，句句押韻語言長度較短尤其是所謂『短柱韻』的可視為密。」〔註61〕南管曲詩的押韻不若詩詞嚴格，且未有謹嚴的字數長短律，兼及四聲通押、可換韻，上述種種皆會影響到曲詩押韻的語言長度傾向疏朗。一韻到底的曲子，拖腔時以同樣的元音（字腹、字尾）拉長音，因反覆呼應，樂曲的完整性高；然而民間填詞時，在一見曲換三個韻以內實屬平常，此時聽覺上的迴響就要靠音樂上的「大韻」來營造，以〈荼薇架〉為例，用了「京韻」[-iaN]、「基韻」[-i]、「開韻」[-ai]，「開韻」字的唱法會先收 [ai]，再拖長音的 [i]，常和「基韻」通押。觀察本曲韻腳所在共有三種旋律，是以〈荼薇架〉即以韻字和【雙閨】門頭的旋律押韻來營造音韻協美之感。

　　〈荼薇架〉韻腳：影、聲（京韻）。蕊、滴、寺（基韻）。來、彩、擺、來、西、台（開韻），〔註62〕以下，筆者列出曲詩，略去聲詞「於」，標出韻腳字，並以色塊標示各式腔韻的安排，以供對照：

　　　　（句首韻）荼薇架，日弄影 [-iaN]。烏鵲悲春，意故卜來叫出斷腸
　　　　　　　　聲 [-iaN]。（高韻）
　　　　　　　　看紫燕含泥歸，黃蜂蠅蝶、黃蜂共蠅蝶翩翩那障飛來採
　　　　　　　　花蕊 [-i]。（低韻）

　　　　（句首韻）阮心事今卜訴度誰知，肝腸百結，但得掠只目滓暗淚滴
　　　　　　　　[-i]。（高韻）
　　　　　　　　咱娘嬭相隨行，去到相國寺 [-i]，見伊人酒醉醺醺，挨來
　　　　　　　　揀去伊身都全然不醒來 [-ai]。（低韻）

〔註60〕曾永義：〈論說「腔調」〉，《從腔調說到崑劇》，頁 75。
〔註61〕曾永義：〈論說「腔調」〉，《從腔調說到崑劇》，頁 77。
〔註62〕參見林珀姬：《南管曲唱研究》，頁 189～191。

（句首韻）賊冤家無心腹，誤阮返來只處無興無彩 [-ai]。（高韻）
肌膚瘦阮不自在，阮身恰似揚子江中遇著風浪搖擺
[-ai]。（低韻）

（句首韻）鵲橋會不駕來，親像牛郎織女，銀河阻隔在東西 [-ai]。
親像牛郎織女，銀河阻隔在許天台 [-ai]。（高韻）〔註63〕

圖表13　〈荼薇架〉曲詩韻字與旋律押韻對照圖

	高韻	低韻	句首韻
	影 西	声	蕊
京韻 [-iaN]	影	聲	
基韻 [-i]		滴	蕊
開韻 [-ai]	來 西	彩 台	來 擺	荼薇架 [ke]、阮心事 [s□]、賊冤家 [ke]、鵲橋會 [h□e]

吳佩熏製表

　　就韻字而言，因為換韻的緣故，整體的語言長度傾向疏朗；然南管音樂
的呈現不只是著重在韻腳字的旋律呼應，除了就曲詩的押韻情形來觀察音樂
的配搭，亦可從音樂上門頭腔韻的安排來觀察「音樂的韻協疏密」。參照筆者
在曲詩上的色塊標示和圖表13的譜例示意，左半部曲詩押韻處僅是【雙閨】
句尾高韻和低韻的佈置，而更能彰顯【雙閨】門頭特色則是其句首韻，於曲
中出現了四次，並非出現在曲詩的韻腳上，卻可以此句首韻作為分野，樂人
稱作四葩，每一葩中皆由【雙閨】的句首韻開始（黃色底色），曲詩的上句以
高韻作結（綠色底色），下句則配以低韻（紫色底色），是以文字與音樂整體
的韻協佈置可說是十分緊密的。透過這樣的分析，可推論南管「韻協的佈置」
乃透過各式音樂上的「腔韻」呼應串連補強了文字韻協的疏密度，或可視為
語言轉化為音樂時的融合調劑。

〔註63〕曲詩根據張再興選編：《南樂曲集》，頁227～228。

　　另外，許子漢〈論中國韻文學格律的發展〉從歷代韻文押韻的聲調限制，來論配樂、入樂的程度，〔註64〕根據曾師〈中國詩歌中的語言旋律〉對各種韻文協韻原則的歸結，「唐詩講平仄，宋詞分上去，元曲別陰陽」〔註65〕乃語言於和音樂漸趨緊密所致。筆者試想可否以此來論證南管的入樂情形。泉腔有八個聲調，韻腳字的發音讀以本調，其調值變化可再歸納成平調、升調、降調三種：

表格8　泉腔調值類型表

	1 陰平	2 陰上	3 陰去	4 陰入	5 陽平	5 陽上	7 陽去	8 陽入
本調	33	55	41	55	24	22	41	24
調值類型	中平	高平	高降	短高平	升調	低平	高降	短升調

吳佩熏整理製表

　　而韻腳聲調調值平、升、降的變化，和音樂旋律的高低起伏是否一致，即為筆者關注所在。繼續以〈薔薇架〉為例，曲詩押韻字的旋律基本為兩拍，旋律的高低起伏，與該字的聲調調值的升降並沒有完全一致；或許是因為南管曲詩出自民間，且閩南語的押韻包容性大，四聲混用之外，更放寬至同發聲部位的不同發音方式，〔註66〕而詩、詞、曲歷經文士化，文人創作時可專注於文辭，謹守文體押韻的聲調份際。是以，以此作為切入點來檢視南管的入樂程度，結果很有可能不如預期，因為文字的精鍊程度不同，並非站在同樣的起跑點，因此也沒有必要就將南管文和樂的配搭性打折扣。

（四）語言長度與音節形式

　　曾師云：「所謂『語言長度』，就中國語言來說，是指一個句子所含的音

〔註64〕許子漢：〈論中國韻文學格律的發展〉，《東華人文學報》第 1 期（1999 年 7 月），頁 180～181。
〔註65〕詳細參見曾永義〈中國詩歌中的語言旋律〉：「作詩協韻必須四聲分押，亦即平聲和平聲押，上聲和上聲押，去入二聲也一樣。詞曲則不盡如此，北曲是三聲通押，即平上去三聲的字押在一起。詞則平聲、入聲獨用、上去兩聲合用、獨用均可；有時平聲也可與上去押在一起；又有平仄換協之例，即某幾句協平聲韻，某幾句協仄聲韻，平仄聲則彼此不必協韻。南曲起初隨口取協，後束規矩大致與詞相同，而平上去三聲通押的情形遠較詞為多，則又近於北曲。」《詩歌與戲曲》，頁 1、11。
〔註66〕詳見前一章所引，施炳華：〈南管文學的嬌（上）〉，頁 13。

節數；但就中國韻文學來說，則是指韻間所含的音節數。」〔註67〕南管中有很多同名的詞牌名、曲牌名，細繹彼此間是否有承繼關係，基本上已相去甚遠。其中很大一個原因是韻間的攤破，插入襯字、聲詞（於、不女），以及地方口語（今卜、障般、許時、值時、因乜、只處、度伊……等）。〔註68〕

　　如前文所引述，施炳華〈南管文學的嬌（上）〉一文指出閩南語押韻的包容性其實很寬泛，施氏以 [i] 韻為例，能和 [i] 通押的包括 [ih]（喉塞韻尾）、[iN]（鼻化元音）、[ui]、[ai]；施氏實地分析指套第一套《輕輕行》，逐一標出通押的韻腳；以下，筆者根據施氏的斷句，列出韻字及算出曲詩的韻長，〔註69〕[　] 內為其音標與聲調調號，（　）括號內相加的阿拉伯數字表示就文意上可斷成數句，如：「(7+4+4) 15」，即韻腳之前可斷句為三句，音節數分別是 7、4、4，而總韻長音節數為 15。

首齣〈輕輕行〉【二調・十三空】（七撩）	音節數／韻長	拍數
輕輕行出繡房門邊 [piN^1]。	8	4
望面聽見琴聲响，仔細思量，阮悶越添 [thiN^1]。	(7+4+4) 15	5
西風一起 [khi^2]。	4	1
西風又起 [khi^2]。	4	2
鐵馬聲聲躁人耳 [hiN^7]。	7	2
寺院內鐘鳴，透入阮深宅院 [iN^7]。	(4+7) 11	3
返身入去到羅幃床墘 [kiN^5]。	9	3
見許一盞孤燈，照見阮只處孤單獨自 [ti^7]。	(6+9) 15	3
切得阮亦無心又無意 [i^3]。	9	3
叫許梅香，你來代阮去尋伊 [i^1]。	(4+7) 11	3
你去再三上覆，說叫阮只處傷心，冥日都那是為伊 [i^1]。	(6+7+7) 20	4
又畏伊許處做官迎新，掠阮舊情不提起 [khi^2]。	(9+7) 16	4

〔註67〕曾永義：〈論說「腔調」〉，《從腔調說到崑劇》，頁 79。

〔註68〕可參見林珀姬：《南管曲唱研究》，第四章第三節「南管曲詩常用方言熟語釋義」，頁 256～294。

〔註69〕曲詩根據劉鴻溝編：《閩南音樂指譜全集》，頁 2～6。

次齣〈等君〉【二調・西江月】（三撩）	音節數／韻長	拍數
等君等到月斜西 [sai¹]。	7	4
只心頭乜掛碍 [gai⁷]。	6	4
又兼子規長冥叫得乜無悰 [tsai²]。	7	4

三齣〈那恐畏〉【長滾・鵲踏枝】（三撩）	音節數／韻長	拍數
那死畏許冤家行歹 [phai²]。〔註70〕	8	3
那恐畏許冤家行歹 [phai²]。	8	3
你忘記，阮邀君，有只萬般恩愛 [ai³]。	（3+3+6）12	4
恰親像許無情個蜅蝶，花探了一去不來 [lai⁵]。	（9+8）17	4
算起來眞個利害 [hai¹]。	8	2
想伊若是不迎新，因乜卜棄舊；卜不棄舊迎新，因乜今宵不見返來 [lai⁵]？	（7+5+6+8）26	7
再思，阮今三思，再思三思，思想得阮無興無采 [tsai²]。	（2+4+4+7）17	7
以下曲詩轉押 [ua]、[uaN]、[uah]，略引。		

吳佩熏製表

筆者將施氏的範例再統計出韻長和拍數，透過上面的整理，可看出該指套首齣到第三齣前半部份，以 [i] 爲押韻核心，鼻化韻 [iN] 和複韻母 [ai] 通押，平均以 4 到 11 個音節組成一個句子，曲末的韻長最長，由 2 到 4 句組成，乃因曲終速度加快，又配之「雙煞尾」的疊句以加強其文意，是以音節數雖多，實際上每個韻間所佔拍位大致都在三或四個拍位。由此可以證明曾師所言，由於韻間攤破，及聲詞、口語的插入，拉長了字面上的語言長度，但南管音樂透過撩拍的制約，依舊將韻長控制在一定的範圍內。

　　往下，曾師更進一步析論「音節形式」，筆者嘗試依此原則分析南管曲詩，然而，南管的記譜並無標逗，要判別意義形式的單雙句式尚無問題，但要判別音節形式的單式或雙式，恐非筆者一時所能論斷；再試著觀察所謂的「音步的停頓處自然形成音節的縫隙」，據曾師研究指出，音節縫隙最大的地方爲

〔註70〕劉本「歹」作「呆」，據施炳華〈南管文學的嬌（上）〉校正爲「歹」，頁 13～14。

句首和韻腳，即加襯字之所在；〔註71〕而南管曲詩最常插入的是聲詞〔註72〕「於」和「不女」，筆者試圈出指套《輕輕行》所有的「於」和「不女」，發現幾乎每一韻腳後都帶有「於」，「不女」則較常出現在句中，且「於」和「不女」可以在拍位上（襯字不可在拍位上），「於」出現的位置大致符合曾師所言的「音步縫隙」，就演唱而言，有助於提醒唱者將字尾收音完畢後再以「於」拖腔，而「不女」插入的位置不見得是「音步縫隙」，例如「西風又*不女*起」，「掠阮舊*不女*情」，至於成因為何？筆者目前尚無確切的結論，只能討論至此。

（五）詞句結構與意象情趣的感染

複詞結構的分析，與語言旋律關係密切的，有所謂「雙聲詞」、「疊韻詞」、「疊字詞」、「帶詞尾詞」，曾師分析這類結構的特色在於：

> 雙聲詞由於聲母相同，發聲時順溜，所以給人的感覺是和諧而輕快；
> 疊韻詞由於韻母相同，收聲時迴應，所以給人的感覺是優美而和緩。

〔註73〕

筆者參照林師《南管曲唱研究》第四章〈南管曲詩〉的標音搜尋例子，如。〈望明月〉一曲中，雙聲詞：薰風 [hun huaŋ]、叮噹 [tin taŋ]、書齋 [tsɯ tsai]；疊韻詞：團圓 [tuan guan]。〔註74〕雙聲、疊韻，或疊字的複詞在南管曲詩中還算常見，但句子結構的頂針、反覆、重句、連環句等「俳體」，〔註75〕筆者初步瀏覽曲詩，最常見到的是重句的使用，反覆句和連環句則尚未找到例子。觀察南管三撩拍以下的散曲，幾乎每見曲皆有疊句，特別是源自戲文本事者，林師向筆者說明道，疊句的頻仍除了音樂本身的疊唱，和舞台上的幫腔也有密切關係，讓演員唱一句，後台幫腔反覆一次，可增添演出效果，又可讓演員稍作喘息。如陳三五娘的名曲〈精神頓〉，即可找到十二組疊句。

〔註76〕

至於「意象情趣的感染」，一方面文辭自有其所要傳遞的思想情感，但透過演唱者的詮釋，已是唱者將領會到的情趣進行第一次的加工渲染，而聽者

〔註71〕曾永義：〈論說「腔調」〉，《從腔調說到崑劇》，頁89。
〔註72〕林珀姬《南管曲唱研究》：「用於字前記音，用於字後轉韻」，頁125～126。
〔註73〕曾永義：〈論說「腔調」〉，《從腔調說到崑劇》，頁92。
〔註74〕林珀姬：《南管曲唱研究》，頁141～142。
〔註75〕詳參曾永義：〈論說「腔調」〉，《從腔調說到崑劇》，頁96～98。
〔註76〕曲詩參見張再興選編：《南樂曲集》，頁404～407。感謝林師的說明，2013年7月10日晚上孔廟社團時間。

的感受又是另一番的意境趣味了。是以曾師文中有言：「意象情趣的感染」所
產生的旋律，恐怕是最玄妙的一環。〔註77〕筆者試以自身體會舉例。常聽到
的熟曲，出自戲曲故事者，多爲才子佳人之題材，曲詩以佳人口吻鋪陳者，
意象情趣多爲婉約傾訴，聲情隨之委緩綿長，這是南管音樂給人的普遍感受。
但偶有以男性角色爲第一人稱的散曲，在眾多纏綿幽然的曲風中，其意象情
趣則格外鮮明，如出自《水滸傳》盧俊義落難大名府故事的南管曲〈到只處〉，
曲詩寫被壓抑的豪情，音樂曲調由一撩的【寡北】落疊拍的【寡疊】，將盧俊
義落難時的抑鬱、傷痛、錯愕與不甘，鏗鏘有力的鋪展開來，每當團裡的華
興師兄練唱這一曲時，聲情詞情的重促跌宕，讓幫忙伴奏的我們演奏起來格
外酣暢痛快。筆者特別選擇此曲爲例，是個人習唱南管的體悟，對於曲詩的
理解是一個層次，演唱者的詮釋活化了意象情趣，而伴奏者的吹拉彈撥也是
聲情的渲染，至若聽者所獲得的整體感受，就因人而異、自由心證了。

第二節　南管的載體──指、譜、曲、套曲

一、研究回顧

　　承繼上節脈絡，繼而討論「南管的載體」，即南管音樂的指、譜、曲及套
曲。南管音樂的腔調爲泉腔，泉州的方言就是泉腔最好的基礎，也是能將泉
腔發揮得最淋漓盡致的載體。大抵來說，語言音樂化之後可形成號子、山歌、
小調、曲牌、套數不同制約等級的外在載體。〔註78〕而南管音樂的載體有其
專門的稱法：指、曲、套曲、譜，前三者已具備相當程度的制約性，屬於曲
牌等級之載體。

　　檢閱相關書籍，皆會介紹到「指、譜、曲」，那它們是南管的「什麼」
呢？（1983）呂鍾寬以「樂曲種類」總稱之，〔註79〕（1985）陳冰機書上作
「南管的曲譜類別」，〔註80〕（1986）沈冬稱爲「內容」，〔註81〕（1989）王
耀華該書第一節爲「音樂的組成」，〔註82〕（2006）王櫻芬以「曲目」攏括

〔註77〕　曾永義：〈論說「腔調」〉，《從腔調說到崑劇》，頁99。
〔註78〕　參見曾永義：〈論說「腔調」〉，《從腔調說到崑劇》，頁112。
〔註79〕　呂鍾寬：《南管記譜法概論》，頁61～67。
〔註80〕　陳冰機：《福建南音及其指譜》，頁16。
〔註81〕　沈冬：《南管音樂體製及歷史初探》，頁34～45。
〔註82〕　王耀華，劉春曙：《福建南音初探》，頁25～28。

之，〔註83〕（2008）陳燕婷以「音樂構成」爲題介紹之，〔註84〕（2010）溫秋菊在「樂曲種類」標目之下談及，〔註85〕（2011）林師言：「音樂的內容可分爲指譜曲」，另外還有「套曲」的介紹。〔註86〕筆者承曾師之理念，以「腔調的載體」切入介紹南管的四種載體：曲、指、譜與套曲，是以，除了描述各載體演出的編制、質性功用、曲詩取材、現存的狀況，並會試著檢討學者們爲南管歸納出的音樂結構是否恰當。

　　林師與筆者分享道，先師吳昆仁老師及老一輩的老師曾有過一句話：「指爲曲母」，指套的成套當然是較爲晚出，是散曲的精華，但散曲用以歌唱，很多人上了年紀後，特別是男士受限於嗓子無法演唱，對於音樂的美，便透過演奏指套的方式來享受來領會，而後期新曲的創作也時常會從指套中汲取好的腔韻來運用，故稱「指爲曲母」。〔註87〕據此，「曲」乃「指」的基礎，音樂的成熟度勢必得在散曲累積至一定的質與量，才會往「指套」、「套曲」進階發展；且由「曲」入手來觀察音樂結構，更能看出南管由簡到繁的進程變化。下面各節的順序，筆者以「曲」爲先，「指套」和「套曲」次之，最後才是「譜」。

二、曲 [khiek^4]

　　「曲」是南管音樂中，數量最爲龐大的載體。演出的編制爲歌者執拍演唱，佐以上四管伴奏之。唱曲是一般館閣間合樂練習，或整絃時的活動主體，新手得以初試啼聲，並藉機觀摩各館閣「曲腳」獨到的功力；疊拍、一撩拍的篇幅大約七至二十分鐘，三撩、七撩拍的曲子至少十五分鐘以上，整絃時各館閣輪流上台獻藝，選唱七至二十分鐘的曲子爲多，因此有所謂的「籠面曲」、「碗面曲」。

　　關於曲詩的來源，鄭國權指出南管曲目的來源有三：

　　1. 來自戲曲

〔註83〕王櫻芬〈南管曲目分類系統及其作用〉：「南管現存曲目主要包括指、曲、譜。」（頁256）

〔註84〕陳燕婷：《南音北祭──泉州弦管郎君祭的調查與研究》，頁269。

〔註85〕溫秋菊：《在東方：南管曲牌與門頭大韵》，頁18～20。

〔註86〕林珀姬：《南管樂語與曲唱理論建構》，頁15、36。「套曲」可參林珀姬：《百拍大倍齊雲陣套曲》（彰化：彰化縣文化局，2011）。

〔註87〕感謝林師的指導，2013年7月9日 email。

2. 非戲中曲

3. 民歌〔註88〕

　　就來源而言，筆者傾向分爲「劇曲」和「錦曲」。〔註89〕之所以不稱爲「戲曲」，乃是爲了避免造成「戲曲」一詞的多義性；再者，「錦曲」能包含鄭氏所謂的「非戲中曲」和「民歌」，指的是弦管樂人、文人雅士，據百姓喜聞樂見民間故事，取戲文之梗概編創新曲目，或是作者個人的抒情，無關乎民間故事、戲文典故等。又「錦曲」的稱法，早在《明刊閩南戲曲絃管選本三種》三種曲簿（一般簡稱爲《錦隊滿天春》、《鈺妍麗錦》、《百花賽錦》）〔註90〕中標明「錦」字之曲，就表示該曲爲清唱的南管散曲。從「劇曲」到清曲的唱奏，表演形式自然有別於舞台上的唱作兼俱，但劇曲與錦曲並非各自爲政的兩條平行線，彼此間會互相影響，從戲文劇本中摘出優秀唱段來清唱，是很常見的現象，如出自《陳三五娘》一劇的〈因送哥嫂〉、〈繡成孤鸞〉、〈小妹聽〉、〈當天下咒〉。然而，錦曲也可能被戲曲所吸收，搖身一變成爲劇曲，如五娘思君的名曲〈精神頓〉，〔註91〕明刊本《鈺妍麗錦》即有此曲，〔註92〕明嘉靖本（1566 年刊本）《荔鏡記》陳三發配崖州後，第 48 齣〈憶情自嘆〉中，只有〈紗窗外〉、〈三更鼓〉等曲，〔註93〕清順治本（1651 年刊本）《荔枝記·五娘思君》一齣，〈紗窗外〉、〈三更鼓〉後，多了〈精神頓〉一曲，〔註94〕從刊本時間的先後順序可發現，明刊本即有的錦曲〈精神頓〉，清代時成爲五娘思君時所唱的劇曲了。〔註95〕

　　承上細究曲詩的內容，除了多述情詞，亦有配合儀式節慶，詼諧戲謔等，

〔註88〕鄭國權：《泉州弦管史話》，頁 236～237。

〔註89〕承林師珀姬之觀點。

〔註90〕泉州地方戲曲研究社編，龍彼得輯錄著文：《明刊閩南戲曲絃管選本三種》（北京：中國戲劇出版社，2003）。

〔註91〕《鈺妍麗錦》，《明刊閩南戲曲絃管選本三種》，書影頁 31，校訂本頁 232。

〔註92〕參見龍彼得先生考證結果，第一章註腳 109 所引。雖然無法確知《鈺妍麗錦》的刊刻時代，但大體上嘉靖刊本《荔鏡記》→《鈺妍麗錦》→順治本《荔枝記》的先後順序是沒有問題的。

〔註93〕泉州地方戲曲研究社編：《荔鏡記荔枝記四種》第一種明代嘉靖刊本《荔鏡記》（北京：中國戲劇出版社，2010），書影頁 214～221，校訂本頁 297～298。

〔註94〕泉州地方戲曲研究社：《荔鏡記荔枝記四種》第二種清順治本《荔枝記》（北京：中國戲劇出版社，2010），書影頁 142，校訂本頁 216。

〔註95〕本段意見的修正與〈精神頓〉一曲的舉例，承蒙林珀姬老師指正。又錦曲爲劇曲選用之例，可參見鄭國權：《泉州弦管史話》，頁 238～239。

呂錘寬整理出的「文本內容分類」有：1.儀式性、2.敘事性、3.抒情性、4.詼諧性。〔註96〕其所謂「敘事性」即摘自戲曲唱段，因帶有故事情節，所以「儼如長篇的敘事詩」，比起「詼諧性」的逗趣文詞，「敘事性」與「抒情性」曲詩可說是俗中帶雅，是以多演唱這兩類的曲詩內容居多。

　　而輯錄南管曲的出版品，筆者參照楊韻慧的整理方式以表格示意之。〔註97〕礙於筆者的能力，蒐羅到的出版品很多並非初版，論文後的參考書目以筆者所見為主，與楊氏表格出入者再做修正補充：

表格9　曲類出版品

出版年	書　名	編　撰　者	曲數	出版項備註
1604 明萬曆 甲辰	《新刻增補戲隊錦曲大全滿天春》二卷	不詳	146	翰海書林李碧峯、陳我含梓 英國劍橋大學圖書館藏
約明代 末年	《精選時尚新錦曲摘隊》（精選新曲鈺妍麗錦）一卷	集芳居主人精選	52	書林景辰氏梓行 德國薩克森州立圖書館藏
約明代 末年 〔註98〕	《新刊絃管時尚摘要集》（新刊時尚雅調百花賽錦）三卷	玩月趣主人校閱	74	霞漳洪秩衡梓行 德國薩克森州立圖書館藏
1921	《御前清曲》	不詳	160	廈門會文堂，石印本再版
1960	《南曲選集》20冊	莊詠祺、何天賜等	140	泉州市南音研究社（油印本）
1962	《南曲選集》第一集	福建省群眾藝術館、泉州市南音研究社、廈門市南樂研究會編	92	福州福建人民出版社 另有指5套、譜3套
1962	《南管名曲選集》	張再興	267	臺北中華國樂社出版 再版後易名為《南樂曲集》，筆者手邊為1988年版
1981	《南音錦曲選集》	吳明輝	710	菲律賓宿霧市印刷 吳萍水先生遺稿
1986	《南音錦曲續集》	吳明輝	333	菲律賓宿霧市印刷 含許啟章先生遺稿113首
1987	《泉州弦管（南管）指譜叢編》	呂錘寬	227	臺北文化建設委員會出版 另有「散套」9套

〔註96〕呂錘寬：《南管音樂》，頁105～112。
〔註97〕楊韻慧：〈絃管指套宮調研究〉，頁161～162。
〔註98〕參見本章註腳92。

| 2007 | 《踅步近前聽古音——鹿港聚英社林清河譜本》 | 王櫻芬、李毓芳 | 49 | 彰化縣文化局出版 復刻《桃紅春天本》、《花心動本》，總計過枝曲 22、祭祀曲 4、一般唱曲 5、四子曲 18，共 49。〔註99〕 |

吳佩熏整理補充

　　「曲」為唱奏的基礎，透過不同曲目的學習，慢慢去熟悉南管音樂的規律。所謂「不同曲目」，更精確的說明，即「不同的門頭大韻」；透過相同門頭之曲，可歸結出有跡可循的「結構」，並能比較出同樣門頭之曲，兩見曲各自獨立之所在。以下試檢討學者們所提出的南管「結構」，沈冬、呂錘寬、王櫻芬皆有相關之論析，沈氏列出散曲的九類「體製」，呂氏的分析見「曲的組成與結構」一節，王氏的說法需參見〈南管曲目分類系統及其作用〉「新曲的創作」和「新牌名的創作」二節，因王氏採取另一種書寫策略，是以文章的章節標題乍看與之無關，實則探討的議題為「結構方式」的一體兩面，筆者統整後可列出有五種結構。以下，筆者將三位學者提出的結構方式匯整於表格如下：

表格 10　沈冬、呂錘寬、王櫻芬論南管曲之結構方式

沈　　冬	呂錘寬	王櫻芬
「散曲的體製」	「曲的組成與結構」	「新曲的創作」 「新牌名的創作」
1. 尋常小令 2. 雙調 3. 重頭 4. 集曲 5. 帶過曲 6. 南北交 7. 帶慢頭 8. 帶慢尾 9. 破腹慢〔註100〕	1. 滾門體 2. 曲牌體 3. 犯曲 集曲 ⎰ 4.七撩倍工門頭 　　　⎱ 5.過枝曲〔註101〕	1. 門頭滾唱式（循環體） 2. 牌名對曲式（一段體） 3. 穿枝串 4. 集曲 5. 犯曲〔註102〕

吳佩熏整理

〔註99〕 王櫻芬、李毓芳編著：《踅步近前聽古音——鹿港聚英社林清河譜本》，「表一：抄本內容表」，頁 336。
〔註101〕 呂錘寬：《南管音樂》，頁 119～126。
〔註102〕 王櫻芬：〈南管曲目分類系統及其作用〉，頁 262～263。
〔註100〕 沈冬：《南管音樂體製及歷史初探》，頁 45。

　　沈氏以「體製」言之，與本文對「體製」和「結構」的定義相悖；又沈氏前五類乃借曲牌術語，六至九類為南管本固有之稱法。其中第五類「帶過曲」，沈氏云：「聯續兩調以詠一事稱為『帶過曲』，如係出自不同宮調，則又稱之『過枝曲』。」〔註103〕，沈氏以此釋義南管的「過枝曲」，筆者認為恐有爭議，以今日仍採用曲牌體的崑曲來說，「帶過曲」指的是「一曲之意未盡，便用同宮調之他曲續後」；另有「過搭」〔註104〕：「套曲中前後曲牌所屬宮調不同，或屬一宮調，前後曲牌的節奏懸殊，為使前後協調和諧而採取的過渡手法。」〔註105〕，其釋義才與南管「過枝曲」的概念相符，南管的「過枝曲」就是轉換門頭之用，所以可以不同管門、不同拍法。第六類「南北交」為南管音樂中十分特殊的「語言與音樂的犯」，〔註106〕呂氏曾分析「南北交」四大名曲之一的〈告大人〉，認為此曲的音樂結構為「以不同宮調的兩腔迎互循環，以歌詠事。」「係以兩支曲調反覆演唱，猶如傳踏中屬於『兩腔迎互循環』之曲體」；〔註107〕參考李國俊、施炳華、林師對「南北交」之研究，筆者較傾向將「南北交」視為「集曲犯調」結構的一種，詳見後文。沈氏列出的第七類到第九類，為南管散板樂段出現在一見曲中的不同位置，若樂曲中帶有散板，的確會影響樂曲之結構，然而，這類附帶性質的散板多出現在指套、套曲、譜和過枝曲，「正曲」多半不唱散板；另有完整的散板曲，稱為「慢曲」，詳見「套曲」一節。

　　呂氏分析出五種南管曲的結構方式，可說是十分精闢的歸納。在此奠基上，筆者想再提出稍作討論的是：「滾門體」此一稱法是否恰當？誠如筆者在首章第三小節的討論，「滾門」一詞或承「袞遍」而來，然若論「滾門」最精要之字義，即曾師所言「節拍的門類」，而此時，在析論單一作品的「結構」時仍以此為名稱之，可能容易造成混淆。以單一作品的結構方式而言，詞牌疊唱仍視為一闋，而曲牌的獨立性高，若反覆就要視作各別的隻曲了，在南曲中稱為「前腔」，北曲稱為「幺篇」（幺為後的「省文」，應讀作「後」，而

〔註103〕沈冬：《南管音樂體製及歷史初探》，頁45。
〔註104〕王驥德《曲律‧論過搭第二十二》談論三方面的「過搭」：1.拍法的過搭、2.宮調的過搭、3.唱法的過搭，其中第二點「宮調的過搭」，王氏僅言：「惟為仙呂宮許與雙調相出入，其餘界限甚嚴，不得陵犯。」《中國古典戲曲論著集成（四）》，頁128。
〔註105〕吳新雷主編：《中國崑劇大辭典》，頁496、499。
〔註106〕林珀姬：〈南管音樂中的集曲〉，頁70。
〔註107〕呂錘寬撰輯：《泉州弦管（南管）指譜叢編》，下編，頁29、41。

非「ㄥ」）。而南管三撩拍以下的門頭，樂曲的結構特色是以各門頭腔韻基本型（包括句首韻、句尾韻，或高韻、低韻）反覆數次，鄙意以爲，這種音樂結構似乎與詞牌有雷同之處。

曾師在課堂上講授歷代韻文學之體製，曾舉〈渭城曲〉爲例，論晚唐五代有很多作品處於詩體過渡到詞體的階段，如唐朝王維所作的〈渭城曲〉表面上仍維持四句七言的形式，但並非七絕之平仄律，曾師引〔明〕李攀龍選、〔日本〕森大來評釋、江俠菴譯述的《唐詩選評釋》〔註108〕說明之：

> 此詩平仄尤關音律之處：第一句「渭城朝雨」四字，必用「仄平平仄」。若如一般之詩律，將其第一字及第三字，拗轉其平仄，作「平平仄仄」或作「仄平仄仄」時，則斷不諧陽關之調。第二句之「柳色新」三字，「柳」字必用上聲。若用他之仄聲，則失律矣。第三句，「勸君更盡一杯酒」，當爲「仄平仄仄仄平仄」，一字不容出入，而「一杯」之「一」字必用「入聲」，「酒」字必用上聲。至第四句之平仄爲「平仄平平平仄平」，亦決一字不可淆亂。若不如此，則不得謂之【陽關曲】。〔註109〕

而齊言的詩體如何變化成長短句的詞體呢？施德玉《板腔體與曲牌體》論

〔註108〕筆者查閱〔明〕李攀龍《唐詩選》，並無選入〈送元二使安西〉，選錄的王維七言古詩、絕句有〈答張五弟〉、〈少年行〉、〈九月九日憶山中兄弟〉、〈與盧員外象過崔處士興宗林亭〉、〈送韋評事〉、〈送沈子福之江南〉六首。參見〔明〕李攀龍選，〔明〕王穉登評：《唐詩選》，《續修四庫全書》總集類1611冊（上海：上海古籍出版社，2002，據復旦大學圖書館藏明閔氏刻釋套印本影印），卷7，頁9～10，總頁707～708。〔明〕李攀龍選，〔明〕蔣一葵箋釋：《唐詩選七卷附錄一卷》，《四庫全書存目叢書》集部309冊（臺南：莊嚴文化事業出版，1997，據清華大學圖書館藏明刻本影印），卷7，頁16～18，總頁139～140。

李攀龍《古今詩刪》卷21才有選入王維的〈送元二使安西〉。據《古今詩刪·四庫提要》云：「變遷之故，是非蜂起之由，未可廢也。流俗所行，別有攀龍《唐詩選》，攀龍實無是書，乃明末坊賈割出詩刪中唐詩，加以評註，別立斯名，以其流傳既久，今亦別存其目而不錄其書焉」，《文淵閣四庫全書》1382冊（臺北：臺灣商務印書館，1983），頁2。

筆者並未找到曾師所引用的《唐詩選評釋》，曾師表示這本書不好找，但他確有此書。

〔註109〕參見曾永義：〈也談蘇軾「念奴嬌」赤壁詞的格式〉，《臺大中文學報》第5期（1992年6月），頁125～138；後收入《參軍戲與元雜劇》（臺北：聯經出版社，1992），頁339～355。本文以《參軍戲與元雜劇》爲依據。引文見頁355。

道：「如就音節形式分解，就可以轉化爲長短句。」施氏並以〈渭城曲〉爲例，「世之所謂〈陽關曲〉，又名〈渭城曲〉，實乃王維〈送元二使安西〉詩變化而來」，而所謂「陽關三疊」的疊法，參見劉宏度《宋歌舞劇曲考》所示，可有兩種疊法：

> 渭城朝雨，渭城朝雨浥輕塵，浥輕塵。
> 客舍青青，客舍青青柳色新，柳色新。
> 勸君更盡，勸君更盡一杯酒，一杯酒。
> 西出陽關，西出陽關無故人，無故人。
>
> 渭城，渭城朝雨，渭城朝雨浥輕塵。
> 客舍，客舍青青，客舍青青柳色新。
> 勸君，勸君更盡，勸君更盡一杯酒。
> 西出，西出陽關，西出陽關無故人。〔註110〕

施氏透過上述引例，證實「陽關三疊」實由齊言的七言四句，以音步停頓點拆解成數個詞組，再將每句重疊三次，便成了長短句的「陽關三疊」。〔註111〕因此，主腔複沓疊用在韻文學史上是有跡可循的；再往上追溯，《詩經》三章複沓、《尚書・益稷》「簫韶九成」，〔註112〕皆言上古音樂反覆的特性；筆者受曾師課堂講授啓發，思索南管曲的結構方式，若南管曲牌名有取用自詞牌、曲牌者，那麼，詞牌、曲牌體製結構上的特色是否也影響到南管音樂呢？

　　以上這是筆者初步的假設，但是再細讀呂氏相關論著，《泉州弦管（南管）指譜叢編》中有云：

> 宋代以後的演唱文藝，音樂形式多固定爲「二段體」（詞牌體音樂）以及「一段體」（曲牌體音樂），誠然，在詞譜中偶可見，「三調」、「四調」，但爲數則並不多。反觀漢魏南北朝時之樂歌，每支曲調大部份爲多段體，即一支曲調反復多次，當時各反復之段落，稱爲「一解」。〔註113〕

是以《泉州弦管（南管）研究》分析散曲結構時，區分出「樂府詩體」（反

〔註110〕參見劉宏度：《宋歌舞劇曲考・總論》（臺北：世界書局，1979），頁4〜9。
〔註111〕參見施德玉：《板腔體與曲牌體》，頁147〜148、351〜354。
〔註112〕〔唐〕孔穎達等正義：《尚書正義》，《重刊宋本十三經注疏附校勘記》（臺北：藝文印書館，1955），卷第5，頁14，總頁72。
〔註113〕呂錘寬撰輯：《泉州弦管（南管）指譜叢編》，下編，頁36。

覆四、五次以上）和「二段式詞體」這兩種結構；「二段式詞體」一節舉【雙鸂鶒】（南管中記寫作【雙閨】、【雙閨勒】）爲例，〔註114〕就詞牌格律的確是雙調，故詞牌名有「雙」字，但南管音樂中的【雙閨】，其實不只疊唱兩遍，〔註115〕呂氏文中舉的〈喜今宵〉三段、〈荼薇架〉四段、〈奉聖旨〉三段帶慢尾、〈念月英〉四段，各曲皆有一些細膩的變化，就這四見【雙閨】而言，最後一段有句首韻，無低韻，反覆上句，以高韻煞曲，因此最後一段不具完整的「句首韻→高韻→低韻」的完整腔韻結構，即便如此，〈荼薇架〉扣除最後一段，前三段皆是完整的腔韻安排，即已超過詞牌【雙鸂鶒】雙調的格律了。〔註116〕另外如【相思引】滾門家族中的【短相思】，腔韻反覆的情形更是多段，【短相思】的名曲〈爲伊割吊〉和〈因送哥嫂〉都是八段腔韻的音樂結構，〔註117〕比詞牌【相思引】的雙調疊唱更爲複雜。因此，如何概括多次反覆主腔的音樂結構，筆者一開始試想過「詞牌疊唱式」，但誠如呂氏所言，詞牌鮮少五疊以上，而「腔韻多段體」則是筆者目前所想得到的措辭，但還是有很大的修正空間。

　　王氏的文章中，推論南管曲目約在十七世紀累積至相當數量，並具備分類系統的雛型，進一步推論樂人的創作活動應是循序漸進、有跡可循的，而王氏歸納的「創作方式」，即爲「結構方式」的一體兩面，只是王氏從不同的角度切入，行文上採用的詞彙自然不同。「新曲的創作」提出三種方式，「新牌名的創作」對應到是「集曲」和「犯曲」；細繹王氏的「循環體」和「一段體」，與呂氏「滾門體」、「曲牌體」的見解名異實同；又王氏將「依樂填詞」這種創作方式與南管所稱的「對曲」聯繫起來等同視之，筆者以爲尚有斟酌的空間。首先，南管各個門頭下曲目的滋衍都是依樂填詞，以文從樂，以南管各個門頭的腔韻爲基本架構，再依照填入的曲詩字音聲調，適度地調整行腔；其次，南管的確將「不同曲詩，曲韻走向完全相同」的二曲稱爲「對曲」，〔註118〕除了王氏在註腳中徵引張再興先生回信的舉例，【長滾】的〈聽鐘鼓〉

〔註114〕呂錘寬：《泉州弦管（南管）研究》，頁159～168。

〔註115〕林師教導筆者如何分析南管曲之結構，其原則是：南管音樂以「句首韻」、「高韻」、「低韻」組成一範，找出基本型後，再比對各範間的上句、下句是否有「換頭」、「插入句」（襯字、襯句）、「換尾」等變化。

〔註116〕參見第二章第一節「韻協的佈置」。

〔註117〕參見林珀姬：《南管樂語與曲唱理論建構》，「【短相思】腔韻運用與變化」，頁200～204。

〔註118〕林珀姬：《南管樂語與曲唱理論建構》，頁45～46。另外，七撩拍也有「成對」

和〈三更鼓〉為一組「對曲」之外，林師為「對曲」作詞條釋義時還舉了【中滾】的〈恨冤家〉〔註119〕和〈去秦邦〉也是「對曲」的關係。〔註120〕【中滾】的這一組「對曲」，牌名為【三遇反】（【三隅犯】之訛寫），是以【中滾】為首尾，中間再插入【水車】、【北青陽】、【杜宇娘】的大韻，整曲旋律變化較多，乍聽之下似無基本的樂句，但其首尾還是【中滾】，且還是有反覆的樂句，如落【水車】腔韻的「從君一去並無封書寄返鄉里」和「冥日思想思想抉得我君返」旋律一樣，落【北青陽】腔韻的「不念阮糟糠恩情重」和「有只虧心薄情人」亦為旋律反覆的樂句，而〈去秦邦〉為其對曲，自然也有如上的樂句反覆。如下譜例所示，王氏舉【中滾】和【長滾】的對曲為例，很顯然地與「一段體」不符。

的說法，參見林珀姬《百拍大倍齊雲陣套曲》：「在七撩拍曲目中也有些成對的例子，如〈倍工‧對菱花〉與〈倍工‧碧雲合〉成對，〈倍工‧一路行〉與〈倍工‧珠淚垂〉成對；這種對曲的狀況與三撩拍以下的對曲意義不同，他們在腔韻上基本相同，但不會完全一樣。」（頁16）

〔註119〕各館閣會因師承不同，而對曲子有不同的詮釋，臺北華聲社平時唱的〈恨冤家〉，是沒有【杜宇娘】大韻的，林師說：「把【杜宇娘】拿掉了就是【短中滾】或【短滾】，不過【短中滾】、【水車】、【北青陽】三個門頭也可以稱【三遇反】，指的是內含三種曲調。」（感謝林師以email說明之，2013年1月14日）

2011年9月10日參加合和藝苑孟府郎君秋祭暨整絃活動時，為配合排門頭：【二調】→【長滾】→【中滾】→【短滾】之規矩，團員陳芳銘代表華聲社選唱【中滾】門頭，演唱〈恨冤家〉一曲，即有【杜宇娘】之大韻，因為南管絃友認為「沒有【杜宇娘】就不是【中滾】」。

〔註120〕林珀姬：《南管樂語與曲唱理論建構》，頁45～46。

圖表 14　【中滾・三遇反】〈恨冤家〉重覆樂句舉例

【水車】腔韻		【北青陽】腔韻	
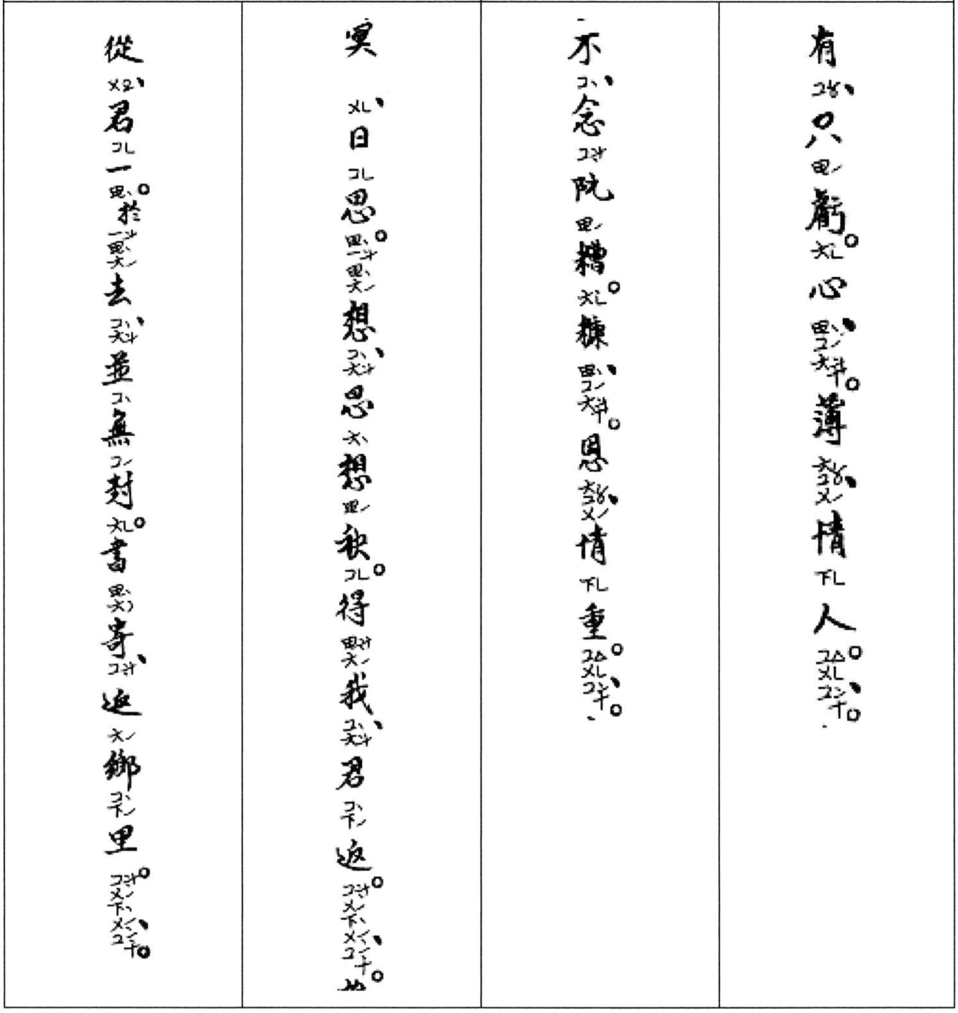 從君一思去，並無封書寄，返鄉里	冥日思想，思想欲得我君返	不念阮糟糠恩情重	有只虧心辜負情人

吳佩熏整理

　　王氏所欲討論的「依樂塡詞的創作方式」，應爲呂氏所言「每個曲牌只有一個樣式，並不存在像滾門類曲調，而有不同拍法樣式的曲調家族」，〔註121〕據呂氏的整理，主要爲七撩拍的門頭【二調・綉停針】、【大倍・水底月】、【中倍・石榴花】，其特徵爲：

〔註121〕呂錘寬：《南管音樂》，頁119。

1. 曲牌類結構的曲目頗少，最少甚至只有一個門頭一見曲。

2. 同門頭的曲目，曲詞篇幅基本等長，不若滾門體的同一門頭有篇幅懸殊之現象。〔註122〕

比較二位學者的看法，二位雖從不同的立場來討論，但皆涉及曲目的創作，與探討樂曲的「結構」。筆者認為呂氏分析「曲牌體」的第 2 個特徵，同門頭（或牌名）曲目的篇幅基本等長，且只具有一個樣式，無其他拍法的變體，此特徵較符合韻文學傳統，依牌名格律填入新詞的創作模式，及所成新曲應有的篇幅結構十分穩定；王氏將「對曲」等同於「牌名一段體」，就「創作方式」而言的確是符合依樂填詞，但所依據的原曲結構，可能不是「曲牌類」結構，因此分析這組「對曲」的樂曲結構時，還是可以找到重覆的樂句。總言之，以王氏的論述旨趣，「對曲」的確是一種「創作方式」，但若要進一步探討樂曲的「結構方式」，可能就不需要討論「對曲」，因為「對曲」的結構，即為原曲之結構。另外，王氏又提供「穿枝串」一說，此稱法的確十分少見，筆者徵詢林師可曾聽聞，林師表示「沒聽過，但澎湖陳添助的抄本上是這樣寫的，也有範例曲目」，〔註123〕於此聊備一說。

呂氏和王氏皆有提出「集曲」、「犯曲」，雖非南管本有用語，但就南管音樂所展現鮮明的曲牌體特質，予以借用應當是可行的。王氏文中說到「集曲」和「犯曲」時，於註腳中有說明：「借用曲體樂種、劇種之術語，並非南管術語」，〔註124〕對照內文，王氏借用的概念是：曲牌體中發展到最精細的「細曲」階段時（詳參見下文第三章第一節），要為「集曲」、「犯曲」結構命名新的牌名。觀察南管的牌名，的確具有「集曲式」和「犯曲式」的牌名，「集曲式」會總結牌名數來命名，如：【八駿馬】、【九連環】、【十三腔】，而犯調式則是帶「犯」字，如：【三遇反】、【寡北犯玉交枝】，然而王氏的討論僅止於此，並未進一步印證南管這些牌名的音樂結構。此部份可詳見呂氏《南管音樂》一書，呂氏先定義出「構成犯曲的門頭有主從之別，構成集曲的各個門頭只有連綴的先後關係，並無主從性的差異」；〔註125〕以此律則檢視之，南管中的「犯曲」俯拾即是，甚至已打破牌名的命名原則，如上述王氏指出的兩種牌

〔註122〕呂錘寬：《南管音樂》，頁 119。
〔註123〕感謝林師透過 email 指導筆者，2013 年 1 月 18 日。
〔註124〕王櫻芬：〈南管曲目分類系統及其作用〉，註腳 15，頁 263。
〔註125〕呂錘寬：《南管音樂》，頁 123～124。

名命名方式，帶「犯」字者當然是「犯曲」，但若細究帶數字類的牌名，如【中滾・十三腔】，其樂曲結構實爲呂氏所定義之「犯曲式」，因爲【十三腔】乃以【中滾】腔韻爲首尾，中間再插入十幾個不等的門頭腔韻，而【相思引・八駿馬】、【相思引・九連環】亦爲同樣結構，因此，無法輕易地從牌名的命名方式即判定該曲之結構。

　　而南管音樂中，可否找到音樂結構確爲「無主從關係的集曲」，呂氏認爲：

　　1. 集曲式樂曲皆爲七撩拍的倍工類門頭，如【巫山十二峰】……尚有【倍工十八學士】、【倍工八寶粧】。

　　2. 做爲兩個不同門頭曲目的演唱銜接，南管文化圈稱這類樂曲爲過枝。〔註126〕

筆者參看林師對「巫山十二峰」、「十八學士」的釋義：

　　根據許啓章《南樂指譜重編》，「巫山十二峰」是指十二個空韻，或十二牌名。十二個空韻指的是琵琶演奏所運用的空位，共十二個不同位置上的音；劉鴻溝本則直接標記十二牌名，包含【一江風】、【駐馬聽】、【九串珠】、【暮雲捲】、【玳環著】、【水底月】、【黑毛序】、【風霜不落拍】、【白芍藥】、【石榴花】、【五節樽】、【誤佳期】等十二個曲牌，是集曲。不過經過實際演奏與研究後，目前發現除了【一江風】、【石榴花】正確無誤外，其餘的都有待考證。

　　〈倍工・十八學士・睏都不得〉，爲四孤名曲之一，據吳再全抄本，此【十八學士】乃集十八見曲內之句而得名。〔註127〕

因筆者沒有學唱過七撩拍的門頭，是以上述呂氏所指出的第一種「集曲」結構，在筆者對七撩拍腔韻沒有具體認知的情況下，只能就此打住。又承上述引文，呂氏認爲「過枝曲」也算是「集曲」結構。誠如筆者在上文的辨析，「過枝曲」屬功能取向，爲因應排場時轉換門頭而存在，若要類比之，與戲曲聯套中的「過搭」意義相通，而非「帶過曲」。另外，在一套「指套」中也會轉換管門、撩拍、門頭，是以，「指套」中的第二齣、第三齣，其實也是一種「集曲式」的結構，如指套《爲人情》：〔註128〕

〔註126〕呂錘寬：《南管音樂》，頁125～126。

〔註127〕林珀姬：《南管樂語與曲唱理論建構》，頁40、66。

〔註128〕劉鴻溝編：《閩南音樂指譜全集》，頁97～104

表格 11　指套《為人情》各齣之管門、撩拍、門頭變化

	管　門	撩　拍	門　頭
首齣〈爲人情〉	五六四仪管→四空管	七撩	【大倍‧憶王孫】過【二調‧二郎神】
次齣〈行到涼亭〉	四空管	三撩→一撩	【長滾】過【陽春‧七巧圖】
三齣〈風打梨〉	五六四仪管	疊拍	【寡疊】

吳佩熏整表

　　從上表 11 可清楚地看出管門、撩拍、門頭不停地變化，首齣〈爲人情〉的管門、門頭即由五六四仪管的【大倍】轉四空管【二調】，次齣〈行到涼亭〉則是集結了【長滾】、【長倒拖船】、【長水車】、【水車】、【杜宇娘】、【北青陽】、【中滾】七個門頭大韻，故稱「七巧圖」，因此該指套前兩齣的音樂結構，在門頭的銜接上都可算是「只有連綴的先後關係，並無主從的分別」的「集曲式」結構。以上，爲筆者對王氏、呂氏二位所提出的「集曲」、「犯曲」作的討論與補充，總結上述，南管的「犯曲」結構可說是特別發達，除了常見的三犯、四犯，其實還可容許插入十幾個門頭大韻，因此單從牌名可能還不足以論斷其音樂結構究竟是「犯曲式」還是「集曲式」。而南管的「集曲」結構，就目前研究顯示，七撩拍【倍工】門頭底下帶數字的牌名，才是眞正對應到集曲結構，此部份因筆者資歷尚淺，無法進一步探討之；若是集結兩個門頭牌名的「集曲」，倒是可以在「過枝曲」和指套中找到例證，就音樂結構而言，符合曲牌體「集曲」的定義，細究之，其實這種結構具有更「實用」的存在意義，更確切地說，反映的是南管圈「正曲」與「過枝曲」的相對概念。所謂的「正曲」，其「收尾韻」一定要是起調門頭的腔韻，〔註129〕而「過枝曲」或指套中的各齣，都是爲了扮演「銜接的橋樑」，才產生「具先後關係的連綴門頭」，這種集合兩種門頭的集曲結構，若想當「正曲」來唱，只需要在曲終改用門頭的收尾韻，就能擠身「正曲」的行列了。

　　南管在樂語上雖然不循曲牌體的範疇，但所呈現的曲體樣貌仍是曲牌體之本色，而其中細微的差別，皆有賴學者們的努力，筆者才得以更有條理的認識南管「曲」的音樂結構。以下，接續討論規模更大的「指套」。

〔註129〕參見林珀姬：《南管樂語與曲唱理論建構》，「正曲與過枝曲」，頁 47。

三、指 [tsuiN²]

指，又稱「指套」，由三至七見曲子合為一套，因強調琵琶的指法，故稱為「指」。〔註130〕記譜時帶有曲詩，供上四管清奏或演唱，一般作為整絃開場時的器樂清奏曲，可配合噯仔及下四管以「十音」的編制主客會奏，或因應場合需求，噯仔可改用品仔。

照片 2　2012 年 3 月 3 日到有記茶行玩南管，上場和大家合奏十音，筆者打雙鐘

部份熟曲又可作為單獨的散曲演唱，特別是指套的「指尾」，如第十七套《為人情》第二齣〈行到涼亭〉、第十八套《為君去時》次齣〈泥金書〉，可從「誰想伊」截唱，更甚者只唱〈推枕著衣〉以後一小段。

圖表 15　〈誰想伊〉與〈推枕著衣〉截唱篇幅示意圖〔註131〕

吳佩熏製表

〔註130〕參見沈冬：《南管音樂體製及歷史初探》，頁 37。
〔註131〕劉鴻溝編：《閩南音樂指譜全集》，頁 106～109。

演唱「指套」中的曲目要特別注意門頭和撩拍，務必要使該見曲的拍法完整。如國立臺北藝術大學傳統音樂所碩士班的盧盈妤，其 2009 年 5 月 9 日的畢業音樂會選唱指套中的〈行到涼亭〉，因單獨演唱該曲，需將曲中的大韻做一調整；原本爲古樸的琵琶「指法」，改成多頓挫轉折的「曲法」；最後的「不女」尾本是爲了銜接下一齣〈風打梨〉，現在要從「佳期」二字的旋律改爲【長滾】的三撩尾，才能使〈行到涼亭〉變成可單獨演唱的「正曲」（「正曲」的論述詳前文）。〔註 132〕

觀察指套的曲詩，大多是由情節連貫的戲文故事中摘出，但也有曲詩各自獨立的情況，曲詩取自同一本事者，如《趁賞花燈》由四個樂章組成，曲詩圍繞著《留鞋記》郭華與月英的故事；而《小姐聽》的首齣爲西廂故事，次齣〈讀書人〉，林鴻《泉南指譜重編》考證爲「姜孟道與陸貞毅故事」，尾齣〈勸哥哥〉爲「尹弘義與李寒冰故事」，〔註 133〕三齣取自不同故事，亦不影響南管指套的聯套；另外，呂錘寬《泉州絃管（南管）研究》分析《春今卜返》論道，該套的曲詩泉來自「雪梅教子」一劇，但是指套內各齣的次序不合於故事發展的先後，合於故事脈絡的曲詩依序爲首齣 → 四齣 → 二齣 → 三齣 → 五齣，呂氏指出這樣的安排乃因二、三齣爲一撩拍，第四齣爲疊拍，是以即便第四齣的曲詩內容應居於第二順位，但因拍法速度較快，爲合乎指套「慢 → 中 → 快」的律動，遂將〈我爲乜〉編於第四齣。〔註 134〕上述情

〔註 132〕感謝林師 2012 年 11 月 20 日與筆者講解〈行到涼亭〉詳細的韻字、落音、「指法」改「曲法」的變化，可參見盧盈妤：《南管曲唱之詮釋與賞析——以盧盈妤畢業音樂會爲例》（臺北：國立臺北藝術大學傳統音樂學系碩士論文，2009），頁 11、21～27。

〔註 133〕林鴻：《泉南指譜重編》（上海：上海文瑞樓出版，1922），第五冊，四十二套《趁賞花燈》，無頁碼。

〔註 134〕參見呂錘寬：《泉州絃管（南管）研究》，頁 46～47。
參照呂氏書中的說明，筆者將其匯整成表格，比對原本各齣與故事內容之順序：

各齣順序→ 故事順序	曲　名	門　頭	拍　法	簡　介
首齣→1	〈春今卜返〉	【長滾‧大迓鼓落北青陽】	三撩拍	由雪梅獨唱全曲
四齣→2	〈我爲乜〉	【柳搖疊】	疊拍	雪梅獨唱全曲，由於其子商輅出言頂撞，故而感慨欲回鄉里
二齣→3	〈啓公婆〉	【北青陽】	一撩拍	雪梅獨唱全曲
三齣→4	〈聽見機房〉	【北青陽】	一撩拍	愛玉獨唱
五齣→5	〈孫不肖〉	【青陽疊】	疊拍	由雪梅之公婆起唱，雪梅愛玉接唱，商輅續唱，公婆再唱，最後合唱

形可推論曲子之所以聯合成套，不全然取決於曲詩的文學性，更應該顧及音樂上的規律；而每見曲子的單位，劉鴻溝編《閩南音樂指譜全集》稱為「齣」，但實與傳奇的分「齣」大異其趣。〔註135〕華聲南樂社的蕭志恒師兄曾與筆者分享他的看法，他認為指套的出現象徵音樂的成熟，一定是曲目累積至一定數量後，樂人從中將曲詩內容相關，音樂美聽合拍者摘取成套，出現的時間點最早應該不會超過明代。平常練習時，曲詩可以幫助記憶，但正式場合定是清奏，考驗著眾人的熟稔與默契，展現南管以和為美，純器樂交融的美學。

　　目前的指套著作，以劉鴻溝編的《閩南音樂指譜全集》最易取得，最為普及。其他可見的資料，同前文所述，乃參照楊韻慧整理的表格，〔註136〕與楊氏表格出入者再做修正補充：

表格 12　指、譜類出版品

出版年	書　名	編撰者	指套	譜套	出　版　項　備　註
1846	《袖珍寫本道光指譜》	不詳	40	7	泉州地方戲曲研究社 2005 年翻印
1873	《清刻文煥堂指譜集》	不詳	36	12	福建廈門 編於 1857 年，文煥堂主人刊印； 泉州地方戲曲研究社 2003 年翻印
1914	《南音指譜》	林祥玉	44	17	臺北大稻埕印刷 臺北施合鄭民俗文化基金會 1991 年翻印
1921	《泉南指譜重編》	林霽秋	42	13	上海文瑞樓 1921 年刊印 該書編於 1912，最後的序文作於 1923；1980 年臺北學藝出版社翻印
1930	《南樂指譜重集》	許啓章 江吉四	47	16	臺南南聲社發行

〔註135〕曾永義〈宋元南戲體製規律的淵源與形成〉第二小節討論「段落」：「南曲戲文和北曲雜劇，原來都不分出（齣）也不分折（摺），前者如最早的抄本《永樂大典戲文》三種和陸貽典影鈔本《琵琶記》、後者如最早的刊本《元刊雜劇三十種》都是如此。」回顧文獻、研究中相關論述，曾師認為：「齣」固不見於字書，其本字應作「出」；「齣」字太生，未見其例；「折」與「摺」音同義近。明中葉以後刻本，「出」、「齣」、「折」、「摺」四字皆可應用。……齣最後取代「出」、「折」、「摺」而定於一尊，蓋在明嘉靖以後南曲戲文蛻變為傳奇之後。《戲曲源流新論（增訂本）》，頁 211～212。
〔註136〕楊韻慧：〈絃管指套宮調研究〉，頁 160～161。

1934	《南樂指譜重集》	李秀清		16	鹿港。據呂錘寬《南管音樂》書上補入，筆者手邊沒書。
1935	《泉州昇平奏指譜集》			13	曾省根據泉州昇平奏的舊抄本重抄。據呂錘寬《南管音樂》書上補入，筆者手邊沒書。〔註137〕
1953	《閩南音樂指譜全集》	劉鴻溝	48	16	菲律賓金蘭郎君社發行 臺北學藝出版社1979年翻印
1976	《南管指譜全集》	吳明輝	45	14	菲律賓宿霧市印刷 高銘網先生遺稿
1979	《指譜大全》	莊詠祺等八位先生	48	16	泉州市南音研究社整理（油印本）
1987	《泉州弦管（南管）指譜叢編》	呂錘寬	48	17	臺北文化建設委員會出版 該書收錄的指、譜、曲主要以曾省先生抄自泉州絃管名師陳武定先生的舊抄本為主，該抄本有指41套，譜13套。

吳佩熏整理補充

　　南管的指、譜多為合刊，下面就介紹「譜」的現存出版品時，就不再列出表格。

　　因為指套的曲詩並非每套自成首尾，最多雜有三本戲文，〔註138〕是以，筆者試從音樂的結構去觀察析論。曾師認為指套的結構與南曲套式完全相同，〔註139〕沈冬《南管音樂體製及歷史初探》亦取南曲聯套來考核南管指套之結構，〔註140〕呂錘寬《泉州絃管（南管）研究》第三章第三節「音樂結構釋例」，將指套的聯套概分為四種結構方式，筆者一併摘錄簡明定義：

　　1. 鼓子詞體：以一曲調詠一件故事

〔註137〕參見呂錘寬：《南管音樂》，頁130、290。書上只列出譜的數量。

〔註138〕參見呂錘寬：《泉州絃管（南管）研究》第三章第二節「辭文組織」，將取自同一故事的指套稱為「聯綴體」，摘取不同故事合成一套稱為「編組體」。（45、48～49）又可參看呂錘寬：《南管音樂》，「表7：指套內容出處表」，頁102。；沈冬：《南管音樂體製及歷史初探》，頁40～43。

〔註139〕曾永義：〈南管中古樂與古劇的成份〉，《詩歌與戲曲》，頁181。

〔註140〕沈冬《南管音樂體製及歷史初探》：「大體而論，其最完整者如南曲之聯套，以引子、過曲、尾聲三者組合，其管色相同，而拍法逐漸急促。」「或有引子、尾聲不全，只聯合同管色的過曲數支以成套的。或並引子、尾聲皆無，重疊隻曲而成套的。」「此外，並有以管色宮調不同的隻曲連結成套者，則全無體式可言矣！」（頁39～40）

2. 賺詞體：以同一宮調的若干曲子敷演一事至三事；除正曲外有引子或尾聲。

3. 諸宮調體：以不同宮調的曲子歌詠故事

4. 大曲體：曲前有散序，曲中各曲牌由若干遍組成，而後有尾聲〔註141〕

據上述「鼓子詞體」的說明，即為「單曲重頭」（筆者按：包含「重頭變奏」，如《花園外》由【潮陽春】落【緊潮】）是也。呂氏名之「賺詞體」乃取「宋代賺詞體乃選同一宮調中的數個曲牌敷演故事」，〔註142〕簡言之即「同管門數見曲」的音樂組成。胡忌〈論南戲曲牌中的慢、近兩體〉梳理賺詞的演變情形可知，【賺】依附於套曲中，用以擴張曲體，鋪排聲情、詞情，是纏令得以繼續發展的重要助力。〔註143〕呂氏以「賺詞體」來指稱南管指套的結構，可能有點「大材小用」了，「賺」在莆仙戲中音近訛寫作「暫」，不禁使筆者馬上聯想到南管「套曲」的「慢暫」，詳下論之。又呂氏以「諸宮調體」作為第三種結構方式，「諸宮調」本指說唱文學韻散夾雜的表演形式，〔註144〕施氏以《董西廂》為例，歸納出該諸宮調之套式，細繹施氏討論的各類套式，都在「同宮調」的前提上，曲牌們作各種組織變化，形成各種「套式」，且《董西廂》只有粗略的分卷，而非如後來雜劇、傳奇改本，依據情推衍分折分齣。是以，借「諸宮調」之名來描述南管指套結構，立基點不同，本質概念亦不相通；〔註145〕再看「諸宮調的套曲列表」，〔註146〕不同管門的聯套

〔註141〕呂錘寬：《泉州絃管（南管）研究》，頁 49～87。

〔註142〕同上註，頁 59。

〔註143〕參見胡忌〈論南戲曲牌中的慢、近兩體〉：「【賺】雖創始於南宋初期，但因其不能獨立成曲（非隻曲），故在宋代詞牌中未見其名。但【賺】在套曲中演唱一直流傳至今，且其作用和板式基本上保持著原樣。」《南戲論集》，頁 301。

〔註144〕參見施德玉《板腔體與曲牌體》對「諸宮調」、「宮調」之研究成果：「『諸宮調』說唱藝術，說的部分是散文，唱的部分則為韻文，是最適合說唱長篇故事的優美文體。在音樂部分，集合一個宮調裏面若干曲子組成一個單位，稱為『套數』；再聚合不同宮調的諸多曲子及若干套數，而成為一種敘事歌曲，另在中間穿插說白，就成為完整的『諸宮調』了。」「所謂宮調最初是指音樂的音階形式，即一個套曲使用一種形式演唱。……所謂諸宮調，應該不只是指很多宮調，若再加上不斷轉調式增加音樂的變化當更為貼切。」（頁 159、188～189）

〔註145〕「宮調」指的是音階形式，而南管音樂「管門」的意義僅在於「可以使用的音有哪些」，必需要到「門頭」的層次，才能觀察到所謂「音階形式」。

情形，主要有「五空管→倍士管」、「五六四伬管↔五空管」、「五六四伬管↔四空管」這三種管門變化，倍士管和五空管的關係最親近，兩個管門只有「士（g）」和「乿（♭g）」的差別，其他的固定音高皆相同，而五六四伬管本身即具備五空管的「六（e）」和四空管的「伬（c）」這兩個特色音，是以組成聯套時，音樂上也容易和五空管、四空管過搭，因此，除了這三種「異宮聯套」，〔註147〕是不會有其他管門的組合的。〔註148〕第四類指套結構，呂氏將樂章間漸進的拍法關係，和各曲具有腔韻反覆的結構，稱為「大曲體」；然而南管音樂不論是一見曲，或一套指套，在演奏時皆要維持「緩慢啓動→運行→漸慢終止」的律動，而這幾套帶慢頭、帶尾聲的指套會將「啓動」和「終止」的循序漸進感透過散板放大效果，但並不代表其他沒有帶慢頭、帶尾聲的指套就不具備這種拍法關係；且呂氏提出的「大曲體」，與上述三種以門頭牌名為主的結構方式，顯然歸納的面向並不相同，因此就呂氏「大曲組織列表」所示，〔註149〕或許改以「同管門，慢頭—過曲—尾聲俱全」會更為恰當。

再看呂氏2011年出版的《南管音樂》一書，文中論指套的聯套為「曲牌連綴體」和「單曲牌反覆」兩種方式，呂氏的理由是：

> 曲牌連綴體的辭彙為借用，南管文化圈並不稱構成指套的曲調為曲牌，而泛稱以滾門，主體的結構方式實相同於元明時期南北曲的曲牌。〔註150〕

與上述1982年論文的聯套方式相較，呂氏似有以「曲牌連綴體」籠括「賺詞體」、「諸宮調體」、「大曲體」之意。

〔註146〕呂錘寬：《泉州絃管（南管）研究》，頁77。

〔註147〕筆者要再次重申：南管管門的概念並不等於「宮調」，此處為了言簡意該借用之。

〔註148〕參見林珀姬《南管曲唱研究》：「以上管門，五空管可與其他三管門互轉，但四空管不與倍士管互轉，唱奏時，此二管門亦避免相接，主要原因是使用的譜字，不同的太多，變化差距太遠。以西樂解釋之，即二管門使用的音系差異性太大，『义、工、六、甩、伬』等音的音高都不同，無法近系轉調。」（頁322）

〔註149〕呂錘寬：《泉州絃管（南管）研究》，頁87。

〔註150〕呂錘寬：《南管音樂》，頁94。

圖表 16　呂錘寬南管指套結構分析比較

1982《泉州絃管（南管）研究》	2011《南管音樂》
1. 鼓子詞體　　　　⟶	1 單曲牌反覆
2. 賺詞體	
3. 諸宮調體　　　}　⟹	2 曲牌連綴體
4. 大曲體	

吳佩熏繪製

　　檢閱呂氏 1982 年和 30 年後的論述，促使筆者重新思索南管指套的聯套方式。誠如呂氏所言，「聯套」這個詞彙並非南管文化圈所有，乃借用南戲北劇之術語；以「聯套」的原義論之，很重要的前題是要同宮調，劇作家取同一宮調裡的數支曲牌，試以各種排列組合創作出諸多的聯套，慢慢去蕪存菁地形成格律、音樂最為和諧緊密的「套式」以敷演劇情。而南管指套的篇幅不及戲曲的聯套，但集結數曲以成眾的演化概念的確是雷同的。至於，是否如同戲曲聯套以「同宮調」為重要前提，在南管音樂中反而不以「同管門」作為指套成套的必備條件，誠如前文澄清之概念，南管四個管門皆以「工」(d)為基礎音，不像五宮四調有不同笛色調高的問題，是以轉換管門並不會影響指套的聯綴成套，〔註151〕但欲討論指套之結構，使用不同管門以成套，聲情的變化定是更加豐富的。以此為出發點，重新思索指套的音樂結構，或可以先粗分成「同管門」和「不同管門」兩大類，而南管之所以能有「不同管門」的聯套，主要還是以五空管為核心，和其他管門進行轉換，以管門間可使用的音「差距兩音以內」為原則，而非任意管門的配搭皆能成立。再進一步論指套內的組織結構，參照南北曲的聯套方式，南曲聯套「引子－過曲－尾聲」的規律最適合藉以描述南管指套的結構方式，又因同管門，自然可能有單曲重覆的結構方式，於此或可再借用「單曲重頭」之術語也無不可。以下，筆者繪以圖表示之：

〔註151〕指套《忍下得》由五空管轉倍士管，琵琶手在平時就要練習第三線「士空」的「退絃」，掌握左手將「正士 (g)」調低半音到「貹 (^{b}g)」的手感與音感，於彈奏過程樂不斷聲地左手調絃、右手彈撥。感謝林珀姬師的補充與說明。

圖表 17　指套結構草擬圖

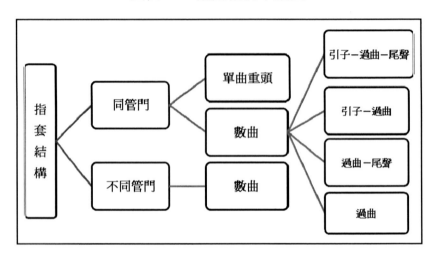

吳佩熏繪製

　　以上，看似可行的結論，然筆者總覺得「隔靴搔癢」。呂錘寬《泉州絃管（南管）研究》的附件三「套曲組織的比較」，[註152] 列出劉鴻溝《閩南音樂指譜全集》、林霽秋《泉南指譜重編》和吳明輝《南管指譜全集》三個版本指套的門頭牌名，透過呂氏的匯整，將門頭牌名集中呈現，促使筆者不住反思，南管指套的音樂結構逕借用南曲聯套真的合適嗎？戲曲「聯套」的意義在於以一段關係緊密的音樂來鋪排劇情，然而南管指套尚有集不同管門、不同故事，在文辭內容上可以沒有嚴謹的因果關係，可能在摘取戲文片段時，已經破壞原本戲文的套曲結構也說不定。

　　釐清兩方規模有別、成套原因不同後，筆者實在無法輕易地挪用戲曲的聯套來解釋之。筆者唯一能做的，只有回歸到音樂本身，回想自己和團員一起完整合奏指套《一紙相思》、《為君去時》、《虧伊歷山》的經驗；指套以二至五見曲組成，何以指套內門頭大韻的轉換得以如此流暢美聽，可能才是研究南管指套的音樂結構的核心所在。雖然以筆者目前的能力尚無法剖析如此專業的音樂議題，但若要借鑑曲牌體發展的脈絡來描述南管指套的規模，或許縮小至「曲組」的曲體層級看待之會更為恰當。

　　楊韻慧在〈絃管指套宮調研究〉文中，提出「指套曲牌的聯接特點」，筆者試引之討論，作為本節的補充：

<hr>

〔註152〕呂錘寬：《泉州絃管（南管）研究》，頁 352～358。

1. 以同管門、音樂質性相近的曲牌作爲聯接原則
2. 節奏的漸變性特點
3. 一節中含多曲牌聯接時，會側重某一曲牌的音樂篇幅而模糊其他的曲牌的特點
4. 句尾重句的特點〔註153〕

第 1 點筆者在前文已作說明，南管爲固定調記譜，且管門不具翻調關係，不會影響到指套的聯套；第 2 點楊氏指出的是南管音樂的律動特性，不論以個別曲子或擴張篇幅形成指套、譜，於開始和結束時都要放慢速度，指套以數見曲聯接，兩曲銜接時仍要保持這種律動原則，以放慢的速度四平八穩的過度衒接，再運行至該曲撩拍應有的速度感，上文亦有論及。第 3 點特別指七撩拍的曲子，會以集曲的結構，集合三撩或一撩的門頭以加快樂曲的速度，營造聲情的變化，觀察指套中這類集曲結構的曲子，楊氏謂：「一節中含多曲牌聯接時，該節會側重某一曲牌的音樂篇幅而相對減少其他曲牌的音樂份量。這些份量減少的曲牌只具過渡作用，除了音樂特性與大韻比較模糊外，還受前、後曲牌的影響」，林師對「側重說」持不同看法，林師認爲集曲就是要同時呈現美聽之腔韻。而第 4 點，楊氏觀察到「指套套曲除了每套最後一節句尾重句有完整的結束樂句作爲終止外，其他各節的句尾重句通常是不完整的。若出現完整的樂句，通常還會在該樂句後面加進一個不完整、短小的過渡樂句作爲引入下一節的開始」的現象，〔註154〕此即筆者前文所述，〈行到涼亭〉爲指套中的第二齣，句末曲詩出現重句（林師稱爲「雙煞尾」），並帶有一個不完整的「不女」尾，乃是爲了要衒接到下一齣的準備；然而仍是有單煞作結的指套，如《父母望子》、《繡閣羅幃（北）》、《惰梳粧》這三套（慢尾的部份不論），〔註155〕最後以單煞句結束，而《羅幃坐臥》只有一齣，該齣也是單煞作結。因此 48 套中，有 4 套指套的結尾並非重句。

四、套　曲

　　另外，南管音樂中，尚有「散套」。此稱法爲呂氏於 1986 年撰輯《泉州弦管（南管）指譜叢編》所提出，〔註156〕與指套有別，由四至五人樂不斷

〔註153〕楊韻慧：〈絃管指套宮調研究〉，頁 177～178。
〔註154〕兩段引文參見楊韻慧：〈絃管指套宮調研究〉，頁 178。
〔註155〕感謝林師的指導，2013 年 7 月 9 日 email。
〔註156〕呂錘寬撰輯：《泉州弦管（南管）指譜叢編》，頁 293～413。

聲輪流演唱；細繹呂氏「散套」之定名，推測應取自「散曲，成套演唱之」。
鄭國權主編《泉州弦管名曲續編》因收錄《梁州序套》，特撰「散套的演唱
方式」說明之，其內容摘自呂氏《泉州弦管（南管）指譜叢編》（以下簡稱
《呂本》）一書，是以同樣稱為「散套」。〔註157〕2001 年蔡郁琳〈「散套」
曲目研究——以郭炳南蒐藏的手抄本為主〉一文，〔註158〕整理郭炳南收藏
抄本中所有的「套曲」，拿來和《呂本》作比對，蔡氏沿用呂氏「散套」的
用法，但文中說明樂人習慣以「套曲」稱之。2007 年王櫻芬與李毓芳共同
編撰《跮步近前聽古音——鹿港聚英社林清河譜本》，王氏從《潘榮枝手抄
本》卷七、卷九，及《金蘭社曲簿第四集》、《吳再全手抄本》皆有「套曲」
之紀錄，判定「套曲」一詞「確實曾經為南管樂人所使用」，〔註159〕遂沿用
此稱法。呂氏 2011 年《南管音樂》亦改稱「套曲」。〔註160〕林師 2011 年撰
著《百拍大倍齊雲陣套曲》一書，同樣根據手抄本所錄，及訪問老藝人所得，
以「套曲」稱之。〔註161〕細繹「套曲」構詞的意義，應為「成套的散曲」。
林師於 2010 年率領南管組碩士班、大學部學生，和臺北華聲南樂社團員齊
力重現《大倍齊雲陣》，一方面作為應屆碩班畢業生的畢業音樂會，並將研
究心得、練習成果出版成有聲書以茲紀念保存，使得我們對於「套曲」的認
識更加具體。

　　根據呂氏一九八○年代的田野調查，當時唯一演唱過「套曲」的南管人
為鹿港雅正齋的郭炳南（1905～1990），郭氏自言在二十三歲時（1928）唱
過一、兩次，從此再無聽聞套曲的演唱情形。因此，我們今日對套曲的認知，
只能透過學者們的努力，從目前的研究匯整中得知抄錄這些「套曲」的曲簿
有：

　　　　臺南南聲社《曲簿丁集》　共八套（不含《梁川序套》）

　　　　鹿港聚英社原林清河收藏曲簿（二冊）　共九套（有四套抄錄不完
　　　　整）

〔註157〕鄭國權主編：《泉州弦管名曲續編》，頁 180～182。
〔註158〕蔡郁琳：〈「散套」曲目研究——以郭炳南蒐藏的手抄本為主〉，《彰化文獻》
　　　　第 3 期（2001 年 12 月），頁 153～177。
〔註159〕王櫻芬、李毓芳編著：《跮步近前聽古音——鹿港聚英社林清河譜本》，頁
　　　　338。又可參見李毓芳：〈南管套曲《黑麻序套》的研究〉，《臺灣音樂研究》
　　　　第 4 期（2007 年 4 月），頁 55～82。
〔註160〕呂錘寬：《南管音樂》，頁 155～165。
〔註161〕林珀姬：《百拍大倍齊雲陣套曲》，頁 2。

　　吳再全的曲簿　共九套

　　郭炳南收藏的鹿港雅正齋曲簿　共八套（不含《梁州序套》）

　　潘榮枝抄寫的曲簿　共八套（不含《梁州序套》）

　　菲律賓金蘭社的曲簿　有二套（《梁州序套》和《齊雲陣套》，皆不
　　完整）〔註162〕

雖然這些手抄本筆者無從親自得見，但是透過這些可貴的二手研究，仍可使
我們瞭解「套曲」的現存狀況。以下列出筆者所知出版品中包含「套曲」者：

表格 13　套曲類出版品

出版年	書　　名	編撰者	套數	出版項備註
1987	《泉州弦管（南管）指譜叢編》	呂錘寬	9	臺北文化建設委員會出版
2007	《踮步近前聽古音——鹿港聚英社林清河譜本》	王櫻芬、李毓芳	9	彰化縣文化局出版《桃紅春天本》5套，《花心動本》4套

吳佩熏整理

　　從手抄本的記載拼湊其樣貌，目前可見的套曲共有九套：

　　《黑麻序套》、《傾盃序套》、《十三腔序套》、《恨蕭郎套》、《齊雲陣
　　套》、《玉樓春序套》、《薔薇序套》、《梁州序套》、《大都會套》〔註163〕

抄本中提供了套曲排場時前後配搭的指、譜，即演唱人員的編制。因抄本已
明確註明各套曲搭配的「指」和「譜」，是以比起一般整絃時「起指」——「開
曲」——「落曲」——「煞譜」需選用同管門的原則更加謹嚴。以下轉引呂
氏《南管音樂》書上的整理「表 27：大小都會套曲排場程式表」：

序號	起	演　唱	煞
1	指套：妾身受禁第二節	十三腔序	譜：百鳥歸朝第六節
2	（僅書寫：指和）	薔薇序	譜：走馬
3	指套：自來生長第三節	黑麻序	譜：起手板第六節
4	指套：輕輕行第三節	恨蕭郎	譜：三台令第三節

〔註162〕李毓芳：〈南管套曲《黑麻序套》的研究〉，頁58～59。

〔註163〕參見李毓芳〈南管套曲《黑麻序套》的研究〉，註腳9有整理出套曲名稱的不
　　　同寫法。（頁58）

5	指套：中倍拙時無意	雙調玉樓春	譜：四時景第八節
6	指套：一紙相思第三節	大倍百打（齊雲陣）	譜：四不應
7	譜：八面或三不和	大小都會套	指套：恒梳粧
8	指套：因為歡喜	傾杯	譜：梅花操

至於僅見於吳再全所輯的《中倍梁州序》套曲，吳再全並無該套演奏程式說明。〔註164〕

　　上表中，呂氏指出套曲中搭配的「指」或「譜」僅有某一節，此說不甚合理。筆者翻閱《泉州弦管（南管）指譜叢編》所收九套套曲，曲譜最後皆無起指、煞譜之說明，於該書第四小節「散套的演唱方式」列出了各套固定配搭的指和譜，並未有「第 X 節」之字眼。〔註165〕而林師《百拍大倍齊雲陣套曲》附吳再全先生手抄本，〔註166〕《齊雲陣》最後一頁如下：

圖表 18　吳再全先生手抄本《大倍百打齊雲陣》末頁起指、煞譜說明

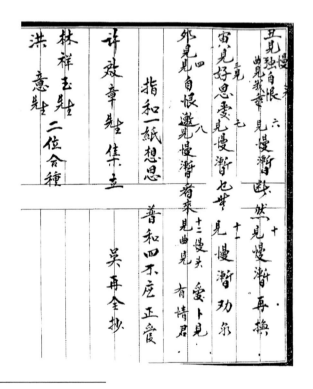

〔註164〕呂錘寬：《南管音樂》，頁 168。
〔註165〕參呂錘寬撰輯：《泉州弦管（南管）指譜叢編》，上編，九套套曲曲譜，頁 313
　　　　～421；「四、散套的演唱方式」，頁 306～307。
〔註166〕曲譜截圖轉引自林珀姬：《百拍大倍齊雲陣套曲》，頁 36。

套曲本身的規模宏大，九至二十一見的曲目，需由四或五位唱者接力演出，
編制相當謹嚴；且吳再全先生手抄本最後說明唱奏順序時，也未寫出「第 X
節」之字眼，若中間套曲演唱一、兩個小時，〔註167〕前後配搭的指、譜僅奏
某一節，那麼三個環節的時間比例將更加懸殊，與套曲所佔的時間比例就不
協調了。因此，實地演出時，起指和煞譜不應只取其中一節，而是要整套演
奏。

　　整絃時若決定要演唱「套曲」，則不唱一般的「曲」，排場的順序則按照
各套曲首尾之配搭，以「指」→「套曲」→「譜」進行，《大小都會套》最
為特殊，先奏「譜」，「套曲」演唱完畢後，再以「指」煞尾。套曲的演唱的
形式，引子和最後的尾聲必由第一曲腳演唱之，中間視過曲的數量分由四或
五人（包含首席唱者）循環二至三次。《呂本》將各套曲的演唱編制逐一列
出，〔註168〕本文以林師重現的《大倍齊雲陣》為例，當時音樂會的編制為：
〔註169〕

| | 唱　序　曲　名 | | | |
	第一曲腳：林珀姬	第二曲腳：魏美慧	第三曲腳：趙庭芳	第四曲腳：盧盈好
第一循環	1.【慢潮】〈恨我爹爹〉	2.【不孝男】〈獨自恨〉	3.【不孝男】〈好恩愛〉	4.【水晶絃】〈自伊邀恨〉
第二循環	5.【水晶絃】〈幸前日〉	6.【慢潮】〈斷然是我〉	7.【慢潮】〈叨無采〉	8.【慢潮】〈看來是〉
第三循環	9.【慢潮】〈叨路學得〉	10.【慢潮】〈改換了〉	11.【慢潮】〈勸恁莫得〉	12.【孝順歌】〈愛卜見〉
第四循環	13.【孝順歌 尾聲】〈好緣份〉			

　　九套套曲可查出確切曲詩出處者，為《黑麻序套》寫陳彥臣故事，〔註170〕
《傾盃序套》〔註171〕和《百拍齊雲陣套》〔註172〕寫劉奎、雲英故事，吳再全

〔註167〕參考林珀姬《百拍大倍齊雲陣套曲》所附 CD，統計中間 13 見曲共唱了 117
　　　　分 43 秒，前面的指套《一紙相思》三齣共 48 分 30 秒，煞譜《四不應》八節
　　　　12 分 14 秒。

〔註168〕呂錘寬撰輯：《泉州弦管（南管）指譜叢編》，上編，頁 308～311。

〔註169〕林珀姬：《百拍大倍齊雲陣套曲》，筆者補上各位演唱者的姓名，頁 11、24。

〔註170〕參見李毓芳：〈南管套曲《黑麻序套》的研究〉，「二、《黑麻序套》曲目與曲
　　　　詞內容」，頁 60～62。

〔註171〕參見王櫻芬、李毓芳編著：《踅步近前聽古音——鹿港聚英社林清河譜本》，

本和林清河《桃紅春天本》所抄入的《梁州序套》與西廂故事有關，〔註173〕《十三腔序套》將十二月份的景致與閨怨情詞相融合，《薔薇序套》鋪排得是四季之景，林清河本的《大都會套》曲詞爲孟姜女故事，然南聲社、吳再全本、潘榮枝本則爲一般閨怨詞，《玉樓春序套》和《恨蕭郎》似無具體故事背景，皆屬一般閨怨情詞。

上述爲抄本上所提供的「套曲」相關訊息。除此之外，南管音樂的樂章單位，本文行文間特別寫作「見」[kiN³]，也是從「套曲」抄本上所得來的。潘榮枝抄寫時寫作「見」，郭炳南收藏的鹿港雅正齋曲簿也作「見」，南聲社的曲簿、吳再全的曲簿寫作「徑」。林師推測泉州話[kiN³]的發音，可能是「來自南北曲『支曲』的『支』，音近致誤。」〔註174〕

以下探討套曲的音樂結構。雖然套曲在活傳統沈寂已久，但學者們還是就有限的材料加以考究，筆者細讀之後也發現套曲的確有值得討論的議題，試從拍法結構和門頭牌名的組合兩方面論之。

王櫻芬《跬步近前聽古音——鹿港聚英社林清河譜本》曲譜後有研究論述，其中匯整了目前可見的九套套曲各抄本間的差異，以表格的方式比對之，使得門頭、牌名、曲名的異同一目了然；於各套曲組成結構、撩拍變化、過枝曲的使用，皆有精闢探討，啓發筆者甚多。從王氏歸整出的套曲結構的多樣性，可以確知套曲一定是前有「慢頭」，後有「慢尾」：

《薔薇序套》	慢頭－七撩－ 三撩拍過一二拍－慢尾
	慢頭－七撩－ 一二拍－慢尾
《黑麻序套》	慢頭－七撩－ 一二拍－慢尾
《十三腔序套》	慢頭－七撩－ 一二拍－慢尾
《梁州序套》	慢頭－七撩－ 一二拍－慢尾
	慢頭－七撩－ 一二拍－疊拍－慢尾
《玉樓春序套》	慢頭－七撩－ 一二拍－慢尾

頁341～345。

〔註172〕參見徐智城：《套曲〈大倍齊雲陣〉的打譜與詮釋》（臺北：國立臺北藝術大學傳統音樂學系演奏組碩士論文，2009），第二章第二節「本事」，頁15。

〔註173〕沈婉玲《南管對「西廂故事」之接受與轉化》第三章第三節「南管『散套』中之西廂曲」以吳再全本、林清河本、林霽秋本（原書不見，轉引自劉念茲《南戲新證》，只有曲詩，無工乂譜）（臺南：國立成功大學中國文學所碩士論文，2010），頁31～38。

〔註174〕林珀姬：《南管樂語與曲唱理論建構》，頁42。

《傾盃序套》　　慢頭－七撩－破腹慢－　一二拍－慢尾
《恨蕭郎套》　　慢頭－七撩－破腹慢－　一二拍－慢尾
《齊雲陣套》　　慢頭－七撩－破腹慢－七撩－慢尾
《大都會套》　　慢頭－散板－疊拍－　一二拍－七撩－慢尾
　　　　　　　　慢頭－七撩－　一二拍〔註175〕

　　南管音樂中有一類帶散板的曲子，除了在整絃時「起曲」必唱「帶慢頭的曲子」，「煞曲」必唱「帶慢尾的曲子」，〔註176〕且中間選唱的「過枝曲」也常有「破腹慢」之外，平時唱曲時，散板部份常被省略不唱，直接演唱規律撩拍的曲詩，因此筆者平常接觸到「慢頭」、「慢尾」的機會並不多。翻閱《呂本》所輯錄的九套套曲，發現散板在套曲中運用的十分頻繁，除了常見的附帶性質的「慢頭落七撩」、「七撩帶尾聲」，另有整曲皆為散板之情形。在套曲演唱的過程中，每位曲腳在每一輪演唱的曲目其份量當應該相當，因此，這種全散板的正曲——「慢瀟」，格外引起筆者的注意。

　　其次，從《呂本》列出各套曲的「演唱序表格」可知，第一曲腳的負擔最為吃重，首尾皆由第一曲腳包辦，因此要比其他曲腳多唱一曲（最後一輪的尾曲），且套曲中轉換撩拍的過枝曲也常落在他的身上。《呂本》這九個表格中，第一曲腳第一輪和最後一輪的表格中，或記一見曲名，或記兩見曲名，如「表六、《十三腔序》之演唱序」第一曲腳在第一輪要演唱：「1. 暗切情人2. 雪落初晴」，呂氏的理由是：

> 依傳統之說，第一曲與第二曲合為一曲，但第一曲亦頗長，為獨立
> 之引子，較之散曲的慢頭只一句或二、三句者長數倍，因此吾人將
> 本套計為十四曲，但第一、二曲仍由第一位演唱。〔註177〕

呂氏的說明使筆者不禁揣想，套曲是否會因為使用較多的散板，而影響其整體的結構呢？筆者請教演唱過《百拍齊雲陣》的林師，林師向筆者闡述道，就活傳統而言，套曲的確保有較多的散板唱段，可能整曲都是散板，如她當時演唱《百拍齊雲陣》的首曲〈恨我爹爹〉，和第三循環的〈㐌路學得〉，也

〔註175〕王櫻芬、李毓芳編著：《跫步近前聽古音——鹿港聚英社林清河譜本》，頁356。
〔註176〕可參見第一章第三節，圖表7：2012年9月29日合和藝苑秋季整絃會奏程序表。
〔註177〕呂錘寬撰輯：《泉州弦管（南管）指譜叢編》，上編，「表六、《十三腔序》之演唱序」之後的說明，頁308。

有篇幅較小的散板，如第二曲腳魏美慧唱的〈獨自恨〉，只有「獨自恨」三字是散板，那麼該曲的拍法則為「七撩拍帶慢頭」；就《百拍齊雲陣》的結構，第一曲腳已經唱了十幾分鐘的散板了，所以「過枝曲」（散板落七撩）就由第二曲腳負責（〈獨自恨〉）。又若在整絃時，如 2012 年 9 月 29 日合和藝苑舉行孟府郎君秋祭暨整絃活動，節目單上的起曲為〈恨我爹爹〉，然而現場演唱時，其實是連唱〈恨我爹爹〉和〈獨自恨〉作為當天的「起曲」的。因為整絃排場必須遵守「起曲帶慢頭」之規矩，而〈恨我爹爹〉全為散板，所以得接連唱到〈獨自恨〉，才會由散板唱到七撩；若只唱〈獨自恨〉一曲，雖然也符合「起曲帶慢頭」，但散板唱段只有「獨自恨」三字，篇幅太短，〔註178〕因此得連唱〈恨我爹爹〉和〈獨自恨〉兩曲。據當日錄音，起曲約唱二十分鐘，入撩拍的「我命乖」約在第六分鐘，可知當日的散板約唱的六分鐘（即〈恨我爹爹〉＋「獨自恨」三字，參見下表右欄畫線處）。

　　這就是活傳統實地的應用情形，可見散板十分靈活，同樣一見〈恨我爹爹〉，作為套曲《百拍齊雲陣套》的首曲，林師唱了十分鐘，〔註179〕而當作排門頭的起曲時，〈恨我爹爹〉被當作「帶慢頭」的一部分，約只唱了五、六分鐘，何以會有時間上的差異呢？仔細對照吳素霞老師的版本和林師採用的《泉本》，因版本不同，曲詩和琵琶指法定有出入，再者，因散板為自由拍，唱者詮釋時的節奏感也會影響樂曲的篇幅。〔註180〕

〔註178〕臺北華聲南樂社蕭志恆師兄說：「正式場合的慢頭，起碼要四句，才算正式」。感謝蕭師兄的說明與錄音資料的提供。

〔註179〕林珀姬：《百拍大倍齊雲陣套曲》，所附 CD（壹），〈恨我爹爹〉10 分 26 秒。

〔註180〕感謝林師 2013 年 1 月 22 日邀筆者一起去坪林玩南管，並為筆者解惑。

圖表 19　【大倍】〈恨我爹爹〉《泉本》、《吳本》比較

林珀姬《百拍大倍齊雲陣套曲》採用《泉州弦管名曲續編》

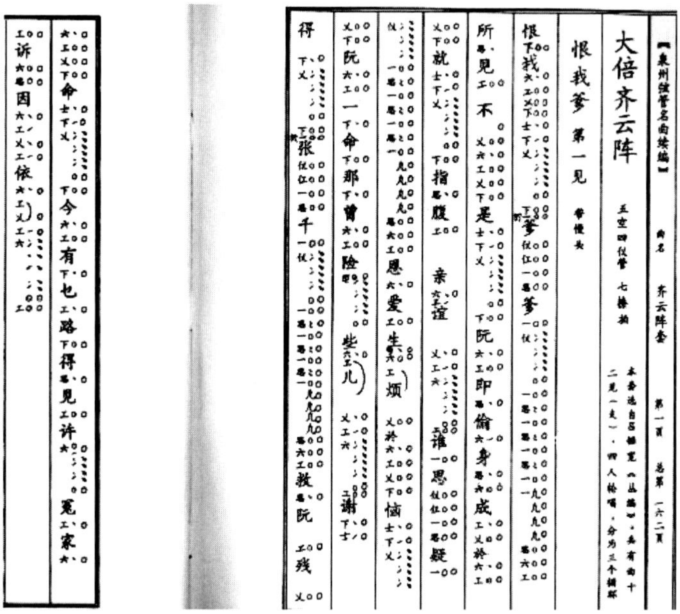

2012 年 9 月 29 日合和藝苑秋季整絃吳素霞老師提供的曲譜

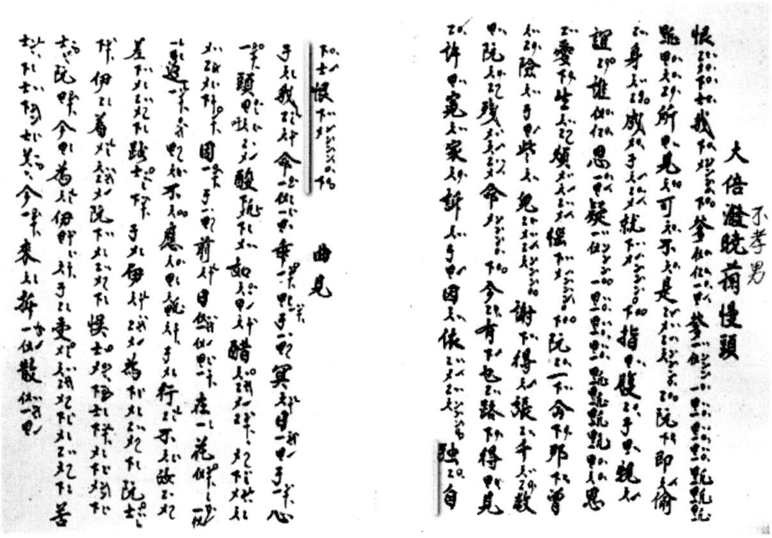

吳佩熏整理

　　回到套曲的編制，呂氏在為曲目編號時，將「引子」和「正曲」分開成兩曲編號，是否恰當呢？更甚至在《大都會套》，呂氏將第一曲腳第四循環演唱的過枝曲（一二拍過七撩）編號成 13〈更深夜靜〉（一二拍）、14〈仔細思量〉（七撩拍）兩曲。〔註181〕這樣的編號可能會造成誤導，也不合於南管「過枝曲」在一見曲內連接不同撩拍、門頭的認知，因此此處實無必要將該曲依照不同拍法編號成兩見曲子。且套曲的演唱方式就是由四至五人輪唱，在每次循環中各唱一曲，至於散板比重的多寡，則屬於音樂結構的問題。如王氏書上整理的九套套曲「曲目及牌名表」，表格的分欄即符合筆者上述的原則，每一欄可視為一見曲，如「表九：《玉樓春序套》曲目及牌名表」〔註182〕共有九欄，由四位曲腳輪唱，第一、五、九見曲由第一曲腳演唱（僅列出曲名一列，欄位編號為筆者所加，方便對照）：

《玉樓春》曲名	1	2	3	4	5	6	7	8	9
	早鶯啼身懶金蓮（慢頭）	風輕日遲（七撩）	西風冷微（七撩）	雪花飛（七撩）	相思那為（七撩落一二）	正是春來（一二拍）	薰風夏天（一二拍）	看秋天（一二拍）	見冬天（一二拍）

參見呂氏「表十、玉樓春之演唱序」〔註183〕，則將演唱曲目編為十一見：

	I		II	III	IV
第一循環	1 身懶金蓮	2 早鶯啼	3 風輕日遲	4 西風冷微	5 雪花飛
第二循環	6 相思那為		7 正是春來	8 薰風夏天	9 看秋天
第三循環	10 見冬天	11 停針覓繡			

　　又王氏整理的表格中，若在中間的過曲為全散板，手抄本記作「慢漕」，

〔註181〕呂錘寬撰輯：《泉州弦管（南管）指譜叢編》，上編，「表十二、《大小都會》之演唱序」，頁310。

〔註182〕王櫻芬、李毓芳編著：《踱步近前聽古音——鹿港聚英社林清河譜本》，頁357。

〔註183〕呂錘寬撰輯：《泉州弦管（南管）指譜叢編》，上編，頁309。

王氏則在表格的第一列標爲「破腹慢」，如「表六：《恨蕭郎套》曲目及牌名表」〔註184〕第6、7、8欄（欄位編號爲筆者所加，方便對照。）：

	1	2	3	4	5	6	7	8	9
《恨蕭郎》曲名	早起西風（慢頭）	豈會不知全伊去（落七撩）（慢頭）	君隔在東（七撩）	分散分離（七撩落慢尾）	利刀做割得我（落七撩）（慢頭）	金風剪（破腹慢）	落眠卜睡（破腹慢）	那著風吹（破腹慢）	阮心內那瀅得（慢尾）（慢頭落一二拍）

　　筆者推測王氏標作「破腹慢」，可能是以該套曲爲一整體，因散板出現在中間，所以視作「破腹慢」。王氏此舉當然是一種考量，但誠如本小節一開始所引，王氏最後歸納出的「套曲（拍法）結構」較爲簡略，無法精確地彰顯「全散板」在套曲中擔任「正曲」的地位，筆者參考林師《百拍大倍齊雲陣套曲》的「慢㦷」，可能是較有辨別性的標示方法。

　　因此，筆者先集中觀察抄本中出現「慢㦷」、「㦷慢」、「㦷仔」、「慢針」時的拍法變化，其中《百拍齊雲陣套》、《大都會套》、《傾盃序套》、《恨蕭郎套》這四套中皆有獨立的散板曲，且第一曲腳在第一輪演唱的爲全散板的曲目，撩拍轉換由第二曲腳在第二曲進行。爲了使撩拍變化及第一曲腳負責的曲目一目了然，統計時會一併標出，並將全散板的曲目統稱爲【慢㦷】，簡明的歸納如下：

圖　示	說　　明
⬛ (綠色虛線框線)	綠色虛線框線：第一曲腳演唱曲
➡ (橘色粗箭頭)	橘色粗箭頭：有過枝曲，如「七撩落一二拍」
→ (橘色細箭頭)	橘色細箭頭：無過枝曲
⇢ (虛線箭頭)	該過枝曲由第一曲腳演唱

〔註184〕王櫻芬、李毓芳編著：《踮步近前聽古音——鹿港聚英社林清河譜本》，頁349。

圖表 20　套曲撩拍結構及第一曲腳演唱情形示意圖

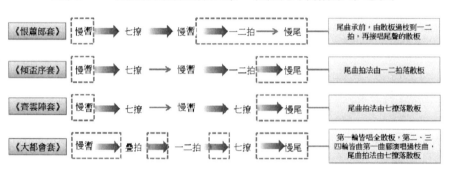

吳佩熏設計，洪彥成繪圖

　　《傾盃序套》和《恨蕭郎套》的首曲，抄本上並未寫「慢漕」，而是記寫
爲「慢頭」或「慢」，但筆者根據其獨立性和其篇幅，且由第一曲腳負責，判
定爲「慢漕」。《百拍齊雲陣套》筆者參考林師《百拍大倍齊雲陣套曲》，將首
曲視爲「慢漕」。〔註185〕這四套套曲有一共通現象，第一曲腳在第一輪唱首曲
時皆是全散板的【慢漕】，「七撩拍帶慢頭」的上板曲由第二曲腳演唱，《大都
會套》的情形最爲特殊，第一輪四位曲腳各唱一見【慢漕】，第二輪由第一曲
腳演唱「慢頭落疊拍」，由第一曲腳演唱入板曲，且在三、四、五輪時，第一
曲腳皆演唱過枝曲，負責轉換撩拍。

　　在另外五套中，第一曲腳的首曲的拍法已由散板進入到七撩拍，且每一
輪撩拍的轉換皆由他負責：

圖表 21　套曲撩拍結構及第一曲腳演唱情形示意圖

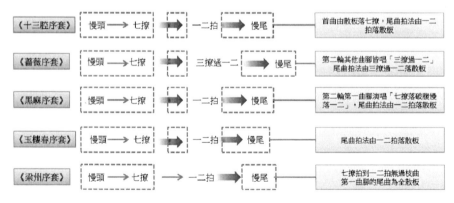

吳佩熏設計，洪彥成繪圖

〔註185〕林珀姬：《百拍大倍齊雲陣套曲》，頁 12。

　　從曲譜和《呂本》「套曲演唱順序表格」，皆可看出第一曲腳在《十三腔序套》、《薔薇序套》、《黑毛序套》、《玉樓春序套》、《梁州序套》這五套第一輪時要先唱全散板的【慢㽎】，再唱進入規律撩拍的曲目，因散板的篇幅較大，所以曲譜沒有將散板和入板曲接連抄寫在一塊，意即第一曲腳要從散板唱到七撩，後面幾位曲腳直接續唱七撩拍完成第一個循環；第二輪再由第一曲腳演唱「過枝曲」，使套曲進入一撩拍，其他曲腳再接力演唱變化後的撩拍曲目；而第三循環已告尾聲，前四套曲由第一曲腳演唱「帶散板的尾聲」做結，只有《梁州序套》最後一見為全散板的尾聲，倒數第二見曲先行轉換拍法（一二撩帶尾聲）。

　　總結上述，此九套皆以散板作為起始拍法，筆者認為，此律則即為今日排門頭「起曲帶慢頭」的大方向，其差別在於排場時必需在「起曲」即完成「散板到入板」的拍法變化，而「套曲」則容許更多比重的散板，因此第一曲腳的首曲可有兩種情形，一是唱全散板的【慢㽎】，過枝曲交由第二曲腳演唱，或是第一曲腳的首曲由「散板唱到入板」，只是其散板的篇幅比起一般附帶性質的「帶慢頭」更長，所以抄本上很清楚的看得到會有換行抄寫的情形。

　　那麼，僅在南管套曲出現的「慢㽎」究竟為何？筆者在閱讀的過程中，參閱胡忌〈論南戲曲牌中的慢、近兩體〉，文中討論【賺】曲的演變，胡氏指出：

> 楊著（按：楊蔭瀏《中國古代音樂史稿》）引證了很多資料、主要是以崑曲資料為主，沒有涉及南戲系統的更多劇種；其實，梨園戲中也是這樣。《中國戲曲志‧福建卷》介紹梨園戲音樂，有二：此外尚有「賺」，即頭三板，結束亦三板，中間散板，最後曲詞為四字式。〔註186〕這就是【賺】曲的特性。莆仙戲的「賺」又可寫作「暫」。〔註187〕

　　起初筆者懷疑【慢㽎】是【賺】曲的遺留，但是再參看王驥德《曲律‧論過搭第二十二》〔註188〕和楊蔭瀏《中國古代音樂史稿》補充的【賺】曲節

〔註186〕中國戲曲志編輯委員會：《中國戲曲志‧福建卷》，頁206。
〔註187〕胡忌：〈論南戲曲牌中的慢、近兩體〉，《南戲論集》，頁301
〔註188〕〔明〕王驥德《曲律》：「古每宮調皆有【賺】，取作過度而用。緣慢詞（即引子）止著底板，驟接過曲，血脈不貫，故【賺】曲前段，皆是底板，至末二

奏特點，〔註189〕釐清【賺】在每個樂句的最後下底板，且末尾以一板一眼四言歌詞作結，此則和南管套曲中的【慢㽮】有所不同了。因此，上引《中國戲曲志‧福建卷》所言的【賺】，應為戲曲聯套慣用的【賺】，與套曲的【慢㽮】非同一事也。筆者與林師多次討論這個問題，林師認為，南管中的散板運用靈活，可因其出現的位置，分為「慢頭」、「破腹慢」和「慢尾」，但這三種散板因篇幅短小，僅為附屬性質；但在南管套曲中，散板的篇幅被放大使用，其份量已經如同獨立的曲目了，此時，給予這種作為雙曲演唱的全散板唱段，即稱為【慢㽮】。〔註190〕

　　李昌集《中國古代散曲史》析論諸宮調到元曲的【尾聲】，歷經了附加性質的程式唱段，到成為獨立曲牌的變化過程；而南曲的【尾聲】特質有二，其一是「一曲帶尾」的附加唱段，其二是「尾隨令行」，曲和尾聲之間不用說白。〔註191〕南管的地域方言雖屬南戲系統，但就南管中【慢㽮】已獨立演唱，則散板的發展情形可說和北曲的【尾聲】有同工之妙。

　　若就組成套曲的門頭牌名觀之，其音樂結構又是如何呢？李毓芳分析《黑麻序套》的音樂銜接方式，該套以【花心動】→【黑麻序】→【漿水令】（A-B-B-B-B-B-C-C-C-C-C）之結構組成套曲，李氏並對照《康熙樂府》、《九宮大成》等曲譜，發現【黑麻序】→【錦衣香】→【漿水令】為十分常見的曲組，並舉《南詞新譜‧雙調尾聲總論》說明南管《黑麻序套》【花心動】→【黑麻序】→【漿水令】的音樂結構，乃其來有自：

　　　　若用黑蠘序同前或二或四　錦衣香一曲　漿水令一曲　尾聲同前。

　　　　句始下實板。」《中國古典戲曲論著集成（四）》，頁128。

〔註189〕截引楊蔭瀏《中國古代音樂史稿》：「1.散板與定板交錯混合應用的一種曲式。2.在每個樂句的開頭，常打三板，三板中前兩板是正板，均勻地打在樂句開始連續的兩拍上，後一板是底板，在隔了一些時間之後，打在樂句中的第一個小逗的末一音的後面。【賺】的末尾總以一句四言歌詞結束；前面一路用散板歌唱到這句四言歌詞，便忽然轉入一板一眼。」上冊，頁306～307。

〔註190〕感謝林師的說明，2013年7月3日email、2013年7月10日晚上孔廟圍練時間。

〔註191〕以上參看李昌集：《中國古代散曲史》（北京：華東師範大學出版社，1991），頁44～47、89～91。又李氏書中討論【賺】的唱法，並認為「北曲的【尾】在相當程度上吸收了【賺】的歌法，其目的正在始『套』於尾聲表現某種音樂上的『高潮』。」可見，【賺】和【尾聲】在唱法、拍法、表現意義上有雷同之處，無怪乎筆者一開始會將【慢】和【賺】聯想在一起。【賺】體的論述，見頁56～58。

若用花心動序第一起調第二換頭 黑蟆序二曲俱用換頭 錦衣香漿水令二曲
尾聲同前。〔註192〕

李氏的研究十分振奮人心。首先,「套曲」的曲數規模比「指套」更大,
或許更有機會觀察出門頭牌名間形成聯套的規律。如李氏取《黑麻序套》的
牌名去比對曲牌聯套,發現《黑麻序套》的門頭牌名乃有跡可循,可視為「曲
組」的承繼。又參閱林師《百拍大倍齊雲陣套曲》,書中指出【齊雲陣】本身
為曲牌名,〔註193〕該套使用的牌名有【水晶絃】、【不孝男】、【孝順歌】,只有
【孝順歌】見於南曲牌名,林師研究分析出:

> 【孝順歌】是牌名基本型,由增句、加襯、攤破等手法,創造了【不
> 孝男】;再從【不孝男】增句、加襯、攤破,創造了【水晶絃】,所
> 以變化最多的是【水晶絃】,並以【水晶絃】兩曲合百拍而稱:《百
> 拍大倍齊雲陣》。〔註194〕

承上述引文,林師以【孝順歌】作為主題,【不孝男】可視為變奏 A1、A2,
變化更多的【水晶絃】則為 B,歸結出本套曲的結構「重頭變奏」:「變奏 A1、
A2、B1、B2、主題」,並在前、中、後穿插散板【慢潺】,以拉長吟唱的散板
擴充套曲之規模,使整體豐富而統一。〔註195〕

筆者靈機一動,翻閱許子漢《明傳奇排場三要素發展歷程之研究》資料
彙編「丙編 襲用套式」,在「南曲・一般聯套・雙調」和「南曲・疊腔聯套・
雙調」中,找到

> 黑麻序—前腔—錦衣香—漿水令—尾聲
>
> 引—孝順歌—前腔〔註196〕

以上這兩套套曲的結構可證明南管音樂仍是在傳統曲體的發展脈絡中,因
此,筆者也試著去印證其他七套的聯套結構,可有戲曲的襲用套式可供參考,

〔註192〕〔明〕沈自晉:《廣輯詞隱先生增訂南九宮十三調詞譜・卷廿二》(臺北:臺
灣學生書局,1987),頁862~863。參見李毓芳:〈南管套曲《黑麻序套》的
研究〉,「(三)音樂銜接方式」,頁68~69。

〔註193〕參見林珀姬《百拍大倍齊雲陣套曲》:「無意間間檢視明嘉靖本《荔鏡記》
第四十八出〈憶情自嘆〉中出現的第一個曲牌就是【齊雲陣】。其詞結構為
七字句,共六句,句句押韻。這代表【齊雲陣】在明代應是南曲的曲牌。」
(頁4)

〔註194〕林珀姬:《百拍大倍齊雲陣套曲》,頁25。

〔註195〕參見林珀姬:《百拍大倍齊雲陣套曲》,頁22。

〔註196〕許子漢:《明傳奇排場三要素發展歷程之研究》(臺北:臺大出版委員會出版,
1999),頁582、605。

但是，又遇到南管與南北曲同名牌名卻相去甚遠的根本問題，加上南北曲曲牌各有宮調歸屬，與南管管門的概念並不相通，是以筆者光是要找出套曲中的牌名隸屬那一宮調，再去翻找該宮調中是否有相近的套式結構，就費了好一番功夫。以其他七套而言，組成套曲的「牌名」不見得在同一「宮調」中，也就更遑論有「襲用套式」以資上溯；其次，手抄本中牌名的抄寫可能有些筆誤，或雜入民間俗字、同音記字等，皆會造成筆者查找過程的躓礙，是以，扣除掉上述兩種情形，只有《十三腔序套》使用的牌名大致皆可見於中呂，如【千秋歲】、【瓦盒兒】、【要孩兒】、【越任（恁）好】、【紅繡鞋】，而抄本寫作【和陽會】，筆者疑為【會和陽】之訛，【天影戲】疑為中呂過曲【大影戲】之筆誤，【芍藥花】疑為【花芍藥】之筆誤，【和佛兒】與中呂【大和佛】、【婁滴金】與中呂【縷縷金】不知所指是所相同？【彩旗兒】則屬正宮曲牌，而非中呂。筆者參考王櫻芬、李毓芳編著《跫步近前聽古音——鹿港聚英社林清河譜本》的「表五、《十三腔序套》曲目及牌名表」所列，選取牌名抄寫較為完整的三本作為代表：

表格14　《十三腔序套》各抄本曲目牌名

	1	2	3	4	5	6	7	8	9	10	11	12	13
曲名	暗切情人（慢頭）雪落初晴（七撩）	日靜風清（七撩）	是清明（七撩）	不寒不熱（七撩）	石榴花紅（七撩落）三撩過一二	水閣涼亭（一二）	庭前梧桐（一二）	中秋月（一二）	芙蓉滿樹（一二）	一冥北風（一二）	滿天上雲（一二）	臘雪紛飛（一二）	一年四季（一二）
南丁	四腔慢頭 花心動	芍藥花	千秋歲	瓦盒兒	柳絲 要孩兒落銀	和陽會	和佛兒	越恁好	婁滴金	天影戲	彩旗兒	隆冬暮	紅繡鞋
花心動本	靜葉花	芍藥花	千秋歲	瓦盒兒	妹姐 要孩兒過小	小妹姐	大影佛	婁婁金	彩旗兒	和佛兒	越任好		紅繡鞋
郭五		千秋歲	白芍藥	瓦盒兒	和陽會	要孩兒	大佛兒	婁金兒	彩旗兒	和佛兒	越恁好		

王櫻芬整理〔註197〕

抄本簡稱説明：

南丁：南聲社《曲簿丁》

花心動本：聚英社林清河的《花心動本》

郭五：郭炳南第 5 號抄本

　　南聲社《曲簿丁》和《潘榮枝本卷七》所列牌名一致，筆者只列南聲社
《曲簿丁》作代表，其次爲林清河的《花心動本》和郭炳南第 5 號抄本較爲
完整詳細，大致可看出《十三腔序套》的牌名聯套情形，然翻查許氏「襲用
套式・中呂」，與上述牌名最相關的套式爲：

> 1. 粉孩兒、福馬郎、紅芍藥、耍孩兒、會河陽、縷縷金、越恁好、
>   紅繡鞋、尾聲
> 2. 引、粉孩兒、紅芍藥、耍孩兒、會河陽、越恁好、攤破地錦花、
>   紅繡鞋〔註198〕

兩相對照後，【耍孩兒】、【會河陽】、【紅繡鞋】、【尾聲】的相對位置是符合
「襲用套式」的第 1 例，其他可能有訛誤的牌名，因筆者沒有把握只能作罷。
從這三本抄本的紀錄，《十三腔序套》所使用的門頭牌名應該大抵如此，其
中有先後順序不同者，疑爲不同師門所造成的版本差異。雖然無法以與戲曲
的「襲用套式」爲借鑒，但這十三個牌名，在南管套曲中自成「曲組」關係，
應該是毋庸置疑的。其他六套因使用的牌名分散到不同宮調，或抄本記寫時
差異太大，且筆者無法在短時間內像林師將《百拍齊雲陣套》各牌名間的音
樂結構摸索的如此透徹，是以只能就此打住，以《黑麻序套》和《百拍齊雲
陣套》爲範例，推測南管套曲的音樂結構與中國曲牌「曲組」的概念互通，
南管樂人在創作這些套曲時，要擇用哪些門頭、哪些牌名，應該是有所憑據
的，因筆者能力有限，只能討論至此，將套曲的音樂結構比擬爲曲牌發展中，
「曲組」的組織規模；而從撩拍觀之，套曲中的散板運用靈活，除了有一般
帶慢頭、帶慢尾的配搭，還將全散板的【慢漕】視爲正曲。以「起曲帶慢頭」
的律則檢視之，套曲首曲的安排必是散板，可以由第一曲腳從散板唱到入
板，或是唱全散板的【慢漕】，過枝曲交由第二曲腳。綜觀南管中各式的散

〔註197〕節錄自王櫻芬、李毓芳編著：《踮步近前聽古音──鹿港聚英社林清河譜本》，
　　　　 頁 348。

〔註198〕許子漢：《明傳奇排場三要素發展歷程之研究》，頁 557～558。

板，有附屬性質的「慢頭」、「破腹慢」、「慢尾」，和獨立使用的【慢漸】，如前文所述，因【慢漸】未下底板，由此可確定【慢漸】與賺曲並不相等，反而和北曲中獨立的【尾聲】有雷同的變化過程。

　　散板的比重是否會影響整體的音樂結構呢？這是筆者很感興趣的部份。但是除了以研究的精神去演繹歸納其結構，更重要的是尊重活傳統的用法！筆者十分幸運，在撰作論文時適巧躬逢南管界《百拍大倍齊雲陣套》的復原重現，以及合和藝苑這幾年的排門頭整絃，同樣的〈恨爹爹〉和〈獨自恨〉，會因時制宜地在不同場合中，以不同的組合方式充任「起曲」，我想，這就是南管音樂的涵蘊與寬闊吧。

五、譜 [phɔ²]

　　「譜」是南管的純器樂曲，只有工乂譜，而無曲詩。以帶有標題的數個樂章組成一套譜，劉鴻溝編《閩南音樂指譜全集》將各個樂章的單位稱為「章」或「節」。譜的演奏用於祭祀郎君、先賢，或排場時最後的收煞，因此又稱「煞譜」[suah⁴ phɔ²]；即便是平時社團練習，下課前也會合奏一套譜，作為當天的句點。〔註199〕

　　詳細的指、譜類出版品如本章第三小節表格12所列，筆者依據呂氏《南管音樂》書上所列，補充了《泉州昇平奏指譜集》和李秀清《南樂指譜重集》，〔註200〕據呂氏的研究，目前總計存有十七套譜，然各指譜集所收稍有出入，但以十三套、十六套的說法最為通行，呂氏的解釋是：「在某一歷史時期所形成的十三套曲目（按：內套），其後再新創或編輯另外三套（按：外套）。」〔註201〕以下筆者以劉鴻溝編《閩南音樂指譜全集》十六套次序為據，〔註202〕並列收有十七套譜的林祥玉編《南音指譜》〔註203〕：

〔註199〕沈冬《南管音樂體製及歷史初探》：「泉州『絃管子弟』對於奏『譜』散場之舊規遵守甚嚴，雖家常小集，僅備四管，於末了亦必循例奏譜一套，以示終場。」（頁35）
〔註200〕參見呂錘寬：《南管音樂》，頁129～132。
〔註201〕呂錘寬：《南管音樂》，頁130。
〔註202〕劉鴻溝編：《閩南音樂指譜全集·目錄》，頁9～10。
〔註203〕林祥玉：《南音指譜·壹》（臺北：施合鄭民俗文化基金會，1991），頁67～72、74～75。

表格 15　南管十六、十七套「譜」對照表

		劉鴻溝編《閩南音樂指譜全集》	林祥玉編《南音指譜》
內 套	1.	子部《起手板》（泉州法、廈門法）	子部《起手板》
	2.	丑部《三台令》	丑部《四靜板》
	3.	寅部《梅花操》	寅部《四時景》
	4.	卯部《陽關曲》	卯部《梅花操》
	5.	辰部《四時景》	辰部《走馬》
	6.	巳部《五湖遊》	巳部《百鳥歸朝》
	7.	午部《八駿馬》	午部《陽關三疊》
	8.	未部《三不和》	未部《三面》
	9.	申部《百鳥歸朝》	申部《五面》
	10.	酉部《八展舞》	酉部《八面》
	11.	戌部《四靜板》（泉州法、廈門法）	戌部《三不和》
	12.	亥部《四不應》	亥部《四不應》
	13.	閏部《孔雀展屏》	閏月部《孔雀展屏》
外 套	14.	外套第一《舞金蛟》	外譜《思鄉怨》
	15.	外套第二《思鄉怨》	外譜《大陽關》
	16.	外套第三《叩皇天》	外譜《哭鳳添》
	17.		外譜《舞讚金蛟》

吳佩熏整理

　　關於南管「譜」的音樂結構，前文已引曾師看法，沈氏亦認爲南管譜之結構爲大曲遺緒：

　　　　這種編組諸節成完整一譜的方式，與戲曲或散曲中聯綴諸多曲牌以成一套數的形式迥然不同，因爲這些自具標題的段落並非各個獨立的曲牌，乃就某一主題加以反復衍申之變奏曲段。又因它全盤跳脫了戲曲音樂的軌範，兼其體制龐大，音容莊雅，因此泉人皆以爲此「譜」樂即唐宋大曲之舊軌遺風。

　　　　各套之小標題常任意命名，因此常有一段二名之情形出現；且其名稱間或與詞曲牌名相同，如鵲踏枝、雁兒落之類，則爲泉人效慕古雅，偶合其稱，與詞牌、曲牌並不相同。〔註204〕

〔註204〕沈冬：《南管音樂體製及歷史初探》，頁35、37。

上引沈氏所言，點明南管「譜」不循曲牌體的發展脈絡，自成一格。而對南管「譜」研究最深的學者當屬呂氏，1982 年《泉州絃管（南管）研究》第四章從「章節校訂」、「清奏譜的比較」、「音樂結構釋例」三方面觀照之，呂氏提出三種「譜」的結構方式：

1. 大曲形式：各套的結構由緩板、慢板、中板到快板
2. 鼓子詞形式：取一主旋律反復或變化反復
3. 傳踏形式：以兩個主旋律迎互循環演奏〔註205〕

第一種結構方式，呂氏也用來分析指套的結構，然誠如筆者前文所言，若只說明拍法的漸快變化恐怕是不夠的，勢必得再深入比對兩者在音樂的編制上可有互通性，如呂氏以《梅花操》為例歸納之，筆者將樂曲結構對照與呂氏說明文字以表格呈現如下：

表格 16　呂錘寬《梅花操》樂曲結構分析

	《梅花操》各節	音樂結構	大曲結構對照	備　註　說　明
1.	釀雪爭春	散序	（散序）	五段音樂分別反復一次，這一部份或可解釋為中序部份
		C1C2	（排遍第一）	
		D1D2	（排遍第二）	
		E1E2	（排遍第三）	
		F1F2	（排遍第四）	
		G1G2	（排遍第五）	
2.	臨風妍笑	（一）	（攧）	這一樂章音樂的性質，與第一章、第三章具有明顯的對比，或可視為從排遍進入破之間的攧遍。
		I	（正攧）	
3.	點水流香	B1	（入破第一）	本章為平行的三段體，後面兩樂章即由 B 的旋律變化而來，在大曲的段數上或可與入破相對照。
		B2	（入破第二）	
		B3	（入破第三）	
4.	聯珠破蕚	A1	（袞遍第一）	A 的旋律為前章 B 的變奏，本章中以 A 反復袞奏，類似大曲中入破以後的袞遍。
		A2	（袞遍第二）	
		A3	（袞遍第三）	
		A4	（袞遍第四）	

〔註205〕呂錘寬：《泉州絃管（南管）研究》，頁 103～121。

		A5	（衰遍第五）	本章中的旋律與第四章同，拍法則
		A6	（衰遍第六）	快一倍，是速度快速的衰遍。A7
5.	萬托競放	A7	（衰遍第七）	（衰遍第七）最少須反復三遍，A7 反復結束後，接緩板的 J 以作為全
		J	（殺衰）	曲的結尾，因此 J 可視為殺衰。

呂錘寬分析，吳佩熏製表〔註206〕

　　曾師指導筆者時，言及大曲結構分為散序、排遍、入破三個部份，是由器樂曲→歌樂曲→舞曲所組成的大型綜合表演；又從宋代的詞牌可觀察到，詞樂中的令、引、近、慢，一脈相承自大曲歌樂曲的「排遍」，而「入破」雖為舞曲，但其節奏最為輕快，是以從「入破」部份摘出了「曲破」。曾師言：「曲破」有廣狹二義，狹義者，指從入破舞曲摘出之新曲，廣義者，指從大曲中破曲摘錄用之，即包涵了排遍和入破。劉宏度《宋歌舞劇曲考》收有【惜奴嬌　曲破】，劉氏後注云：「乃截大曲入破以下用之也」，〔註207〕即曾師所言狹義之「曲破」，可見後人取其音樂，填入新詞，成為一首新的歌樂曲。是以，呂氏將《梅花操》五節分析比擬作大曲結構，就其重頭變奏的結構方式和曲體規模，的確是相當精闢之見解。

　　因筆者實地演奏過的「譜」並不多，因南管「譜」的琵琶指法、技巧最為複雜，《梅花操》一套頂多是幫忙打拍，最熟稔的譜是《八展舞》，因此就筆者目前的程度只能討論至此。誠如沈氏所言，「譜」既無曲詩，各樂章也採寫意式的標題命名，可以確知「譜」是不同於曲牌體的規範。下面一章從曲體流變檢視南管音樂的進程時，就不予討論「譜」了。

小　結

　　本章兩節加入了「語言」，擴充討論南管音樂使用什麼腔調來演唱，而演唱所憑據的載體又是什麼。「泉腔」一節，除了資料性的介紹泉腔內在的構成要素，筆者依循曾師的架構，照表抄課地檢視泉腔，並舉自己習唱經驗佐證之，因所學有限，只能點到為止。「載體」一節即分別介紹「曲」、「指」、「套曲」和「譜」，先交待演出編制、功能質性、曲詩取材和現存狀況，筆者也試著在前賢的基礎上，檢討載體的音樂結構，因能力不足，音樂結構的部份恐怕就沒有什麼創見可言了。透過這些瑣碎的探討，希冀能初步取得共識，以期為南管建構起音樂體製。

〔註206〕呂錘寬：《泉州絃管（南管）研究》，頁103～109。
〔註207〕參見劉宏度：《宋歌舞劇曲考》，頁38～40。

第三章　南管音樂的發展及其體製之建構

　　承接前面兩章，本章試以更宏觀的「南管音樂的發展」和「南管體製之建構」兩個視角整合音樂、文學、理論等議題。

　　如何檢視「南管音樂的發展」？筆者試以韻文學——曲體的發展爲借鑒。中國文化向來是「以樂從文」，文學是爲主體，文人則爲主導者。然而，標誌每一朝代特色的文體，無不是從民間汲取養分蛻變成型。而文學的規範格律、體製結構，在歷代文人的投注、近代學者的努力下條理分明，因此，「南管音樂的發展」憑藉曲體之發展，而「南管體製之建構」所言的「體製」，更是借用文學範疇的「文體」而來。「體製」者，指該藝術的外在框架，爲該藝術中每一作品所反應出來的共性，換言之，爲該類藝術所需共同遵循者。因此，筆者試圖在前人研究基礎上，歸納出專屬於南管音樂的「縱向體製」與「橫向體製」。

　　曾師於台大課堂，[註1] 曾信手拈來講授曲體由簡到繁的發展變化，深深啓發筆者。曾師於黑板上列出十二個曲體名稱，筆者根據當日上課筆記，試分出三個階段：（一）單一曲體的發展：號子、歌謠、小調、詩讚、曲牌，（二）小型組織的曲體發展：重頭、重頭變奏、子母調、曲組，（三）聯套的曲體發展：雜綴、套式、南北合腔、南北合套。本章試以曾師對各曲體的描述作爲參照標準，分出「單一曲見的發展」、「小型組織的曲體發展」兩節，檢視南管各載體的發展情形；第三、四節「縱向組織」、「橫向組織」，則欲將絃友口

―――――――――――――――

〔註1〕　101 學年上學期 12 月 20 日（四）講授內容。

中的樂語系統化，建構出南管音樂的體製系統，其中，南管一以貫之的「縱向體製」基本上乃是比擬中國戲曲、說唱音樂之脈絡所提出，然因南管不循「均」、「宮」、「調」等中國樂語，而是自有一套稱法，再進一步細繹南管樂語之意涵，又不全然等同之，於前文「南管音樂理論之樂語探討」各節中已試作釐清與討論，本章則進一步梳理南管音樂的層次。

第一節　單一曲見的發展

關於曲牌體之發展考究，相關研究可參見曾師〈宋元南戲體製規律的淵源與形成〉第二節「格律」，〔註2〕許子漢《明傳奇排場三要素發展歷程之研究》第四章〈論套式〉，施德玉《板腔體與曲牌體》有關曲牌體的各章，〔註3〕施氏一書做了十分詳盡的介紹，第柒章第三節「曲牌組合的規律與套曲的性質」共列出：重頭、重頭變奏、子母調、帶過曲、雜綴、曲組、套曲、合腔、合套、集曲和犯調十一種類型，析論曲牌由簡到繁之組合形式。〔註4〕

從自然音律演進至人工音律，隨著制約性的提高，「曲牌」為單一曲體中人工制約最嚴謹者，曾師歸納出曲牌有八要律則：正字律、正句律、長短律、平仄聲調律、協韻律、對偶律、音節單雙律、語法律。因此又可將曲牌分粗曲、可粗可細之曲、細曲三種，特別是細曲中的「集曲」可說是單曲曲體發展之極致。

南管「曲」的結構可說是充分體現單一曲見的發展極致，第二章所述，有「曲牌一段式」、「腔韻多段式」、「集曲式」和「犯曲式」。其中「曲牌一段式」強調的是猶如曲牌體依樂填詞，篇幅穩定，腔韻大致相同的單曲結構，而南管的「曲牌一段式」多見於七撩拍的門頭牌名。另外，南管用語的「對曲」，指的是同一首音樂旋律，配以不同曲詩的再現；然而筆者認為「對曲」不可與「曲牌一段式」劃上等號，因為「對曲」的結構完全等同於原曲的結構，可以依據「曲牌一段式」「對曲」，也可能是採用「腔韻多段式」為「對曲」的原型，因此，「對曲」僅能說是一種「創作手法」，特此重申之。

〔註2〕　曾永義：〈宋元南戲體製規律的淵源與形成〉，《戲曲源流新論（增訂本）》，頁215～235。曾永義：〈論說「建構曲牌格律之要素」〉，《中華戲曲》2011年2期，頁98～137。

〔註3〕　許子漢：《明傳奇排場三要素發展歷程之研究》，頁173～225。

〔註4〕　施德玉：《板腔體與曲牌體》，頁305～349。

圖表 22　單一曲見的發展

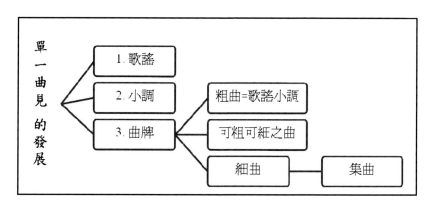

吳佩熏整理繪製

其次，「腔韻多段式」爲筆者所提出，筆者推測或許是承襲詞牌疊唱數疊仍視爲一闋的結構方式，只是在南管中反覆疊唱的次數不止於二疊、三疊，以筆者熟悉的曲子分析，如【短相思】的熟曲〈爲伊割吊〉和〈因送哥嫂〉，皆可分析出八段的腔韻佈置，由此看來，「詞牌疊唱式」似乎不足以概括之，竊改以「腔韻多段式」來彰顯其鮮明的結構特色。

集曲和犯調爲曲牌之「細曲」，在單一作品內盡其所能的「聚眾成群」，〔註5〕而南管音樂中也有此現象，從門頭牌名觀之，帶有「反」、「犯」字者，即爲「犯曲式」之結構，如【中滾・三遇反】，或是「以組成集曲曲牌數量爲數字命名」，〔註6〕如【中滾・十三腔】、【相思引・九連環】，但細究音樂結構，因首尾仍屬同一門頭腔韻，與中間插入的門頭形成主從關係，因此，整體結構上還是「犯曲式」。

何以無法逕從牌名分野出「犯調」或「集曲」結構呢？筆者參看林師〈南管音樂中的集曲〉，「從犯調、集曲的歷史發展觀察」一節回顧宋代以降音樂文獻，〔宋〕陳暘《樂書》描述唐人「犯聲」；姜夔【淒涼犯・序】檢討唐人十二宮調皆可相犯，認爲只有住字同才可以相犯；張炎《詞源・律呂四犯》引姜氏所論，修正唐人對「犯」的說法；〔明〕王驥德《曲律・論調名》言「雜犯諸調」，可見宋明以前多言「犯」，尚無今日所言最精細之「集曲」；〔清〕

〔註5〕　曾永義：〈宋元南戲體製規律的淵源與形成〉，《戲曲源流新論（增訂本）》，頁222。

〔註6〕　施德玉：《板腔體與曲牌體》，「集曲之命名」，第三小節「以數目字命名」，頁252。

萬樹《詞律》明確指出詞中題名「犯」字者，有音樂的犯調，和文句的犯調兩義，呂士雄等合編《新編南詞定律》一書用「犯調」，周祥鈺等人編纂的《九宮大成南北詞宮譜》和吳梅《南北詞簡譜》則稱「集曲」。〔註 7〕是以，李昌集《中國古代曲學史》說道：「集曲，并不是《曲律》提出的概念，而是近代曲學研究者對南曲之一體提出的稱名。」〔註 8〕參見《曲律·論調名》「雜犯諸調」的命名方式，下面引文乃筆者編號分段以便閱讀：

> 而又有雜犯諸調而名者，
>
> 1. 如兩調合成而為【錦堂月】，三調合成而為【醉羅歌】，四五調合成而為【金絡索】，四五調全調連用而為【雁魚錦】；
>
> 2. 或明曰【二犯江兒水】、【四犯黃鶯兒】、【六犯清音】、【七犯玉玲瓏】；又有八犯而為【八寶妝】，九犯而為【九疑山】，十犯而為【十樣錦】，十二犯而為【十二紅】，十六犯而為【一秤金】，三十犯而為【三十腔】類。
>
> 3. 又有取字義而二三調合為一調，如【皂袍罩黃鶯】、【鶯集禦林春】類；
>
> 4. 有每調只取一字，合為一調，如【醉歸花月渡】、【浣沙劉月蓮】類。〔註9〕

上引第 2 點，牌名帶數字、「犯」字者，即今日所言的「犯調」，然八犯以上則會另取新名，合第 3、4 點，則為今日「集曲」的命名原則。誠如李氏所言，對**「集曲」和「犯調」的狹義區分，是近人研究的成果**；南管音樂古樸，流衍於民間，雅俗兼容，若以今日狹義的「集曲」、「犯調」檢視之，自然會得出筆者上段的結果。從音樂的角度立論，用以單獨演唱時，不論中間如何集曲、犯調，首尾一定要「起調畢曲」，根據該曲門頭來配搭句首韻和收尾韻，是以從南管音樂的集曲結構、牌名的命名方式，應當即為《曲律》「雜犯諸調」所述的第二種。而近代學者統整牌名，並從集結的曲牌有無主從關係，進一步區分出「集曲」、「犯調」，若以此繩諸南管，因立基點不同，結果只會格格不入，不按規矩了。但整體而言，南管音樂的單一曲見已發展至極致的「集曲」階段是毫無疑問的。是以，有此釐清說明後，**本文以「集曲」統稱之**。

另外，回顧在前文簡單提過的【南北交】，筆者認為南管【南北交】的結

〔註 7〕 摘錄自林珀姬：〈南管音樂中的集曲〉，頁 51～54。
〔註 8〕 李昌集：《中國古代曲學史》，頁 334。
〔註 9〕 〔明〕王驥德：《曲律》，《中國古典戲曲論著集成（四）》，頁 58～59。

構應當是為「語言與音樂兼犯」的集曲結構。首先，南管中官話的使用有兩種情形，其一是整首皆用藍青官話演唱，其二是【南北交】以泉腔和官話兩種語言演唱。例如〈鵝毛雪滿空飛〉一曲，施炳華將此曲視作【南北交】的樂曲之一；〔註10〕然而李國俊於論文中指出：「【崑腔寡】〈鵝毛雪滿空飛〉等曲，雖有些字句夾雜北音，一般並不將之標為【南北交】。」〔註11〕參照林師對於【南北交】樂曲的認知：「以二種不同語言演唱，一為泉腔，一為官話。」〔註12〕我們可以推論出更精確的【南北交】，是唱者在一首散曲中，一人分飾兩腳，以泉腔和官話兩種語言演唱，方稱為【南北交】。而〈鵝毛雪滿空飛〉是以鄭元和為第一人稱，唱出淪落為乞的心酸，叫字或混有藍青官話，但因不符合以語言分飾兩腳的定義，且此曲並無註明為【南北交】，故李氏的說明為是。林師《南管曲唱研究》一書有云：

> 以泉腔發音的南管音樂在臺灣的傳承，首先在語言發音上出現了學
> 習上的困難，……如【南北交】、【玉交猴】、【福馬猴】……等類曲
> 目，也使用「北方音」（藍青官話）來演唱的，如果不經過南管先生
> 口傳心授，「叫字」時就會產生問題。習唱南管，首重「咬字」、「叫
> 字」，就是要求發音正確，咬字清晰。〔註13〕

引文中，林師在「北方音」後面括號註明為「藍青官話」，根據筆者上述的文章脈絡，官話和藍青官話並不全然相等，「藍青官話」是閩南人學官話時因輔音、元音的缺少，所形成的過度語音；〔註14〕而「官話」則為純正的北方正音。根據筆者學習的經驗，臺灣南管圈在詮釋【南北交】時並非以純正的官

〔註10〕 施炳華：《《荔鏡記》音樂與語言之研究》：「夾雜官話見於【南北交】樂曲中，如〈鵝毛雪〉、〈刑罰〉、〈心頭悶憔憔〉、〈告大人〉等，是泉州話和官話交叉唱出。」（頁454）
〔註11〕 李國俊：〈南管「南北交」樂曲研究〉，《八十三年全國文藝季千載清音——南管學術研討會論文集》，頁108。
〔註12〕 林珀姬：《南管曲唱研究》，頁179。
〔註13〕 林珀姬：《南管曲唱研究》，頁119。
〔註14〕 又可參見李國俊的說明，〈南管「南北交」樂曲研究〉一文：「這些夾雜北方官話的曲子，今日聽來，難免有些怪腔怪調，一般認為係由於以前的南方人學北方官話原本就不容易標準，再加上師徒傳授的承襲，一代一代演變至今日，自然形成頗富地方色彩的奇怪腔調了。」《八十三年全國文藝季千載清音——南管學術研討會論文集》，頁109。施炳華〈南管文學的嬌（上）〉：「南管故事的發展無限定在閩南地區，有時因為角色無全——比如做官的，愛唱官話，官話無標準，就透濫閩南語特色，這號做藍青官話。」（頁11）

話叫字，因老樂人本身的口音已定，難以標準的北方官話發音，是以在口傳心授的過程中，逐步形成饒富地方色彩的藍青官話。〔註15〕因此林師此處的標注與筆者並無矛盾之處，而是在實際傳唱的過程中，的確是用「藍青官話」，而非標準的「官話」。詳細的曲目可參見李國俊的整理：

【南北交】的樂曲，常見的大約包括以下幾類：

A. 【玉交枝・南北交】──〈別離漢君王〉、〈聽見雁聲悲〉、〈心頭悶憔憔〉、〈掩淚出關〉等曲。

B. 【雙閨・南北交】──〈盤山嶺〉等曲。

C. 【福馬・南北交】──〈拜告將軍〉、〈雲山重疊〉等曲。

D. 【寡北・南北交】──〈懇明台〉、〈小將軍〉、〈恨我命歹〉、〈告大人〉、〈為著命怯〉、〈離漢宮〉等曲，及指《出漢觀》首曲。

E. 【中滾・南北交】──〈把鼓樂來再整〉等曲。

F. 【潮疊・南北交】──〈刑罰做障重〉等曲。

其中【寡北】的〈懇明台〉、〈小將軍〉、〈告大人〉、〈離漢宮〉等四曲，一向被稱為四大【南北交】樂曲。〔註16〕

若觀察「藍青官話」唱段的音樂配搭，是否會影響該曲的結構呢？施炳華歸結出南北方言與音樂配搭時的特色為：

唱南音時較多長音拖腔，北音則否；

唱南音往往是大三度級進，唱北音比較有音程大跳；

唱南音往往比較低沉，唱北音則比較高亢，音域較高。〔註17〕

林師於〈南管音樂中的集曲〉亦有探討此音樂現象，析論【南北交】如何安排門頭大韻，可有四種呈現方式：

1. 音樂上的落韻基本相同者

2. 音樂上的落韻明顯不同，但仍屬同一管門與門頭

3. 音樂上以兩種不同曲韻交替出現者

4. 音樂上融入崑腔者〔註18〕

〔註15〕就如同我們今天所謂的「臺灣國語」。

〔註16〕李國俊：〈南管「南北交」樂曲研究〉，《八十三年全國文藝季千載清音──南管學術研討會論文集》，頁108。

〔註17〕前兩點李國俊〈南管「南北交」樂曲研究〉已提出，《八十三年全國文藝季千載清音──南管學術研討會論文集》，頁109～110。第三點為施炳華所加，參見《《荔鏡記》音樂與語言之研究》，頁454。

上述第二點，林師舉〈玉交猴·心頭悶憔憔〉為例，曲中花鼓公演唱藍青官話的落韻以民間小調的三字腔為基礎，配合該曲的管門依字行腔；第三種方式，則是泉腔與藍青官話各配合不同的門頭，如林師文中剖析【南北交】四大名曲的落韻配置，〔註19〕筆者改以表格示之：

表格 17　【南北交】四大名曲落韻表

	〈曲名〉	泉腔角色：【門頭】	藍青官話角色：【門頭】	備　註
【錦板·南北交】	〈告大人〉	王月英：【錦板】	包　公：【寡北】	《郭華買胭脂》包公審月英
	〈懇明臺〉	郭　華：【錦板】	包　公：【寡北】	《郭華買胭脂》包公審郭華
	〈小將軍〉	李三娘：【錦板】	小將軍：【寡北】	《白兔記》李三娘與小將軍對唱
	〈離漢宮〉	王昭君：【錦板】	番　軍：【寡北】	《昭君出塞》，昭君與番軍對唱

林珀姬分析，吳佩熏製表

【南北交】的開篇會以泉腔角色的曲詩先交待故事背景，音樂自然是配以【錦板】的腔韻，其後才加入另一腳色的對話，腔韻順勢轉換成【寡北】，交相問答後，最後皆收【錦板】的「不女」尾韻，因此整體的結構可視為「【錦板】犯【寡北】」，〔註20〕以【錦板】委婉的曲韻聲情貫串首尾，形成「A 首＋B 中＋A 中＋B 中＋A 末」的集曲結構。配合語言的轉換來勘查音樂的結構，四大名曲藍青官話的音樂已非單純的「依字行腔」，而是配搭慷慨激昂的【寡北】，曲詩內容明顯出自某齣戲文，以方言代表不同身份地位的對手戲，而且【寡北】的管門為五六四仪（c），〔註21〕比五空管的【錦板】的高音「仪」（b）高一個半音，特別是〈告大人〉和〈小將軍〉，兩曲中頻頻出現【寡北】一字領的「嗡」的特韻，曲勢跌宕翻騰，用以彰顯包公審案的威儀和小將軍的官

〔註18〕林珀姬：〈南管音樂中的集曲〉，頁 70～72。

〔註19〕同上註，頁 71～72。

〔註20〕林師指導筆者道：「【錦板】和【寡北】兩種曲韻同源但稍有不同，只要有一個「嗡」的特韻就是【寡北】。」感謝林師 enail 回覆筆者，2013 年 1 月 14 日。

〔註21〕【錦板】本為五空管，南聲社張鴻明先生謂，其從前在大陸所學即為五空管。現今將包公唱韻改為五六四仪管，【寡北】，有較激昂的聲情。參見林珀姬《南管曲唱研究》，頁 185。

家氣息，演唱起來格外具有張力。就【南北交】語言和音樂的整體呈現，一則能讓腳色以各自的方言「唱」所欲言，二則會巧妙地讓南方腔調展現出該門頭的大韻特色，北方腔調則配以激昂明快的門頭。然而即便雜用官話，甚至其他民間小調，在語言和音樂上有所涵融，但透過結構上的安排，首尾還是以泉腔叫字，以【錦板】腔韻遙相呼應，是以整體的音樂性還是道地的南管本色，亦即李國俊所言：

> 在音樂上仍是南管樂曲吟哦的特色，但也發現許多受了外來樂曲影響的演唱方式，可見語言的改變，音樂自不可能未受影響，【南北交】樂曲的演唱方式，自是傳統民間戲曲音樂相互吸收影響的有力證據。〔註22〕

總結上述，筆者認爲【南北交】是爲「語言與音樂兼犯」的集曲結構，因其篇幅仍屬於單一曲目，與戲曲上所言的「南北合套」還相去甚遠呢！〔註23〕

　　據呂氏對「集曲」定義爲「聚合於一曲中並無主從的關係」，於南管音樂中則見於七撩拍【倍工】門頭、「過枝曲」，或指套中轉換門頭的各齣。七撩拍曲目的確切情形筆者尙無法肯定，但後兩種情形確爲「只具先後關係的集曲結構」，皆是爲了扮演「銜接的橋樑」，所以才在一曲集合兩個門頭大韻，形成了「A首＋B末」的無主從的集曲結構。又曾師指導筆者可從「借宮」來審思「過枝曲」，戲曲音樂中，同一隻曲牌可用於不同宮調，北曲稱爲「借宮」，南曲稱爲「與 XX 宮出入」；胡忌〈論南戲曲牌中的慢、近兩體〉有云，宋詞的住字結音要一樣才得以「犯調」，而南北曲「借宮」已不考慮住字了，當聯套中要使用的牌調越多，借宮之法頻仍，宮調之「淘汰精簡也隨之必然」；〔註24〕而南管音樂畢竟不是戲曲聯套，主要還是以隻曲（正曲）爲主，從腔韻結構來觀察「過枝曲」，前後腔韻的落音不同，但基本上仍視爲一見曲，或可視爲歌樂中，隻曲往聯套發展的過度辦法。

　　以上，可看出南管中的集曲結構十分蓬勃，〔註25〕追究其原因，筆者推

〔註22〕 李國俊：〈南管「南北交」樂曲研究〉，《八十三年全國文藝季千載清音——南管學術研討會論文集》，頁 112。

〔註23〕 參見李國俊〈南管「南北交」樂曲研究〉：「這類樂曲與元人沈和所創的『南北調合腔』——即一般所謂的『南北合套』——並不相同」，《八十三年全國文藝季千載清音——南管學術研討會論文集》，頁 107。

〔註24〕 詳見胡忌：〈論南戲曲牌中的慢、近兩體〉，《南戲論集》，頁 296～297。

〔註25〕 林珀姬〈南管音樂中的集曲〉結語說道：「原只想探討一般人所認知的『集曲』

敲很大原因是南管「正曲」概念的投射，將「起調畢曲」實踐得十分徹底。所以不論在一見曲中，欲作如何的嘗試、如何的變化，音樂上定會樹立起嚴謹的主從結構，務必使曲腳演唱完畢後，聽者能從該曲頭尾呼應的腔韻，清楚地知道台上在唱什麼門頭的曲目。

第二節　小型組織的曲體發展

中國的表演藝術唱的是「曲」，是以不斷促使曲體演進。當隻曲已臻於成熟後，往下再要擴充曲牌的幅度，便是聯結數支曲牌，作各式的組織變化。

圖表 23　小型組織的曲體發展

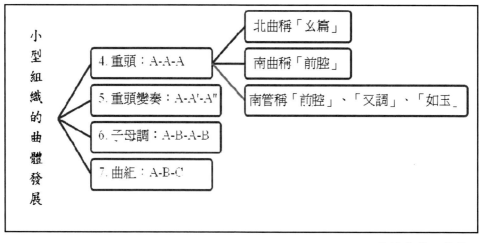

吳佩熏整理繪製

從上圖可清楚看出，與第一階段很大的差別是，組成小型組織中的每一份子，都已是隻曲了（上圖中以 A、B、C 代表），以此揆諸南管音樂，筆者認為則相當於「指套」和「套曲」。而南管音樂從「單一曲體」進展到「小型組織」，其中結構的原理為何？音樂銜接的方式為何？

配合上圖所列，音樂擴張的基本途徑為「重頭」和「重頭變奏」，觀察「指套」各齣門頭牌名、拍法的聯結情形中，可以找到的例子：

――狹義的幾個曲牌的銜接組合而成的新曲；但是翻閱音樂文獻時，發現了歷代從詞樂到南北曲中，多種有關『犯』的不同認知，而幾乎各種『犯』，都可在南管音樂中找到例子。」（頁 75）

表格 18　指套中的「重頭」、「重頭變奏」結構

	指　套	各齣門頭	結　構
重頭	34 套《照見我》	【錦板】→【錦板】→【錦板】→【錦板】→【錦板】	A-A-A-A-A
	46 套《五更段》	【柳搖金】→【柳搖金】→【柳搖金】→【柳搖金】	A-A-A-A
	47 套《聽見杜鵑》	【長潮陽春】→【長潮陽春】→【長潮陽春】	A-A-A
重頭變奏	32 套《良緣未遂》	【竹馬兒】（【長序滾】）→【序滾】→【序滾疊】	A-A'-A"
	43 套《弟子壇前》	【翁姨歌】→【翁姨歌】→【翁姨疊】	A-A-A'
	44 套《你因勢》	【短中滾】→【短中滾】→【短滾】→【短滾】慢尾	A-A-A'-A"
	48 套《花園外邊》	【潮陽春】→【潮陽春落緊潮】→【緊潮】	A-AA'-A'

吳佩熏整理

　　其他四十一套找不到兩腔互迎的「子母調」（A-B-A-B）組織。另外，筆者再觀察以同管門成套的指套中，可有常常接連出現的門頭，發現四空管的指套中，各齣常用的門頭中有幾組的關係較親密，五六四仪管中有一例，五空管的指套最多，筆者統計到兩例，倍士管的指套皆以【潮陽春】為各齣門頭，屬於上述的「重頭」或「重頭變奏」；至若集不同管門成一指套，其變化就更加複雜，非筆者所能勝任了：

表格 19　指套中常接連使用的門頭

管　門	指套各齣門頭銜接	出　現　指　套
四空管	【二調】→【長滾】	《輕輕行》、《自來生長》、《見你來》
	【長滾】→【北青陽】	《見你來》、《春今卜返》
	【北青陽】↔【柳搖金】	《春今卜返》、《情人去》
五空管	【沙淘金】→【錦板】	《玉簫聲》、《噯奏龍顏》
	【倍工】→【長綿搭絮】	《對菱花》、《一路行》
五六四仪管	【小倍】→【大倍】	《為君去時》、《颯颯西風》

吳佩熏整理〔註26〕

〔註26〕以上兩個表格皆根據劉鴻溝編：《閩南音樂指譜全集》。

　　從曲譜的門頭記寫，初步只能歸納出這些組織情形，加之曲詩前後內容
並不嚴謹，因此始終無法輕易地將「指套」比擬為「戲曲聯套的曲體階段」，
只能保守地認為指套聚眾成群所呈現的組織樣貌，已具備「重頭」、「重頭變
奏」和「曲組」的程度了，往下更深的探究，為筆者日後仍需努力的課題。

　　而「套曲」的規模比「指套」更大，由九至二十一見曲組成，據研究指
出，《黑麻序套》和《齊雲陣套》的門頭牌名的組成大致符合戲曲「襲用套式」，
且這兩套歌詠的故事分別為陳彥臣故事和劉奎雲英故事，曲詩圍繞在單一故
事，音樂結構又有「套式」可循，是筆者目前所能找到南管中曲體發展程度
最高，可視為第三階段「套式」之雛型了。之所以未將「套曲」直接判定為
第三階段，考量到若只以這兩套就拍板定案說服力太薄弱了，一則若再細究
《黑麻序套》和《齊雲陣套》的牌名聯套仍有些微的變化，而其他七套更因
種種因素，無法確切說明其聯套結構，是以筆者還是將套曲視為第二階段，
小型組織的曲體發展。

　　胡忌在〈論南戲曲牌中的慢、近兩體〉有言，纏令使得曲體由隻曲而為
聯套，纏令一套至少運用三隻隻曲，數曲綴合時的住字結音已經不重要了，
比起詞調的隻曲最多應用到集曲犯調，且住字結音要求甚嚴，纏令打破了隻
曲的獨立形式，變小唱為嘌唱。〔註27〕由此反思，南管音樂為室內的合樂清
唱，與梨園戲的搬演劇唱有別，因此，南管音樂的發展就是處於小型組織的
第二階段，而無法找出如戲曲大型聯套、南北合套等曲體。

　　回顧一、二兩節，本章以韻文學之曲體發作為參照標準，析論南管散曲、
指套、套曲之發展情形。曾師在指導筆者撰作本文時，曾多次指點筆者要從
更宏觀的歷代音樂、韻文學之流變來思索今日南管音樂之面貌，南管音樂中，
「系列門頭大家族」的變奏關係，南管「譜」所呈現的大曲變奏結構，以及
自成滾門的「同拍法牌名小家族」，諸如這些現象背後的成因，都是很值得去
探究溯源的。曾師認為，應從唐大曲、宋詞樂以降，結合南北曲、戲曲聯套
一併論之。

　　唐大曲規模宏大，集結三種演出型態，奠定了中國音樂由慢漸快又復慢
的拍法律動，而宋詞之令引近慢，乃以大曲音樂、韻文學為養分，所翻轉出
不同拍法變化之樂體，至於是擷取大曲的哪一部分，其實不單是排遍，入破
舞曲因節奏更加輕快流利，亦可填詞配唱。可見，從唐大曲到宋詞樂，由綜

〔註27〕參見胡忌：〈論南戲曲牌中的慢、近兩體〉，《南戲論集》，頁296～297。

合性的大型表演轉向歌唱用的隻曲大量滋衍，音樂與文學密切結合。而從詞牌、曲牌到鼓子詞、諸宮調，則是「隻曲邁向曲組」的過程，說唱是為表演的主體，配合長篇的故事情節，爾後有人物代言、扮飾等，到最後大戲完成，戲曲又走上了「無聲不歌，無動不舞」歌舞樂三者和一的綜合表演藝術。

南管戲當然是依循上述所言之歷程成為了「戲曲」，然若只論南管音樂，其自身的音樂體製，其所形成的「門頭下牌名小家族」，乃至於不同拍法的「系列門頭大家族」，又當如何解釋呢？曾師要筆者試著從「隻曲發展到曲組的過程」去思索這兩種「家族」的成因。先說「牌名小家族」，如【長滾】和【鵲踏枝】、【越護引】、【大迓鼓】【潮迓鼓】這四個牌名，因管門、拍法、腔韻的同質性，以【長滾】為領頭形成了一個「滾門」（【長滾】下的小家族）。這種「集結成群」的音樂現象，在北曲聯套中稱為「曲組」，而戲曲中的「曲組」更具體的意義是指常黏在一起連續演唱的數曲，而此處所論的南管【長滾】小家族」，這個<u>曲組</u>中的隻曲，為獨立演唱的散曲，但是彼此之間就是有這麼一層血緣關係。而南管「系列門頭大家族」是在「小家族」的基礎上，變化主腔旋律的節奏所組成更龐大的<u>曲組</u>關係，但是同理，大家族中的各曲，依舊是獨立演唱。此種變奏手法和唐大曲的結構概念一致，如筆者前文的討論，唐大曲和戲曲都是綜合性的大型表演，由許多樂章或曲牌聯綴而成，是中國歌舞樂文學的兩大巔峰；而就南管音樂所呈現之樣貌，筆者推敲，應是介於唐大曲和戲曲之間，十分近似宋代詞樂破曲翻轉出更多隻曲的階段。是以，南管的單一曲見，曲體的成熟度最高，也保有大量唐教坊曲、宋詞牌名、南北曲牌名，而其繁衍隻曲的辦法，即透過「小家族」和「大家族」的血緣關係擴充，承繼了大曲的變奏手法，也具備了獨立演唱的<u>曲組</u>的關係。以上，是筆者在曾師指導下得到的啟發，還望就正方家。

第三節　縱向體製

從第一章各樂語的探討中，學者們普遍皆有共識，南管音樂相較於「宮調（笛色）——曲牌（板眼）——曲」自有統攝的樂語與辦法。那麼，南管的任何一見曲之上，究竟還有幾層音樂層次呢？「滾門」與「門頭」皆是音樂曲調的歸類，那他們相等嗎？或者他們不相等，那又該如何區別？怎麼樣的音樂層級關係才是最切合南管的呢？

　　南管絃友或學者都有嘗試收集滾門、門頭、牌名，主要的方法是透過各館閣保存的曲譜、抄本，廣搜各曲的「抬頭」。但因最根本的名實無一共識，所以各有各的歸納，各有各的層級。目前可見的滾門／門頭分類表，參見王櫻芬〈南管曲目分類系統及其作用〉注腳 5 所列，[註28] 以及筆者直接、間接所見，共有十家：樂人整理：李拔峰（未刊，林師書上有引用）、蘇志祥（1980）；學者整理：陳嘯高、顧曼莊（1955）、呂錘寬（1982）、[註29] 陳冰機（1985）、王耀華、劉春曙（1987）、王愛群（1988）、林珀姬（2002）、《中國戲曲音樂集成・福建卷》（2003）、王櫻芬（2006）。以下列出各家的分類層級：

（1955）陳嘯高、顧曼莊〈福建的梨園戲〉：調門－滾門－曲牌 [註30]

（1980）蘇志祥《閩南指譜錦曲集》：管門－拍子－滾門－牌名 [註31]

（1986）王愛群〈泉腔論〉表十五：管門－滾門－曲牌 [註32]

（1985）陳冰機「南音四個滾門和曲牌名總表」：管門－拍子－滾門－牌名 [註33]

（1989）王耀華，劉春曙《福建南音初探》：管門－撩拍－滾門－曲牌 [註34]

（2002）林珀姬「南管曲唱常用門頭牌名」：管門－撩拍－門頭－牌名 [註35]

（2003）《中國戲曲音樂集成・福建卷》「梨園戲管門、滾門及曲牌一覽表」：管門－滾門－曲牌 [註36]

〔註28〕王櫻芬：〈南管曲目分類系統及其作用〉，頁 257。

〔註29〕呂錘寬撰輯：《泉州弦管（南管）指譜叢編》「壹、散曲總說」：「曲目之排列，係依據曲牌的筆劃順序」，總計 2137 曲，但與本節討論的音樂層級爲不同的整理方式，下文就不列入討論。下編，頁 6～27。

〔註30〕陳嘯高，顧曼莊：〈福建的梨園戲〉，《華東戲曲劇種介紹》第 3 集（上海：新文藝出版，1955），頁 106～108。

〔註31〕筆者手邊無蘇志祥編著的《閩南指譜錦曲集》，轉引自李國俊：〈南管滾門牌調系統芻論〉，《南、北管音樂藝術研討會論文集》，頁 16～18。

〔註32〕王愛群：〈泉腔論——梨園戲獨立聲腔探微〉，《南戲論集》，頁 412～413。

〔註33〕陳冰機：《福建南音及其指譜》，頁 152～157。

〔註34〕王耀華，劉春曙：《福建南音初探》，頁 39～41。

〔註35〕林珀姬：《南管曲唱研究》，頁 338～341；亦可見林珀姬：《南管樂語與曲唱理論建構》，頁 156～159。

〔註36〕中國戲曲音樂集成編輯委員會：《中國戲曲音樂集成・福建卷》，頁 313～314。

（2006）王櫻芬〈南管曲目分類系統及其作用〉：

　　　管門－撩拍－門頭

　　　管門－撩拍－門頭－牌名〔註37〕

王氏云：「樂曲（筆者按：即曲名）是音樂實體，管門、撩拍、門頭、牌名則是該樂曲的屬性」，〔註38〕是以本節要釐清的，即爲南管樂曲的「屬性層級」。上述九家對南管音樂的屬性探討，平均析論出四層，最外層和第二層皆爲「管門」和「撩拍」，三、四兩層各家用語不同，第三層爲「滾門」或「門頭」，第四層爲「曲牌」或「牌名」，承前一章各樂語之檢討，筆者以臺灣絃友慣用稱法爲主，取林師的層級爲範本：「**管門－撩拍－門頭－牌名**」。然而，從林師書上的表格和王氏的文章中可知，並非每一見曲皆完整地標示出這四層屬性，「管門－撩拍」之下若只再有一層注記，以樂人的習慣會視作「門頭」，而非「牌名」。是以，王氏列出另一種情形：「**管門－撩拍－門頭**」。

　　但如今，若要爲南管音樂建立起體製，音樂的層次關係當以何者爲基準才是最恰當的呢？並且能夠涵蓋手抄本可能出現的種種人爲疏漏呢？同一見曲子可能因爲師承不同，樂人的造詣有別，傳抄後造成各版本的詳略差異，例如常見的熟曲〈望明月〉，張再興《南樂曲集》記作「中滾　四空管」，因此我們將其音樂屬性認定爲「管門－撩拍－門頭」三層的關係，但南管人皆知〈望明月〉還用了【水車】句尾韻和【杜宇娘】大韻；另見吳素霞老師在北藝大上課使用的手抄曲譜，「中滾」之下即有「水車犯」的記寫，那麼〈望明月〉的音樂屬性究竟要歸入三層還是四層呢？以這首〈望明月〉爲例，用了「中滾」和「水車」的句尾韻，以及大韻「杜宇娘」，但曲譜的記寫有繁有簡，未必會清楚標示其音樂屬性。

　　諸如此類的不確定性，都是研究南管音樂所不能迴避的課題。筆者在撰寫本文的過程中，也不斷在摸索、不停的修正自己的假設，希冀能爲南管音樂建構起一套疑義最小、切合情理的南管體製。在筆者進行到「腔韻／大韻」一節時，終於找到一個最關鍵的切入點，對南管人來說，具有意義的最小音樂單位就是「韻」，這些耳熟能詳的旋律就是他們對南管的基本共識，而每個「韻」皆有其名，使樂人便於學習記憶、便於交流溝通；而這些「韻」的命名從何而來？有些借用了唐宋教坊曲，如【杜韋娘】，南管音近訛變記寫成【杜

〔註37〕王櫻芬：〈南管曲目分類系統及其作用〉，頁257。

〔註38〕同上註，頁258。

宇娘】，〔註40〕有些借用了詞牌名，如【竹馬兒】，見於南曲曲牌者如【駐雲飛】，南管多記寫成【皂雲飛】，〔註41〕但有些則爲南管音樂特有之語彙，如「中滾」、「錦板」等。

圖表24　音樂屬性「主標」、「副標」比較

〈共君斷約〉 【長滾・大迓鼓】	〈望明月〉 【中滾】	〈望明月〉 【中滾・水車犯】
	 〔註39〕	

吳佩熏製表

　　而所謂「具有意義的最小音樂單位」者，指的是透過它，就能馬上使絃友反應其管門、撩拍、旋律特色、結束的落音等。要能肩負此功能者，或許有些學者認爲就是「滾門」，也有學者認爲是「門頭」或「牌名」等，但這些都不如「韻」來得直接明瞭。在絃友的認知中，他們不見得意識到、或分辨得出「滾門」、「門頭」、「牌名」之間的差別，更甚者在他們的觀念中，這幾個名詞是混用的，但他們對於南管的辨別辦法，就是聽到一段熟悉的旋律就

〔註40〕【杜宇娘】實爲唐教坊曲「杜韋娘」的音近訛變。參見林珀姬《南管曲唱研究》：「杜韋娘：唐時名伎，相傳與甚得劉禹錫賞識，元人周文質撰《春風杜韋娘》雜劇，演名伎與劉禹錫故事。而唐《教坊記》中有杜韋娘曲。杜韋娘取保存在南管音樂中，僅剩出現在【中滾】中的三字句【杜宇娘】大韻，沒有完整的曲牌留下。」（註腳6，頁141）

〔註41〕參看林珀姬《南管樂語與曲唱理論建構》列出了南管牌名與唐宋以來的教坊曲、宋詞牌、南北曲曲牌同名者，註21，頁152。

〔註39〕譜例截圖取自張再興選編：《南樂曲集》，頁17、87。

能知道台上在唱「福馬郎」、「十三腔」、「寡北」或是「潮調」。

有鑑於此，筆者大膽地將南管的音樂體製建構爲「縱向體製」與「橫向體製」。「縱向體製」在於說明南管音樂的層級關係，即如何描述一首樂曲的音樂屬性；筆者斟酌再三，決定將「門頭」和「牌名」合併爲一層，理由是：不論是「門頭」或「牌名」，說穿了都是在指稱該曲音樂上的「韻」。今日會有「牌名」或「曲牌」這個術語，很大的原因是經由學者們的研究發現，這些命名來自於中國音樂的詞牌曲牌，而這些「牌名」如何進入南管音樂，如何被涵融轉化，其演化的過程或許很難說得分明，但他們都成爲了南管音樂的「結果」，而南管音樂可能也試著將這些「結果」進一步的歸類，是以有「門頭」一層；但從民間混用的習慣可知，譜上記成「中滾‧水車犯」和「中滾」，對他們而言都是「門頭」，他們心中立即浮現的是：四空管、一撩拍，以及【中滾】的大韻（此爲廣義用法）。

再者，林師在「常用門頭牌名表」中，特別以粗黑體標示出「見於歷代牌名，卻又被樂人們視爲門頭者」，因此，若問絃友「相思引」和「水車」是什麼？絃友直截的反應是「門頭」，他們不見得具備學者辨識這些詞彙是否其來有自，但是，這並不會造成他們學南管、玩南管的困擾。

試舉筆者親身經歷爲例，某次華聲社團練時，當時還是臺北藝術大學南管組的碩士生黃俊利（2012 年畢業）來和我們一起敕桃，團員李素蘭要練唱〈奏明君〉，這是【寡北】的大曲，俊利擅長拉二絃，就跟著大家一起幫素蘭姐伴奏，他並沒有看譜，我問他有背過這首曲子嗎？他說有聽過但不太熟，但是只要知道是什麼門頭、什麼大韻，他就能跟著琵琶的骨幹音和洞簫的轉音拉絃。一方面當然是他的二絃功力了得，另一方面也印證了門頭大韻之於南管人，就是辨識曲調，具有意義的最小音樂單位。〔註 42〕總結上述，筆者擬定的南管音樂「縱向體製」爲：管門──撩拍──韻＝門頭牌名──曲

下表中，筆者在「韻」的層級中將門頭和牌名又區分開來，乃是呼應前文所言的「門頭下的牌名小家族」，如【相思引】爲三撩拍的門頭，底下又有以「相思」爲名的「八韻調」，嚴格說來和門頭是不同層級的「牌名」，但和

〔註42〕筆者後來有再和俊利討論過這件事，他自小在南聲社長大，爾後進入藝術大學就讀，南管資歷十分扎實。他曾與筆者分享，以前在館閣時，他會問「今天唱幾空」、「唱什麼門頭」，若是他熟悉的門頭大韻，他就會拿起二絃跟著拉，若是他沒把握的門頭，他就不碰樂器在一旁聆聽，俊利說：「很多拉二絃老先生都是不背譜，用跟的」。

「門頭」同樣關涉到音樂的腔韻。又每個門頭牌名，實已對應到固定的撩拍，因此可進一步簡化（上圖以相同底色示之）爲：管門──韻＝門頭牌名（撩拍）──曲

　　此體製可適用於任何一見曲，即爲南管每一見曲皆需具備的音樂屬性、層級關係。筆者將此一以貫之的體製稱爲「縱向體製」，以別於「橫向體製──門頭家族」。

圖表 25　南管音樂「縱向體製」與「橫向體製」示意圖

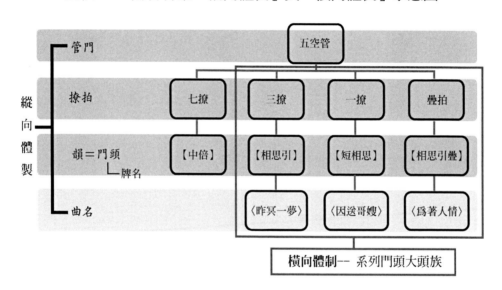

吳佩熏、洪彥成繪製

第四節　橫向體製──系列門頭大家族

　　並非每個門頭大韻皆能形成「系列門頭大家族」，所以，筆者不將「門頭大家族」列爲「縱向體製」的層級之一。根據林師《南管曲唱研究》整理出「類似板腔體的結構，同一門頭或牌名下有長拍（三撩拍）、中拍（一二拍）、短拍（疊拍）變化」表格，〔註43〕再參照《呂本》下編「滾門體」所列曲目，〔註44〕試補充更多的「門頭家族」：

〔註43〕林珀姬：《南管曲唱研究》，頁342。
〔註44〕呂錘寬撰輯：《泉州弦管（南管）指譜叢編》，下編，目錄「二、滾門體」，頁4〜8。

表格 20　四空管的「系列門頭大家族」

		三撩拍	一撩拍	疊　拍
林師	1.	【長滾】	【中滾】、【短滾】	【短滾疊】
	2.	【長水車】	【水車】	【水車疊】
	3.	【長尪姨歌】	【尪姨歌】	【尪姨疊】
	4.	【長逐水流】	【逐水流】	【逐水流疊】
	5.	【長倒拖船】	【倒拖船】	【倒拖船疊】
《呂本》滾門體	6.	【長柳搖金】	【柳搖金】	【柳搖金疊】
	7.		【北青陽】	【北青陽疊】
	8.		【步步嬌】	【步步嬌疊】
	9.		【二調北】	【二北疊】

吳佩熏統整

表格 21　五六四仪管的「系列門頭大家族」

		三撩拍	一撩拍	疊　拍
林師	1.	【長玉交枝】	【玉交枝】	【玉交枝疊】
	2.	【長望遠行】	【望遠行】	【望遠行疊】
	3.	【長五供養】	【五供養】	
	4.	【長颺地風】	【颺地風】	
	5.		【寡北】	【寡疊】
《呂本》滾門體	(同上 5)		【金錢花】＝【金錢北】＝【寡北】	【金錢疊】＝【寡疊】

吳佩熏統整

表格 22　倍士管的「系列門頭大家族」

	三撩拍	一撩拍	疊　拍
《呂本》滾門體	【長潮陽春】	【潮陽春】	【潮疊】

吳佩熏統整

表格 23　五空管的「系列門頭大家族」

		三撩拍	一撩拍	疊　拍
林師	1.	【長相思引】	【短相思】	【相思疊】
	2.	【長錦板】	【錦板】	【錦板疊】
	3.	【長雙閨】(【疊韻悲】)	【雙閨】	【雙閨疊】
	4.	【長序滾】(【竹馬兒】) 【長將水令】	【序滾】〔註45〕 【將水令】	【序滾疊】 【將水令疊】
	5.	【長福馬】(【沙淘金】)	【福馬】	【福馬疊】
	6.	【長聲聲鬧】	【聲聲鬧】	【聲聲鬧疊】
《呂本》滾門體	7.	【長麻婆子】	【麻婆子】	【麻婆子疊】
	8.	【長綿搭絮】	【綿搭絮】	【綿搭絮疊】
	9.	【長野風餐】	【野風餐】	【野風餐疊】
	10.	【長玉匣蟬】	【玉匣蟬】	
	11.		【滴滴金】	【滴滴金疊】
	12.		【駐雲飛】	【駐雲飛疊】
	13.		【北地錦】	【北地錦疊】
	14.		【錦衣香】	【錦衣香疊】
	15		【什相思】	【什相思疊】

吳佩熏統整

　　以上為筆者匯整呂氏與林師之研究成果，列出目前可見到的「系列門頭大家族」。從表格中的空缺可知，並非每個大家族都能同時兼具三種拍法的門頭，疊拍的曲子因拍法較快、多來自民歌，相對地篇幅短小，易於初學時朗朗上口，但演唱起來難免意猶未盡，因此筆者至今還未學過，或聽到獨立演唱的疊拍散曲，只有在演奏至指套最後一齣，或是散曲的後半會轉入疊拍，然而一般通行的曲譜仍是有收入疊拍隻曲，或許即基於入門練習的考量，如筆者初始接觸南管時，能識得譜字後的入門曲，即出自指套《為人情》最後一齣的【寡疊】〈風打梨〉。至於，有些家族則是沒有三撩拍的門頭，確切原

〔註45〕林珀姬老師轉述當年詢問張鴻明老師的意見，張老師認為【將水】和【序滾】兩者的音樂腔韻是一樣的，意即【竹馬兒】＝【長序滾】＝【(南)將水】。

因,目前仍然不得而知。〔註46〕以下試以指套《良緣未遂》為例,〔註47〕三齣的門頭剛好為「【序滾】系列門頭大家族」,觀察三齣中的大韻骨幹音一樣,只是將指法、拍法縮減之情形:

首齣【竹馬兒】(【長序滾】)	次齣【序滾】	三齣【序滾疊】
（工尺譜）	（工尺譜）	（工尺譜）

然而,《呂本》中有幾見曲雖列為「滾門體」,但無其他拍法可確定該門頭的確可形成「門頭家族」,筆者再翻閱吳明輝《南音錦曲選集》,亦無以下門頭的其他拍法:

	三撩拍	一撩拍	疊　拍
四空管	【長柳銀絲】		【趨滾疊】
倍士管			【四邊靜疊】

吳佩熏整理

小　結

　　本章從曲體的流變一一檢視南管音樂的載體,唯獨沒有討論到「譜」。「譜」為器樂曲,以四大譜「四、梅、走、歸」觀之,由五至八個樂章組成,每章的標示並非門頭或牌名,而是該樂章之意境描述,如《梅花操》各章依序作〈釀雪爭春〉、〈臨風笑妍〉、〈點水流香〉、〈聯珠破蕊〉、〈萬花競放〉,〔註48〕與唐宋大曲標題音樂的命名方式如出一轍;其他套譜或有用到牌名,如《四靜板》的【普天樂】、【千秋歲】等,但整體看來,「譜」的記載與標示並不一致,且無曲詩可以輔助腔韻的判斷,因筆者才疏學淺,僅能參看學

<hr>

〔註46〕感謝林師的指導與補充,2013 年 7 月 9 日 email。
〔註47〕劉鴻溝編:《閩南音樂指譜全集》,頁 200～204。
〔註48〕劉鴻溝編:《閩南音樂指譜全集》,頁 13～17。

者們的研究，無法再提出一套有建設性的結構方式，於本章只能略談。

　　透過上述的參照比對，南管音樂的發展，與中國韻文學係出同源，這些曲體、結構的稱法雖不見於南管中，但筆者發現借用這些固有的結構方式來描述、定位南管音樂的曲、指套、套曲，卻是再適合不過。南管單一曲見的表現可歸納出三類：「曲牌一段式」、「腔韻多段式」和「集曲式」，細究之皆屬於曲牌體的曲體變化範疇，特別是「腔韻多段式」和「曲牌一段式」，鄙意以為，前者承繼了詞牌疊唱的構曲特質，後者則為腔韻固定的曲牌一段式；而「集曲式」可說是南管音樂的精華，且這種結構的成熟度，或許比指套或套曲的聯套結構更為完整豐富。施德玉《板腔體與曲牌體》觀察南北曲的曲體發展，有一段很有意思的結語，援引補充之：

> 南曲之曲牌數量非常多，而又有多齣戲文，在套式的運用上，應該有其規律，但是《九宮大成南北詞宮譜》收錄南曲，有隻曲、有集曲，但是並無套曲，可見我國南方早期並無大量運用套數於說唱和戲曲中，可是關於「集曲」的曲體卻在南曲中大量的運用，有各種集曲的組合方式，也形成了南曲集曲的規律。〔註49〕

　　其次，筆者所提出的縱橫體製示意圖，比諸其他學者所言可說是更為精簡，但將不再受到「門頭家族」的有無，或「門頭」、「牌名」記寫的出入，而需要區分出三層、四層或五層數種體製，更重要的是，合乎樂人的薪傳經驗。第四節「橫向體製」為南管音樂中十分特殊的音樂現象，呂錘寬稱為「曲牌族群」或「滾門家族」，筆者承王櫻芬「門頭家族」指稱之；而筆者則進一步區分出「小家族」與「大家族」之別，此處所論，為「系列門頭大家族」。簡言之，「門頭大家族」乃籠括同管門下不同拍法的旋律（以某門頭大韻為核心）變體；於筆者建構的系統中，「橫向體製」是以「縱向體製」為前題，可進階觀察到的另一層體製關係，但是，並非每一個門頭大韻皆可橫跨不同撩拍，形成「系列門頭大家族」的體製關係，而且也非每個「大家族」三種拍法兼具，是以筆者不將「門頭大家族」視為南管「縱向體製」的一環。總而論之，南管音樂之所以古老深邃，或許即可從其縱橫交織的體製關係體現出。

〔註49〕以上引文見施德玉：《板腔體與曲牌體》，頁203。「北曲」的情形則為：北曲雜劇在宋金時期已相當盛行，形成較南戲雖略晚，但北曲套數之體製因直接襲取「諸宮調」，所以比南曲套數先形成，而南曲套數一方面逐漸的發展，一方面吸收北曲套數的內容和形式，形成其特有的集曲與套數體製。（頁204）

結　論

　　每本論文都有「問題意識」，從「解決問題」的角度來評量論文的意義。筆者以南管為研究領域，一則南管已是筆者生活中的一部分，二則希望能將所學互相印證。這幾年持續浸淫在南管的環境中，除了平時社團的練習，更在研究所期間密集的閱讀，從文學的、聲韻的、音樂的不同角度去瞭解南管研究的現況，在筆者擇題動筆之前，一直在等待心中浮現出南管是否還有待解決的問題，是筆者現階段就可以開始努力，循序漸進的去執行的呢？筆者認為有幾個議題是很值得研究的：

　　1. 滾門與門頭的名與實

　　2. 音樂的統攝到底是幾層？

　　3. 南管音樂的結構

　　平心而論，筆者的南管經歷真得還很資淺，上述列出的「待解決問題」，筆者只能試圖在學者們得研究成果和自己的經歷中取得一個平衡點。如「滾門與門頭的名與實」，哪一個才是南管「曲調的類別」呢？在第一章第三節中，筆者從「排門頭」、「滾門撩拍的異同」、「南管音樂的變奏曲體」三節來論辯這兩個詞彙的名實，雖然這兩個詞彙起於何時皆無文獻以資佐證，但以今日活傳統的「排門頭」，是可以肯定「門頭」一詞的存在意義；而檢視諸家對「滾門」的界說，早期的說法似有將「滾門」等同「門頭」的意味，若這兩個詞彙是同義者，那麼筆者以民間為依歸，選用「門頭」一詞也無不可；倘若這兩個詞彙所指並不相等，「滾門」所指並非單一「撩拍」，那以「滾門」指涉長、中、短拍的門頭關係，呂錘寬將此音樂現象稱為「曲牌族群」或「滾門家族」，而王櫻芬則名以「門頭家族」，於比，筆者更進一步提出「同拍法門

頭小家族」和「長中短拍系列門頭大家族」，以「小家族」和「大家族」詳細區別「滾門」所涵蓋的「變體」，實際上有此二者，而呂氏、王氏所言，即為筆者之「大家族」。此為筆者對於「滾門」與「門頭」這兩個詞彙的研究心得。

緊接著要再解決的問題是：南管音樂的統攝關係到底是幾層？因為和「門頭」牽扯不清的，除了「滾門」還有「牌名」呢！從南管曲譜的抄寫，可以很清楚的看出每曲前面有他的「抬頭」，有時只有一種字體大小，有時會有大字和小字，這樣的記譜方式就衍伸了「門頭」與「牌名」之別，如何解讀這些「主標」和「副標」，他們指的是音樂的什麼？筆者在撰寫的過程不斷的在思索這個問題，究竟要怎麼去安置他們的關係，才是合乎民間習慣，適用於每一本曲譜呢？筆者最後在撰寫「大韻」一節時得到了靈感，從「大韻」的意義來省思「門頭」與「牌名」的記寫問題、音樂的層級關係，筆者確信是符合南管人的學習經驗的。稱「門頭」也好，「牌名」也好，是不是來自詞曲牌名，都不會影響我們學南管或玩南管，因為這些「抬頭」說穿了都是在指稱「腔韻」，那個有特色的、有記憶點的旋律才是絃友關注的重點。因此，筆者最後梳理出來的音樂層級，在曲名之上，只有三層的音樂關係：「管門──撩拍──韻＝門頭牌名──曲」，又每個門頭牌名有固定的撩拍，因此還可更簡化為：「管門──韻＝門頭牌名（撩拍）──曲」還要更為簡單。此為筆者所提出音樂的統攝，於此借用曾師所言的「體製」，說明這是南管音樂所具備的共同規範。然而，南管音樂的體製不單如此，上段所言的「系列門頭大家族」也是南管音樂中的一種統攝關係，但是並非每個門頭都自成「長中短」拍的大家族，因此，筆者擬以「橫向體製」稱之，一方面彰顯其橫跨撩拍的特性，二方面與一以貫之的「縱向體製」區別之。

而第三點「音樂的結構」，則是本文的未竟之業。第二章僅就學者看法提出討論與補充，第三章則依循韻文學史的長河，以曲牌體層次井然的發展為借鑒，藉此檢視南管音樂的結構方式。以單一曲見而言，南管的「曲」已完成充分的曲體發展，因受南管「正曲」概念的影響，「集曲式」最為發達；然而，南管音樂畢竟不是戲曲，今日所見的「指套」或「套曲」，鄙意以為，只能算是曲體的「小型組織」階段，且「指套」的曲詩內容還不見得前後連貫，「套曲」則因湮滅日久，南管中雖有與詞調、曲調同名的牌名，但其格律又也相去甚遠，以筆者目前的程度，實難有突破性的研究成果。

綜觀南管音樂的曲、指套和套曲，單一曲見因保留數量最多，筆者實唱

經驗較多，能在學者的研究成果上，重申「曲牌一段式」、「腔韻多段式」、「集曲式」三種結構方式，即爲南管音樂單一曲見的結構發展，筆者試提出「腔韻多段式」，希冀能夠修正原有「滾門體」說法，根本的理由在於，「滾門」一詞在臺灣館閣中，不及「門頭」來得有意義，且反覆疊唱的結構方式，使筆者不禁聯想到「詞牌疊唱仍屬一闋」的概念，但因南管腔韻的反覆次數已然超過詞牌疊唱次數的慣例，因此筆者暫以「腔韻多段式」籠括之。然因筆者學藝不精，雖然有試著提出一些看法，但因所學有限，無法大量的分析、比對，就更遑論能釐清每一見曲、每一套指套和套曲的結構了。筆者平時多以唱曲爲主，對於常聽到的門頭大韻還算有印象，但爲什麼是由這幾個門頭銜接成一套指套呢？指套「曲組」的融通辦法又是什麼呢？諸如此類的問題，並不是光有曲譜就能操作分析的，若沒有老師帶你唸過，實地唱過，和大家合奏過，光看曲譜腦海裡還是一片空白，腦中沒有旋律，自然也就沒有什麼想法可言。因此，此部份將是筆者日後的功課，是南管音樂尚待挖掘，有待揭密的瑰寶。

參考書目

一、南管曲簿、教材（依姓氏筆劃遞增）

（一）南管曲簿

1. 丁馬成：《丁馬成作品選集：南音新曲》，新加坡：湘靈音樂社，1987。
2. 王櫻芬、李毓芳編著：《踅步近前聽古音——鹿港聚英社林清河譜本》，彰化：彰化縣文化局，2007。
3. 吳明輝編：《南音錦曲選集》，菲律賓：國風社，1981。
4. 吳明輝編：《南音錦曲續集》，菲律賓：金蘭郎君社，1986。
5. 吳明輝編：《南管指譜全集》，菲律濱：菲律賓太平洋印刷業，1976。
6. 呂錘寬撰輯：《泉州弦管（南管）指譜叢編》，臺北：文化建設委員會，1987。
7. 卓聖翔、林素梅：《南管曲牌大全》，高雄：串門南樂團，1999。
8. 卓聖翔、林素梅編著：《南管指譜詳析》，高雄：鄉音出版社，2001。
9. 林吳素霞：《南管音樂賞析‧二‧四空管》，彰化：彰化縣文化局，2000。
10. 林吳素霞：《南管音樂賞析‧三‧五六四仪管》，彰化：彰化縣文化局，2000。
11. 林吳素霞：《南管音樂賞析‧四‧五空管》，彰化：彰化縣文化局，2000。
12. 林吳素霞：《南管音樂賞析‧五‧倍思篇》，彰化：彰化縣文化局，2000。
13. 林祥玉：《南音指譜》，臺北：施合鄭民俗文化基金會，1991。
14. 林鴻（霽秋）：《泉南指譜重編》，上海：上海文瑞樓，1921。
15. 泉州地方戲曲研究社／臺南胡氏拾步草堂合編：《清刻本文煥堂指譜》，北京：中國戲劇出版社，2003。
16. 泉州地方戲曲研究社編，龍彼得輯錄著文：《明刊閩南戲曲絃管選本三種》，北京：中國戲劇出版社，2003。

17. 泉州地方戲曲研究社編：《袖珍寫本道光指譜》，北京：中國戲劇出版社，2005。

18. 泉州地方戲曲研究社編：《梨園戲・音樂曲牌》，《泉州傳統戲曲叢書》第8、9冊，北京：中國戲劇，2000。

19. 張再興選編：《南樂曲集》，臺北：伊士曼印刷公司，1988。

20. 莊詠祺等八位先生：《指譜大全》1～8集，泉州：泉州南音研究社，1979。

21. 許啓章，江吉四合編：《南樂指譜重集》，臺南：南聲社，1930。

22. 曾其秋：《南管音樂指譜名曲精華》，臺北：學藝出版社，1985。

23. 新加坡湘靈音樂社，泉州地方戰曲研究社合編：《南音名曲選》，北京：中國戲劇，2000。

24. 劉鴻溝編：《閩南音樂指譜全集》，臺北：學藝出版社，1979。

25. 鄭國權、曾家陽編校：《泉州弦管名曲選編》，北京：中國戲劇出版，2005。

26. 鄭國權主編：《泉州弦管名曲續編》，北京：中國戲劇出版，2008。

27. 鄭國權編注：《泉腔弦管曲詞選》，廈門：廈門大學出版社，2007。

28. 蘇統謀、丁水清編校：《弦管指譜大全》，北京：中國文聯，2005。

29. 蘇統謀編：《弦管古曲選集（一）》，北京：文化藝術，2007。

30. 蘇維堯（志祥）編著：《閩南指譜錦曲集》，菲律賓：金蘭郎君社，1980。

（二）南管教材

1. 丁世彬，白志藝編校：《泉州南音【曲】集》，王珊主編：《中國泉州南音系列教程》第8冊，廈門：廈門大學出版社，2006。

2. 王大浩編著：《泉州南音洞簫教程》，王珊主編：《中國泉州南音系列教程》第2冊，廈門：廈門大學出版社，2006。

3. 王珊，王丹丹編著：《中國泉州南音教程》，廈門：廈門大學出版社，2003。

4. 吳璟瑜編著：《泉州南音二弦教程》，王珊主編：《中國泉州南音系列教程》第3冊，廈門：廈門大學出版社，2006。

5. 林吳素霞：《南管音樂賞析・一・入門篇》，彰化：彰化縣文化局，2000。

6. 李白燕編著：《泉州南音演唱教程》，王珊主編：《中國泉州南音系列教程》第5冊，廈門：廈門大學出版社，2006。

7. 李麗敏編著：《泉州方音教程》，王珊主編：《中國泉州南音系列教程》第4冊，廈門：廈門大學出版社，2006。

8. 張眞好、陳敏紅：《泉州南音【指】集》，王珊主編：《中國泉州南音系列教程》第6冊，廈門：廈門大學出版社，2006。

9. 張眞好、陳敏紅編：《泉州南音【譜】集》，王珊主編：《中國泉州南音系列教程》第7冊，廈門：廈門大學出版社，2006。

10. 曾家陽編著:《泉州南音琵琶教程》,王珊主編:《中國泉州南音系列教程》第 1 冊,廈門:廈門大學出版社,2006。

二、傳統文獻

1. 〔漢〕許慎撰,〔清〕段玉裁注:《新添說文解字注》,臺北:洪葉文化事業有限公司,1999。

2. 〔漢〕鄭元注,〔唐〕賈公彥疏:《周禮注疏》,《重刊宋本十三經注疏附校勘記》,臺北:藝文印書館,1955。

3. 〔南朝齊〕劉勰著,周振甫注:《文心雕龍注釋》,臺北:里仁書局,1994。

4. 〔唐〕段安節:《樂府雜錄》,王雲五主編:《叢書集成簡編》505 冊,臺北:臺灣商務印書館,1966,據守山閣叢書本影印。

5. 〔唐〕孔穎達等正義:《尚書正義》,《重刊宋本十三經注疏附校勘記》,臺北:藝文印書館,1955。

6. 〔宋〕朱熹:《四書章句集注》,臺北:大安出版社,1996。

7. 〔宋〕沈括原著,胡道靜,金良年,胡小靜譯注:《夢溪筆談全譯》,貴陽:貴州人民出版社,1998。

8. 〔宋〕林光朝,〔明〕鄭岳編:《艾軒集》,《文淵閣四庫全書》1142 冊,臺北:臺灣商務印書館,1983,據國立故宮博物院藏本影印。

9. 〔宋〕眞德秀:《西山文集》,《文淵閣四庫全書》1174 冊,臺北:臺灣商務印書館,1983。

10. 〔宋〕張炎:《詞源》,收入唐圭璋編:《詞話叢編》第一冊,北京:中華書局,1986。

11. 〔宋〕陳元靚編:《事林廣記》,北京:中華書局,1999。

12. 〔宋〕陳淳:《北溪大全集》,《文淵閣四庫全書》1167 冊,臺北:臺灣商務印書館,1983。

13. 〔宋〕陳暘:《樂書》,《景印文淵閣四庫全書》211 冊,臺北:臺灣商務印書館,1983,據國立故宮博物院藏本影印。

14. 〔宋〕劉克莊:《後村先生大全集》,四川大學古籍整理研究所編:《宋集珍本叢刊》81 冊,北京:線裝書局,2004,清鈔本。

15. 〔宋〕嚴坦叔:《華谷集》,〔宋〕陳思編,〔元〕陳世隆補編:《兩宋名賢小集三百八十卷》卷 329,四川大學古籍整理研究所編:《宋集珍本叢刊》103 冊,北京:線裝書局,2004,清鈔本。

16. 〔金元〕燕南芝菴:《唱論》,《中國古典戲曲論著集成(一)》,北京:中國戲劇出版社,1959。

17. 〔明〕沈自晉:《廣輯詞隱先生增訂南九宮十三調詞譜》,臺北:臺灣學生

書局，1987。

18. 〔明〕王驥德：《曲律》，《中國古典戲曲論著集成（四）》，北京：中國戲劇出版社，1959。

19. 〔明〕沈寵綏：《度曲須知》，《中國古典戲曲論著集成（五）》，北京：中國戲劇出版社，1959。

20. 〔明〕何喬遠編撰，廈門大學古籍整理研究所，歷史系古籍整理研究室《閩書》校點組校：《閩書》，福州：福建人民出版社，1994。

21. 〔明〕陳懋仁：《泉南雜志》，《明清筆記史料叢刊》31 冊，北京：中國書店，2000。

22. 〔明〕楊基撰，楊世明，楊雋校點：《眉庵集》，成都：巴蜀書社，2005。

23. 〔明〕李攀龍選，〔明〕王穉登評：《唐詩選》，《續修四庫全書》總集類 1611 冊，上海：上海古籍出版社，2002，據復旦大學圖書館藏明閔氏刻釋套印本影印。

24. 〔明〕李攀龍：《古今詩刪》，《文淵閣四庫全書》1382 冊，臺北：臺灣商務印書館，1983。

25. 〔明〕李攀龍選，〔明〕蔣一葵箋釋：《唐詩選七卷附錄一卷》，《四庫全書存目叢書》集部 309 冊，臺南：莊嚴文化事業出版，1997，據清華大學圖書館藏明刻本影印。

26. 〔明末清初〕褚人穫：《堅瓠集》，《明清筆記史料叢刊》，北京：中國書店，2000。

27. 〔清〕毛奇齡：《西河詞話》，上海：上海書店，1994。

28. 〔清〕朱景英：《海東札記》，《臺灣文獻叢刊》第 19 種，臺北：臺灣銀行，1958。

29. 〔清〕郁永河：《裨海紀遊》，《臺灣文獻叢刊》第 44 種，臺北：臺灣銀行，1959。

30. 〔清〕黃謙（思遜）纂輯，黃澹川鑑定：《增補彙音妙悟》，光緒乙己（1905）年廈門會文書莊石印本，薰園藏版，上海萃英大一統書局影印發行。

31. 〔清〕清聖祖敕編：《全唐詩》，臺北：明倫出版社，1971。

32. 〔清〕蔡奭：《官音彙解》，封面題霞漳大文堂藏板，臺大影印本，出版年不詳。

33. 〔清〕李維鈺原本，吳聯薰增纂，沈定均續修：《光緒漳州府志》，上海：上海書店，2000，據清光緒三年（1877）芝山書院刻本影印。

三、近人論著（依姓氏筆劃遞增）

（一）研究專著

1. 王季烈：《螾廬曲談》，臺北：臺灣商務印書館，1970，據 1918 石印本。

2. 王易：《樂府通論》，臺北：廣文書局，1964。

3. 王耀華，劉春曙：《福建南音初探》，福州：福建人民出版社，1989。

4. 王櫻芬：《臺灣的南管：曲》，臺北：行政院文化建設委員會，1997。

5. 吳捷秋：《梨園戲藝術史論》（上）、（下），北京：中國戲劇出版社，1994。

6. 吳梅：《顧曲塵談》，臺灣：臺灣商務印書館，1966。

7. 洪惟助：《崑曲宮調與曲牌》，臺北：國家出版社，2010。

8. 呂錘寬：《台灣的南管》，臺北：樂韻出版社，1986。

9. 呂錘寬：《台灣傳統音樂概論‧歌樂篇》，臺北：五南出版社，2005。

10. 呂錘寬：《台灣傳統音樂概論‧器樂篇》，臺北：五南出版社，2007。

11. 呂錘寬：《南管音樂》，臺中：晨星出版社，2011。

12. 呂錘寬：《南管記譜法概論》，臺北：學藝出版社，1983。

13. 呂錘寬：《泉州絃管（南管）研究》，臺北：學藝出版社，1982。

14. 李昌集：《中國古代曲學史》，上海：華東師範大學出版社，1997。

15. 李昌集：《中國古代散曲史》，北京：華東師範大學出版社，1991。

16. 李國俊，洪瓊芳：《玉簫聲和——南管耆宿蔡添木生命史》，宜蘭：國立臺灣傳統藝術總處籌備處，2011。

17. 沈冬：《南管音樂體製及歷史初探》，臺北：國立臺灣大學出版委員會，1986。

18. 周長楫：《詩詞閩南話讀音與押韻》，臺北：敦理，1996。

19. 周倩而：《從士紳到國家的音樂：臺灣南管的傳統與變遷》，臺北：南天書局，2006。

20. 周貽白：《戲曲演唱論著輯釋》，北京：中國戲劇出版社出版，1962。

21. 林珀姬：《百拍大倍齊雲陣套曲》，彰化：彰化縣文化局，2011。

22. 林珀姬：《吳昆仁先生南管音樂保存計畫期末報告書》，臺北：國立臺北藝術大學，2002。

23. 林珀姬：《南管曲唱研究》，臺北：文史哲出版社，2002。

24. 林珀姬：《南管樂語與曲唱理論建構》，臺北：國立臺北藝術大學，2011。

25. 林麗紅，李國俊：《周水松先生紀念專輯——台灣高甲戲的發展》，彰化：彰化縣文化局，2000。

26. 林鶴宜：《臺灣戲劇史》，臺北：空大，2003。

27. 武俊達：《戲曲音樂概論》，北京：文化藝術出版社，1999。

28. 俞為民，劉水雲：《宋元南戲史》，南京：鳳凰，2009。

29. 俞為民：《曲體研究》，北京：中華書局，2005。

30. 施炳華：《《荔鏡記》音樂與語言之研究》，臺北：文史哲出版社，2000。

31. 施炳華：《南管曲詞匯釋》，臺北：國科會補助研究計劃報告，1997。

32. 施炳華：《南戲戲文：陳三五娘》，臺南：臺南縣立文化中心，1997。

33. 施德玉：《板腔體與曲牌體》，臺北：國家出版社，2010。

34. 泉州市文化局編：《泉州南音藝術》，福州：海峽文藝出版社，1988。

35. 洛地：《詞樂曲唱》，北京：人民音樂出版社，1995。

36. 洪惟仁：《彙音妙悟與古代泉州音》，臺北：中央圖書館臺灣分館，1996。

37. 洪惟仁編著：《泉州方言韻書三種》，臺北：武陵出版社，1993。

38. 流沙：《明代南戲聲腔源流考辨》，臺北：施合鄭民俗文化基金會，1999。

39. 孫崇濤：《南戲論叢》，北京：中華書局，2001。

40. 常靜之：《中國戲曲及其音樂》，臺北：學海出版社，1995。

41. 許子漢：《明傳奇排場三要素發展歷程之研究》，臺北：臺大出版委員會出版，1999。

42. 許常惠主編：《鹿港南管音樂的調查與研究》，鹿港：文物維護地方發展促進委員會，1982。

43. 許常惠編輯：《台灣民俗音樂專輯》，臺北：第一影音文化事業，2000。

44. 連雅堂：《臺灣通史（下冊）》，臺北：國立編譯館中華叢書編審委員會出版，黎明文化印行，1985。

45. 陳冰機：《福建南音及其指譜》，北京：中國文聯出版，新華發行，1985。

46. 陳多、葉長海選注：《中國歷代劇論選注》，長沙：湖南文藝社出版社，1987。

47. 陳秀芳編：《鹿港所見的南管手抄本》，臺中：臺灣省文獻委員會，1978。

48. 陳秀芳編：《臺南所見的南管手抄本》，臺中：臺灣省文獻委員會，1979。

49. 陳燕婷：《南音北祭——泉州弦管郎君祭的調查與研究》，北京：文化藝術出版社，2008。

50. 曾永義：《參軍戲與元雜劇》，臺北：聯經出版社，1992。

51. 曾永義：《從腔調說到崑劇》，臺北：國家出版社，2002。

52. 曾永義：《曾永義學術論文自選集》，北京：中華書局，2008。

53. 曾永義：《詩歌與戲曲》，臺北：聯經出版社，1988。

54. 曾永義：《戲曲腔調新探》，北京：文化藝術出版社，2009。

55. 曾永義：《戲曲源流新論（增訂本）》，北京：中華書局，2008。

56. 曾永義編注：《中國古典戲劇選注》，臺北：國家出版社，2007。

57. 黃翔鵬：《樂問》，北京：中央音樂學院學報社，2000。

58. 楊淑娟：《南管與明初五大南戲文本之比較研究》，臺北：國家出版社，2011。

59. 楊蔭瀏，李殿魁等著：《語言與音樂》，臺北：丹青圖書有限公司，1986。

60. 楊蔭瀏：《中國古代音樂史稿》，北京：人民音樂出版社，2004。

61. 楊蔭瀏編著：《楊蔭瀏全集》，南京：江蘇文藝出版社，2009。

62. 溫秋菊：《在東方：南管曲牌與門頭大韵》，臺北：國立臺北藝術大學，2010。

63. 福建省戲曲研究所，泉州地方戲曲研究社，莆仙戲研究所編：《南戲論集》，北京：中國戲劇出版社，1988。

64. 福建省戲曲研究所編；林慶熙，鄭清水，劉湘如編注：《福建戲史錄》，福州：福建人民出版社，1983。

65. 劉宏度：《宋歌舞劇曲考》，臺北：世界書局，1979。

66. 劉念茲：《南戲新證》，北京：中華書局，1986。

67. 劉紀華：《張炎詞源箋訂》，臺北：嘉新水泥公司文化基金會，1974。

68. 蔡欣欣：《臺灣戲曲研究成果述論（1945～2001）》，臺北：國家出版社，2005。

69. 鄭長玲，王珊：《南音》，杭州：浙江人民出版社，2005。

70. 鄭國權：《泉州弦管史話》，北京：中國戲劇出版，2009。

71. 鄭國權主編：《兩岸論弦管》，北京：中國戲劇出版，2006。

72. 鄭國權校訂：《明萬曆荔枝記校讀》，北京：中國戲劇出版社，2011。

73. 鄭國權等編：《南戲遺響》，泉州：中國戲劇出版社，1991。

74. 鄭國權編撰：《荔鏡奇緣古今談》，北京：中國戲劇出版社，2011。

75. 羅錦堂：《中國散曲史》，臺北：中國文化大學，1983。

76. 羅麗容：《曲學概要》，臺北：里仁書局，2003。

77. 蘇玲瑤編撰，洪惠冠總編輯：《塹城南音舊事》，新竹：新竹市立文化中心出版，1999。

（二）工具書

1. 中國戲曲志編輯委員會：《中國戲曲志‧福建卷》，北京：文化藝術出版社，1993。

2. 中國戲曲音樂集成編輯委員會：《中國戲曲音樂集成‧福建卷》，北京：中國 ISBN 中心，2003。

3. 丹青藝叢編委會編：《中國音樂詞典》，臺北：丹青出版，1986。

4. 王沛綸：《音樂辭典》，臺北：樂友書房，1969。

5. 吳新雷主編：《中國崑劇大辭典》，南京：南京大學出版社，2002。

6. 洪惟助主編：《崑曲辭典》，宜蘭：國立傳統藝術中心 2002。

（三）研討會論文集

1. 王櫻芬總編輯：《八十三年全國文藝季千載清音——南管學術研討會論文集》，彰化：彰化縣立文化中心，1994。

2. 海峽兩岸梨園戲學術研討會編輯委員會：《海峽兩岸梨園戲學術研討會論文集》，臺北：國立中正文化中心，1998。

3. 梁東漢，林倫倫，朱永鍇編：《第二屆閩方言學術研討會論文集》，廣州：暨南大學出版社，1992。

4. 許常惠文化藝術基金會主編：《南、北管音樂藝術研討會論文集》，宜蘭：國立傳統藝術中心，2004。

5. 許常惠主編：《國際南管音樂會議特刊》，臺北：財團法人中華民俗藝術基金會，1981。

6. 陳裕剛計畫主持，施德玉主編：《傳統樂器學術研討會論文集 2005：樂器資料庫的建置與應用》，宜蘭：國立傳統藝術中心，2005。

7. 曾永義總編輯：《2002 兩岸戲曲大展學術研討會論文集》，宜蘭：國立傳統藝術中心，2003。

8. 溫州市文化局編：《南戲國際學術研討會論文集》，北京：中華書局，2001。

9. 彰化縣立文化中心編：《千載清音：南管學術研討會論文集》，彰化：彰化縣立文化中心：1994。

10. 蔡宗德計畫主持主編：《2004 國際宗教音樂學術研討會論文集：宗教音樂的傳統與變遷》，宜蘭：國立傳統藝術中心，2004。

四、單篇論文（依姓氏筆劃、發表先後遞增）

（一）研討會論文

1. 王櫻芬：〈危機與轉機：試論南管音樂在當代社會的意義與再生〉，《亞太傳統藝術論壇學術研討會論文集》，宜蘭：國立傳統藝術中心，2002，頁 245～253。

2. 王櫻芬：〈從【長滾】看南管滾門曲牌的分類系統〉，《《八十三年全國文藝季千載清音——南管學術研討會論文集》，彰化：彰化縣立文化中心，1994，頁 12～33。

3. 沈冬：〈清代臺灣戲曲史料發微〉，《海峽兩岸梨園戲學術研討會論文集》，臺北：國立中正文化中心，1998，頁 121～160。

4. 吳捷秋：〈梨園戲之形成及其歷史地位〉，《海峽兩岸梨園戲學術研討會論文集》，臺北：國立中正文化中心，1998，頁 35～54。

5. 李國俊：〈七子戲中的「南北交」樂曲〉，《海峽兩岸梨園戲學術研討會論文集》，臺北：國立中正文化中心，1998，頁 315～331。

6. 李國俊：〈南管「南北交」樂曲研究〉，《八十三年全國文藝季千載清音——南管學術研討會論文集》，彰化：彰化縣立文化中心，1994，頁 107～113。

7. 李國俊：〈南管音樂的宗教意義探析〉，《2004 國際宗教音樂學術研討會論文集：宗教音樂的傳統與變遷》，宜蘭：國立傳統藝術中心，2004，頁 415～431。

8. 李國俊：〈南管滾門牌調系統芻論〉，《南、北管音樂藝術研討會論文集》，宜蘭：國立傳統藝術中心，2004，頁 7～27。

9. 李國俊：〈南管樂器學初探〉，《傳統樂器學術研討會論文集 2005：樂器資料庫的建置與應用》，宜蘭：國立傳統藝術中心，2005，頁 194～209。

10. 汪照安：〈梨園戲音樂的繼承與發展〉，《海峽兩岸梨園戲學術研討會論文集》，臺北：國立中正文化中心，1998，頁 267～289。

11. 施炳華：〈骨譜與潤腔——談南管音樂與語言的關係〉，《海峽兩岸梨園戲學術研討會論文集》，臺北：國立中正文化中心，1998，頁 343～360。

12. 洪惟仁：〈《匯音妙悟》的音讀——兩百年前的泉州音系〉，《第二屆閩方言學術研討會論文集》，廣州：暨南大學出版社，1992，頁 113～121。

13. 徐麗紗：〈試探歌仔戲唱腔與南管音樂之淵源——以「七字調」、「大調」、「倍思」唱腔爲例〉，《八十三年全國文藝季千載清音——南管學術研討會論文集》，彰化：彰化縣立文化中心，1994，頁 82～106。

14. 曾永義：〈南管中古樂與古劇的成份〉，《中華民俗藝術年刊七十·國際南管會議特刊》，臺北：財團法人中華民俗藝術基金會，1981，頁 129～133。又收於曾永義：《詩歌與戲曲》，臺北：聯經出版社，1988，頁 179～185。筆者手邊無《國際南管音樂會議特刊》，引文以《詩歌與戲曲》所錄爲據。

15. 曾永義：〈梨園戲之淵源形成及其所蘊含之古樂與古劇成份〉，《海峽兩岸梨園戲學術研討會論文集》，臺北：國立中正文化中心，1998，頁 7～35。又收於曾永義：《戲曲源流新論（增訂本）》，北京：中華書局，2008，頁 359～383。

16. 游慧文：〈南管曲唱唸中的咬字與行腔〉，《南、北管音樂藝術研討會論文集》，宜蘭：國立傳統藝術中心，2004，頁 28～46。

17. 黃玲玉：〈從源起、音樂角度初探臺灣文陣與南管之關係〉《南、北管音樂藝術研討會論文集》，宜蘭：國立傳統藝術中心，2004，頁 238～270。

18. 黃玲玉：〈從閩南車鼓現況看車鼓與南管之關係〉，《八十三年全國文藝季千載清音——南管學術研討會論文集》，彰化：彰化縣立文化中心，1994，頁 68～81。

19. 溫秋菊：〈南管「曲」層次的結構性分析——以「雙閨」【茶薇架】及「疊韻悲」【記睢陽】爲例〉，《南、北管音樂藝術研討會論文集》，宜蘭：國立

傳統藝術中心，2004，頁 88～117。

20. 劉念茲：〈梨園戲與南曲戲文之關係〉，《海峽兩岸梨園戲學術研討會論文集》，臺北：國立中正文化中心，1998，頁 211～235。

21. 蔡湘江：〈泉州方言調值與簡譜唱名及其南音、古樂律關係初探〉，《第二屆閩方言學術研討會論文集》，廣州：暨南大學出版社，1992，頁 122～128。

（二）期刊論文

1. 王丹丹：〈福建南曲旋法特徵探析〉，《人民音樂》總 36 期，2002 年 8 期，頁 21～23。

2. 王秋桂，吳素霞，陳美娥，楊玉君，莊淑芝：〈南管曲譜所收梨園戲佚曲表初稿〉，《民俗曲藝‧梨園戲專輯下》第 76 期，1992 年 3 月，頁 111～144。

3. 王愛群：〈王愛群覆何昌林的信〉，《泉州歷史文化中心工作通訊》，1984 年 2 期，頁 30～34。

4. 王櫻芬：〈南管「嗹呾尾」初探：以「囉哩嗹」及「佛尾」為主要探討對象〉，《民俗曲藝》第 131 期，2001 年 5 月，頁 203～238。

5. 王櫻芬：〈南管曲目分類系統及其作用〉，《民俗曲藝》第 152 期，2006 年 6 月，頁 253～297。

6. 古兆申：〈歌之為言長言之也──曲唱發聲理論初探〉，《戲劇研究》第 7 期，2011 年 1 月，頁 1～36。

7. 白志藝：〈清代弦管與社會生活〉，《藝苑》，2008 年 7 期，頁 28～30。

8. 白志藝：〈清代閩南弦管在海內外的傳播狀況及原因分析〉，《藝苑》，2008 年 11 期，頁 56～59。

9. 何昌林：〈南音十題（節稿）〉，《中國音樂》，1984 年 2 期，頁 17～20。

10. 何昌林：〈福建南音源流試探〉，《泉州歷史文化中心工作通訊》，1984 年 2 期，頁 1～29。

11. 吳世忠：〈論福建南音音律──音列活動特點同「色彩」的關係〉，《中國音樂學》，1987 年 4 期，頁 84～98。

12. 吳守禮：〈保存在早期閩南戲文中的南管曲詞〉，《民俗曲藝》第 14 期，1982 年 2 月，頁 7～16

13. 吳秋紅：〈南音演唱行腔吐字規律管見〉，《泉州師範學院學報（社會科學）》第 21 卷 1 期，2003 年 1 月，頁 88～93。

14. 吳捷秋：〈梨園戲研究〉，《民俗曲藝》第 75 期，1992 年 1 月，頁 4～72。

15. 吳捷秋：〈梨園戲研究〉，《民俗曲藝》第 76 期，1992 年 3 月，頁 1～58。

16. 呂錘寬：〈近年來臺灣南管戲活動〉，《民俗曲藝》第 15 期，1982 年 3 月，

頁 7～72。

17. 呂錘寬：〈南管戲與南管音樂的關係〉，《民俗曲藝》第 22 期，1982 年 12 月，頁 33～43。

18. 呂錘寬：〈臺灣的南管音樂與南管活動〉，《民俗曲藝》第 5 期，1981 年 3 月，頁 39～51。

19. 呂錘寬〈南管戲與南管音樂之關係〉，《民俗曲藝》第 22 期，1983 年 3 月，頁 33～43。

20. 宋瑞橋〈論子母調與姑舅兄弟調〉，《中國人民大學學報》，1990 年第 1 期，頁 73～76+60。

21. 李國俊：〈南管清奏譜「陽關曲」研究〉，《嘉義師院學報》第 3 期，1989 年 11 月，頁 153～175。

22. 李國俊：〈南管樂曲中的「北曲」試析：以「北青陽」及「寡北」為例〉，《民俗曲藝》第 57 期，1989 年 1 月，頁 41～63。

23. 李國俊：〈側寫鄭叔簡先生與中華絃管研究團〉，《民俗曲藝》第 55 期，1988 年 9 月，頁 5～11。

24. 李國俊：〈閩南尪姨歌研究〉，《民俗曲藝》第 54 期，1988 年 7 月，頁 126～151。

25. 李寄萍、吳秋紅：〈《文煥堂指譜》比較研究〉，《泉州師範學院學報》第 3 期，2005 年 5 月，頁 41～47。

26. 李寄萍：〈明清弦管南音文獻之「撩拍、譜字」探〉，《樂府新聲（瀋陽音樂學院學報)》，2006 年 4 期，頁 7～62。

27. 李寄萍：〈明清弦管南音孤本分析比較〉，《人民音樂》，2008 年 8 期，頁 59～61。

28. 李毓芳：〈南管套曲《黑麻序套》的研究〉，《臺灣音樂研究》第 4 期，2007 年 4 月，頁 55～82。

29. 林永昌：〈1950 年代臺灣歌仔戲「電影舞臺化」與「舞臺電影化」的演出風潮〉，《臺灣文獻》60 卷 3 期，2009 年 9 月，頁 221～266。

30. 林珀姬：〈古樸清韻——臺灣的南管音樂〉，《臺北大學中文學報》第 5 期，2008 年 9 月，頁 295～328。

31. 林珀姬：〈南管音樂中的喜慶曲目曲詩賞析〉，《關渡音樂學刊》第 10 期，2009 年 5 月，頁 127～155。

32. 林珀姬：〈南管音樂中的集曲〉，《關渡音樂學刊》第 11 期，2009 年 12 月，頁 47～78。

33. 林珀姬：〈南管音樂門頭探索（一）——從知見曲目探索明刊本中帶【北】字門頭曲目的轉化〉，《關渡音樂學刊》第 6 期，2007 年 6 月，頁 1～41。

34. 林珀姬：〈南管音樂門頭探索（二）——從知見曲目探索明刊本帶【相思】門頭曲目〉，《關渡音樂學刊》第 7 期，2007 年 12 月，頁 1～45。

35. 林珀姬：〈南管音樂門頭探索（三）——從知見曲目探索明刊本【雙】與【背雙】相關曲目〉，《關渡音樂學刊》第 9 期，2008 年 12 月，頁 7～43。

36. 林珀姬：〈南管音樂發展生態與現況〉，《彰化藝文》第 35 期，2007 年 4 月，頁 16～23。

37. 林珀姬：〈南管戲曲國際交流活動紀行〉，《彰化藝文》第 34 期，2006 年 12 月，頁 46～49。

38. 林珀姬：〈從子弟陣頭「文武郎君陣」看臺灣民間音樂的傳承與發展〉，《關渡音樂學刊》第 2 期，2005 年 6 月，頁 1～21。

39. 林珀姬：〈論南管整絃的樂儀——排門頭與樂不斷聲〉，《文資學報》第 3 期，2007 年 4 月，頁 95～121。

40. 林珀姬：〈聽見臺灣南管歷史的聲音兼談臺灣南管音樂的發展——從臺灣南管有聲出版品說起（1920～1980）〉，《關渡音樂學刊》第 4 期，2006 年 6 月，頁 213～264。

41. 林珀姬：〈聽見臺灣南管歷史的聲音兼談臺灣南管音樂的發展——從臺灣南管有聲出版品說起（1980～2005）〉，《關渡音樂學刊》第 3 期，2005 年 12 月，頁 185～211。

42. 施叔青：〈閩南梨園戲初探〉，《聯合文學》4 卷 5 期總 41 期，1988 年 3 月，頁 122～131。

43. 施炳華：〈南管文學的嬌（上）〉，《海翁臺語文學》第 17 期，2003 年 5 月，頁 4～23。

44. 施炳華：〈南管文學的嬌（下）〉，《海翁臺語文學》第 18 期，2003 年 6 月，頁 4～20。

45. 胡紅波：〈林霽秋與「泉南指譜重編」〉，《大雅藝文雜誌》第 27 期，2003 年 6 月，頁 52～58。

46. 胡紅波：〈泉州南管《文煥堂指譜》刊本〉，《大雅藝文雜誌》第 12 期，2001 年 2 月，頁 35～40。

47. 孫星群：〈泉腔探證〉，《天籟——天津音樂學院學報》，2004 年 2 期，頁 19～26。

48. 康保成：〈囉哩嗹與中國戲曲的傳播〉，《民俗曲藝》第 124 期，2000 年 3 月，頁 1～41。

49. 張兆穎：〈南音唱腔社會審美的時代差異性〉，《福建師範大學學報（哲學社會科學版）》總 130 期，2005 年 1 期，頁 86～88、119。

50. 張兆穎：〈宮唱而商和——南音唱潤腔腔法的一般規定〉，《華僑大學學報（哲學社會科學版）》，2005 年 1 期，頁 121～125。

51. 張舜華，何懿玲：〈鹿港南管滄桑史〉，《民俗曲藝》第 1 期，1980 年 11 月，頁 31～56。

52. 張敬：〈南北曲牌調與唐宋大樂樂律淵源考〉，《文史哲學報》第 11 期，1962 年 9 月，頁 39～138。

53. 張敬：〈南曲聯套述例〉，《文史哲學報》第 15 期，1966 年 8 月，頁 345～395。

54. 許子漢：〈論中國韻文學格律的發展〉，《東華人文學報》第 1 期，1999 年 7 月，頁 165～182。

55. 許國紅：〈「多重大三度并置」音調結構考析──福建南音唱腔旋法探源〉，《星海音樂學院學報》第 1 期，2004 年 3 月，頁 25～27。

56. 曾永義：〈弋陽腔及其流派考述〉，《臺大文史哲學報》第 65 期，2006 年 11 月，頁 39～72。

57. 曾永義：〈論說「腔調」〉，《中國文哲研究集刊》第 20 期，2001 年 12 月，頁 11～112。

58. 曾永義：〈論說「建構曲牌格律之要素」〉，《中華戲曲》2011 年 2 期，頁 98～137。

59. 曾金錚：〈梨園戲傳統劇目考〉，《民俗曲藝》第 75 期，1992 年 1 月，頁 99～133。

60. 黃少牧，吳少靜：〈淺談福建南音器樂曲（譜）中三種特殊的旋律現象〉，《天津音樂學院學報（天籟）》2004 年 3 期，頁 41～50。

61. 黃玲玉：〈從源起、音樂角度再探臺灣南管系統之文陣〉，《關渡音樂學刊》第 7 期，2007 年 12 月，頁 47～97。

62. 黃翔鵬：〈「絃管」題外談〉，《中國音樂》1984 年第 2 期，頁 13～16。

63. 黃翔鵬：〈民間器樂曲實例分析與宮調定性〉，《中國音樂學》1995 年 3 期，頁 5～16。

64. 楊善武：〈傳統實踐與「同均三宮」──「同均三宮」研究綜論之一──〉，《音樂研究》3 期，2002 年 9 月，頁 3～18。

65. 楊韻慧：〈絃管指套宮調研究〉，《民俗曲藝》第 114 期，1998 年 7 月，頁 157～211。

66. 溫秋菊：〈論南管「曲」門頭（mng5-thau5）之「調式」概念〉，《關渡音樂學刊》第 10 期，2009 年 5 月，頁 191～212。

67. 劉明瀾：〈論宋詞詞韻與音樂之關係〉，《中國音樂學》1994 年第 3 期，頁 95～105。

68. 蔡郁琳：〈「散套」曲目研究──以郭炳南蒐藏的手抄本為主〉，《彰化文獻》第 3 期，2001 年 12 月，頁 153～177。

69. 鄭阿財:〈唐代佛教文學與俗曲——以敦煌寫本〈五更轉〉、〈十二時〉爲中心〉,《普門學報第》20 期,2004 年 3 月,頁 93～135。

(三) 論文集論文

1. 王愛群:〈泉腔論——梨園戲獨立聲腔探微〉,《南戲論集》,北京:中國戲劇出版社,1988,頁 343～413。

2. 王愛群先生兩篇遺稿之一:〈論南音「管門」的含義〉,《南戲遺響》,泉州:中國戲劇出版社,1991,頁 141～150。

3. 王愛群先生兩篇遺稿之二:〈南音「品、洞、管」與「上下四管」考釋〉,《南戲遺響》,泉州:中國戲劇出版社,1991,頁 151～180。

4. 王櫻芬:〈南管音樂〉,陳郁秀編:《臺灣音樂閱覽》,臺北:玉山社,1997,頁 40～53。

5. 王櫻芬:〈淺談台灣南管館閣文化的傳統與變遷〉,林谷芳選輯:《本土音樂的傳唱與欣賞》第 1 集,臺北:望月文化,2000,頁 100～107。

6. 余承堯:〈中國國樂清商樂 (南管)〉,石守謙主編:《千巖競秀:余承堯九十回顧》,臺北:漢雅軒,1988,頁 137～143。

7. 余承堯:〈泉州古樂〉,石守謙主編:《千巖競秀:余承堯九十回顧》,臺北:漢雅軒,1988,頁 145～183。

8. 余承堯:〈泉州南戲〉,石守謙主編:《千巖競秀:余承堯九十回顧》,臺北:漢雅軒,1988,頁 187～263。

9. 呂錘寬:〈南北管音樂與台灣社會〉,陳郁秀編著:《百年台灣音樂圖像巡禮》,臺北:時報文化,1998,頁 20～24。

10. 沈冬:〈書寫與表演——再論清代臺灣戲曲史料〉,《明清時期的臺灣傳統文學論文集》,頁 268～302。

11. 林慶熙:〈略論福建戲曲的產生及其與南戲的關係〉,《南戲論集》,北京:中國戲劇出版社,1988,頁 83～99。

12. 胡忌:〈論南戲曲牌中的慢、近兩體〉,《南戲論集》,北京:中國戲劇出版社,1988,頁 291～307。

13. 陳益源:〈《荔鏡傳》考——「陳三五娘」故事小說形式的早期之作〉,《民俗文化與民間文學》,臺北:里仁書局,1997,頁 27～62。

14. 陳嘯高,顧曼莊:〈福建的梨園戲〉,《華東戲曲劇種介紹》第 3 集,上海:新文藝出版,1955,頁 99～114。

15. 蔡郁琳:〈日治時期南管音樂與戲曲的發展〉,《聽到台灣歷史的聲音:1910～1945 台灣戲曲唱片原音重現》,臺北:國立傳統藝術中心籌備處,2000,頁 42～48。

五、學位論文（依姓氏筆劃遞增）

1. 大友理：《南管音階論——與含有大七度的日本民歌比較》，臺北：國立臺灣師範大學音樂研究所碩士論文，2003。

2. 王雅慧：《南管打線指法研究》，臺北：國立臺灣師範大學音樂學系在職進修碩士論文，2009。

3. 王嘉寶：《南管器樂曲的分析》，臺北：國立臺灣師範大學音樂研究所碩士論文，1984。

4. 吳佳燕：《梨園戲音樂及其腔調之研究》，臺北：中國文化大學藝術研究所音樂組碩士論文，1996。

5. 李秀娥：《民間傳統文化的持續與變遷——以臺北市南管社團的活動為例》，臺北：國立臺灣大學人類學研究所碩士論文，1989。

6. 李孟勳：《南管散曲與南北曲之比較分析——以同名曲牌為例》，臺北：國立臺北藝術大學傳統藝術研究所碩士論文，2001。

7. 李靜宜：《南管譜〈梅花操〉之版本與詮釋研究》，臺北：國立臺灣師範大學民族音樂研究所碩士論文，2006。

8. 沈怡秀：《臺灣公立南管樂團之經營管理研究——以彰化縣文化局南管實驗樂團為例》，嘉義：南華大學美學與藝術管理研究所碩士論文，2008。

9. 沈婉玲：《南管對「西廂故事」之接受與轉化》，臺南：國立成功大學中國文學所碩士論文，2010。

10. 卓玫君：《臺灣南管小戲文本分析——以〈陳三五娘〉與〈番婆弄〉為例》，臺北：國立臺北藝術大學傳統藝術研究所碩士論文，2004。

11. 林秋華：《南管指套〈趁賞花燈〉研究》，臺北：國立臺南師範學院教師在職進修國語文教育學教學碩士論文，2003。

12. 林家迎：《陳慶芳所藏南管老唱片之研究》，臺北：國立臺北教育大學音樂學系碩士論文，2009。

13. 林淑玲：《鹿港雅正齋及南管唱腔之研究》，臺北：國立臺灣師範大學音樂研究所碩士論文，1987。

14. 林瑋茜：《「民間藝術保存傳習計畫」之南管音樂傳習研究》，臺北：國立臺北教育大學音樂學系碩士論文，2009。

15. 林艷枝：《嘉靖本《荔鏡記》研究》，臺北：中國文化大學中國文學系碩士論文，1988。

16. 邱魏婉怡：《南管洞簫裝飾奏法之研究——以南管四大譜【四、梅、走、歸】為例》，臺北：東吳大學音樂學系碩士論文，2004。

17. 金玉琦：《朱弁戲曲故事研究》，桃園：國立中央大學中國文學研究所碩士論文，2010。

18. 施玉雯：《《文煥堂指譜》記譜法研究——兼論南管記譜概念之演變》，臺北：國立臺灣大學音樂學研究所碩士論文，2005。

19. 施宜君：《從《高文舉》一劇探討臺灣交加戲音樂之運用——以南管新錦珠劇團爲例》，臺北：國立臺北藝術大學音樂學研究所碩士論文，2008。

20. 柯世宏：《南管布袋戲《陳三五娘》之創作理念與製作探討》，臺北：國立臺灣藝術大學應用媒體藝術研究所碩士論文，2005。

21. 胡惠雲：《南管嗩吶之音樂功能及其音色分析》，臺南：國立臺南藝術大學民族音樂學研究所碩士論文，2007。

22. 孫靜雯：《南管音樂研究》，臺北：文化大學藝術研究所碩士論文，1974。

23. 徐智城：《套曲〈大倍齊雲陣〉的打譜與詮釋》，臺北：國立臺北藝術大學傳統音樂學系演奏組碩士論文，2010。

24. 康尹貞：《梨園戲與宋元戲文劇目之比較研究》，臺北：國立臺灣大學中國文學研究所碩士論文，2006。

25. 張啓豐：《清代臺灣戲曲活動與發展研究》，臺南：國立成功大學中國文學所博士論文，2004。

26. 張筱芬：《臺灣《陳三五娘》今昔的演出差異與變化》，花蓮：國立東華大學民間文學研究所碩士論文，2010。

27. 張錦萍：《南管在梨園戲的運用與表現》，花蓮：國立花蓮教育大學民間文學研究所碩士論文，2007。

28. 曹珊妃：《「小梨園」傳統劇本研究——以泉州藝師口述本爲例》，臺北：淡江大學中國文學系碩士論文，2000。

29. 陳佳雯：《台灣所見南管系統的戲劇鑼鼓研究——以小梨園《高文舉》爲例》，臺北：國立臺北藝術大學傳統藝術研究所碩士論文，2007。

30. 陳怡如：《南管館閣儀式性活動研究——以 2001 年至 2007 年所見館閣爲範例》，臺北：國立臺灣師範大學民族音樂研究所碩士論文，2008。

31. 陳衍吟：《南管音樂文化研究——由歷史向度社會功能與美學體系談起》，臺南：國立成功大學中國文學系碩士論文，1999。

32. 陳筱玟：《南管相思引之曲目研究》，臺北：國立臺灣師範大學民族音樂研究所碩士論文，2008。

33. 游慧文：《南管館閣南聲社研究》，臺北：國立藝術學院音樂研究所碩士論文，1997。

34. 黃俊利：《黃俊利畢業音樂會詮釋報告——以「四子曲」論南管曲唱與二絃演奏法》，臺北：國立臺北藝術大學傳統音樂學系演奏組碩士論文，2012。

35. 黃振南：《南管器樂研究》，臺北：文化大學藝術研究所碩士論文，1995。

36. 黃朝彥：《鹿港地區之南管手抄本研究》，臺北：國立臺北藝術大學傳統藝術研究所碩士論文，2003。

37. 黃鈞偉：《南管藝師張鴻明研究》，臺北：國立臺灣師範大學民族音樂研究所碩士論文，2006。

38. 黃雅琴：《南管藝師吳素霞研究》，臺北：國立臺灣師範大學民族音樂研究所碩士論文，2008。

39. 黃瑤慧：《南管琵琶之製作工藝及其音樂研究》，臺北：國立臺北藝術大學傳統藝術研究所碩士論文，2003。

40. 溫秋菊：《論南管曲門頭（mng-thâu）的概念及其系統》，臺北：國立臺灣師範大學音樂學系博士論文，2007。

41. 劉芷珊：《2004～2007 年南聲社的儀式活動及其音樂研究》，臺北：國立師範大學民族音樂研究所研究與保存組碩士論文，2008。

42. 劉美芳：《陳三五娘研究》，臺北：私立東吳大學中國文學研究所碩士論文，1992。

43. 蔡玉仙：《閩南語詞彙演變之探究──以陳三五娘故事文本為例》，臺南：國立臺南大學台灣文化研究所碩士論文，2005。

44. 蔡郁琳：《南管曲唱唸法研究》，臺北：國立臺灣師範大學音樂學系碩士論文，1995。

45. 鄭智勻：《南管戲《呂蒙正》及音樂之研究》，臺中：國立臺中教育大學音樂學系碩士論文，2012。

46. 盧盈好：《南管曲唱之詮釋與賞析──以盧盈好畢業音樂會為例》，臺北：國立臺北藝術大學傳統音樂學系碩士論文，2009。

47. 盧惠娟：《南管簫絃之製作工藝及其音樂研究》，臺北：國立臺北藝術大學傳統藝術研究所傳統音樂戲曲組碩士論文，2005。

48. 駱婉禎：《中西方歌唱方法之思索──從我的南管學習經驗出發》，臺中：國立臺中教育大學音樂學系碩士論文，2012。

49. 簡巧珍：《南管戲「陳三五娘」及其「益春留傘」之唱腔研究》，臺北：國立臺灣師範大學音樂研究所碩士論文，1987。

50. 魏伯年：《「徐智城、魏伯年畢業音樂會」詮釋報告──南管洞簫的賞析與詮釋》，臺北：國立臺北藝術大學傳統音樂學系演奏組碩士論文，2010。

51. 嚴淑惠：《鹿港南管的文化空間與樂社之研究》，嘉義：南華大學美學與藝術管理研究所碩士論文，2004。

52. 蘇靜蘭：《廟宇、外來移民與南管館閣音樂活動之關係──以高雄地區為例》，臺北：國立臺灣大學音樂學研究所碩士論文，2008。

53. 鐘美蓮：《《荔鏡記》中的多義詞「著」》，新竹：國立清華大學語言學研究所碩士論文，2001。

附　錄

附錄一　〔清〕蔡奭：《官音彙解》，封面題霞漳大文堂藏板，臺大影印本，出版年不詳。

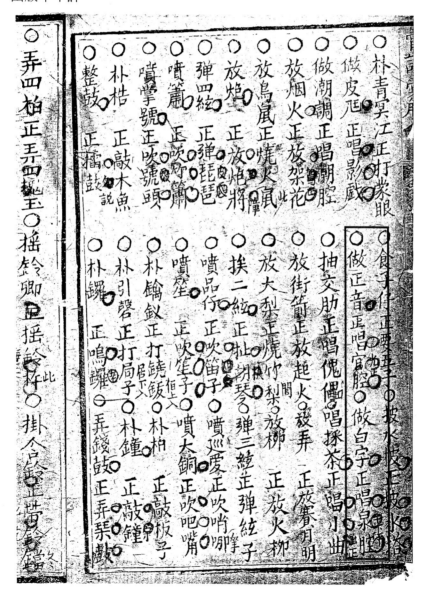